上册

玉扇倾城 著

台海出版社

图书在版编目（CIP）数据

桃花雪：全2册 / 玉扇倾城著. -- 北京：台海出版社，2020.5

ISBN 978-7-5168-2569-3

Ⅰ. ①桃… Ⅱ. ①玉… Ⅲ. ①长篇小说－中国－当代 Ⅳ. ① I247.5

中国版本图书馆 CIP 数据核字（2020）第 038762 号

桃花雪 ：上册

著　　者：玉扇倾城

出 版 人：蔡　旭　　　　　　　责任编辑：俞滟荣

出版发行：台海出版社

地　　址：北京市东城区景山东街 20 号　　邮政编码：100009

电　　话：010-64041652（发行，邮购）

传　　真：010-84045799（总编室）

网　　址：www.taimeng.org.cn/thcbs/default.htm

E－mail：thcbs@126.com

经　　销：全国各地新华书店

印　　刷：三河市金元印装有限公司

本书如有破损、缺页、装订错误，请与本社联系调换

开　　本：880 毫米 ×1230 毫米　　1/32

字　　数：260 千字　　　　　　印　　张：14

版　　次：2020 年 5 月第 1 版　　印　　次：2020 年 5 月第 1 次印刷

书　　号：ISBN 978-7-5168-2569-3

定　　价：59.80 元（全 2 册）

版权所有　　翻印必究

  今年桃花艳冠人间的时候,我会乘一场绚烂的妖雪息心。然后,将你遗忘在那个只属于你的角落里。

——题记

目录 CONTENTS

楔子［一］　琴声起绿杨影里　／001
楔子［二］　东风又作无情计　／006
楔子［三］　落红难缀离人泪　／011

第一卷　风雪雁门关

第 一 回　红萼无言耿相忆　／019
第 二 回　剑风起兮血光寒　／025
第 三 回　从今又添一新愁　／030
第 四 回　愁似轻烟锁重楼　／034
第 五 回　迷雾应对边关雪　／038
第 六 回　门隔花深旧梦游　／042
第 七 回　一襟余恨宫魂断　／046
第 八 回　伤高怀远几时穷　／050
第 九 回　泪眼无语愁肠碎　／054
第 十 回　一帘霁花灿若血　／058
第十一回　繁红乱处箫声起　／063
第十二回　飘起心事几多重　／067

第二卷　情迷云荒岛

第 一 回	烟波海上飞青红	/ 075
第 二 回	日色欲尽花含烟	/ 080
第 三 回	碧云望断终相看	/ 084
第 四 回	美人如花隔云端	/ 089
第 五 回	锦瑟年华谁与度	/ 094
第 六 回	名花倾国两相欢	/ 099
第 七 回	西风吹得豪情瘦	/ 103
第 八 回	泪洒莲花深闭门	/ 108
第 九 回	蝶去莺飞无处问	/ 113
第 十 回	无可奈何花落去	/ 118
第十一回	两处相思一地心	/ 123
第十二回	惊残好梦无寻处	/ 128
第十三回	海色苍茫飞白骨	/ 133
第十四回	自在飞花轻似梦	/ 138
第十五回	守得云开见日明	/ 143

第三卷 深海幽鬼城

第 一 回　　依稀往梦似曾现　　/ 151
第 二 回　　错把君心当我心　　/ 156
第 三 回　　只盼消得无限恨　　/ 162
第 四 回　　长安不见使人愁　　/ 167
第 五 回　　情自凋零花自飘　　/ 173
第 六 回　　此情无计可消除　　/ 178
第 七 回　　下了眉头上心头　　/ 183
第 八 回　　昆仑山巅天音寺　　/ 189
第 九 回　　白绫祭者祭白绫　　/ 194
第 十 回　　遥忆白骨乱蓬蒿　　/ 199
第十一回　　血里珍珠雾里花　　/ 204
第十二回　　青山隐隐人已非　　/ 209
第十三回　　一片伤心画不成　　/ 214
第十四回　　我是人间惆怅客　　/ 219
第十五回　　断肠声里忆平生　　/ 225

第四卷　峨眉妖天下

第 一 回　　人间所事堪惆怅　　/ 233
第 二 回　　一指轻弹浑无语　　/ 239
第 三 回　　梦来还隔一重帘　　/ 245
第 四 回　　怎忆当年惆怅事　　/ 251
第 五 回　　人到情深情转薄　　/ 256
第 六 回　　前尘如梦水东流　　/ 261
第 七 回　　一往情深深几许　　/ 267
第 八 回　　残月落花烟已重　　/ 273
第 九 回　　花影妖娆各占春　　/ 278
第 十 回　　轻风吹得心成灰　　/ 283
第十一回　　枕边泪共帘前雨　　/ 288
第十二回　　雨送黄昏花易落　　/ 294
第十三回　　繁华事散逐香尘　　/ 300
第十四回　　此情可待成追忆　　/ 306
第十五回　　只是当时已惘然　　/ 312

第五卷　凤飘白衣瘦

第 一 回　怜君何事到天涯　/ 321
第 二 回　沧海月明珠有泪　/ 327
第 三 回　金戈铁马黄昏路　/ 333
第 四 回　昨夜星辰昨夜风　/ 339
第 五 回　恼乱横波秋一寸　/ 345
第 六 回　红烛落泪替人垂　/ 350
第 七 回　白虹贯日异象生　/ 356
第 八 回　几回魂梦几回重　/ 361
第 九 回　一枝红艳临窗瘦　/ 367
第 十 回　而今才道当时错　/ 373

[番外] 一　人生若只如初见　/ 380
[番外] 二　天长地久有时尽　/ 418

楔子［一］
琴声起绿杨影里

［一］慕容长安

我叫慕容长安，于六月生于长安城。很多年后，娘告诉我，我出生时并不曾哭泣，而那一天长安城里最有名的女巫——已经死了三天的九命灵婆，突然死而复生。也便是在那一天，整个长安飞起了鹅毛般的大雪，一直下了整整一个月。所有的房屋，几乎都被大雪所掩埋；所有长安城的居民，都瞪着木然浑浊的眼睛，望着那一片望不到尽头的灰蒙蒙的绝望的天空。

终于雨过天晴，阳光开始像风沙一样渗透于长安城的每一个角落。清醒的人们对这场灾难的到来有着种种猜测，但都未果。却不知何时，人群中传出了一句谣言：灵婆重生，妖孽横行。

在我周岁的那天，九命灵婆突然来到我家，那双碧芒闪闪的眼睛，细雨般密密地扫过我的身体，随后便疯了似的狂呼着。我问娘，九命灵婆喊的是什么？娘只是看着我，目中闪动着盈盈的泪光，却不语。在我几番追问下，娘方才告诉我，那天九命灵婆喊的是，妖孽重生！娘说着，看着我，我能感觉到她眼里的温暖。

那天九命灵婆死了——喊完"妖孽重生"后，她便死去了。也就在我周岁的那天，娘带着我离开了慕容世家。她带我到了一个偏远的小镇，在那里我们相依为命。因为娘知道从那天起，在别人的眼中，我已经是那横行的妖孽。

我三岁开始学琴，因为娘以前就是长安城里最红的琴伎。而我仿佛就是为琴而生，很多东西我无师自通。五岁那年，我的琴技便已超越了娘。那夜，娘搂着我哭了整整一夜。也就在那夜，我有了自己的名字：长安。我不知道娘为我起的这个名字是因为我生在长安城，还是她希望我永远的平安，又或是娘整日地思念着长安城。

我出生的时候，手里有一块玉佩，上面写着"天香"两个字。娘说，这是我的命。我常常看着它，它是如此的圣洁和细腻；放在手心里，它又是如此的温暖恬静，像一个初生的婴孩，与世无争。我知道它并不是普通的玉，我能感觉到它那由骨子里透出的灵气。

在它平静的高贵外衣下，隐藏着犹如大海波涛一样汹涌的暗流。这股暗流从我的胸口一直涌进我的内心最深处，那感觉犹如被撕裂的天空一样令人惊心动魄。

我喜欢坐在那株翠绿得能看见流动的青春气息的垂柳旁，望着那夕阳余晖映衬下追逐撕咬的长河，然后轻轻地抚着我的琴。

河的那边总有一个白衣的少年在练剑。只要我的琴声响起，那个少年就会在河对岸的桃花林内，舞动着他那柄流光飞舞的宝剑。桃花在他的剑风里簌簌地落下，像下起了一场绚烂的桃花雪。

每到此时，我都忍不住悄悄抬眼看他，去看那漫天飞舞的桃红。我总会从心里涌出一丝渴望——也只有在这时，在我已经习惯了冷漠的脸上，不经意地浮出一缕淡淡的微笑。而我项间的天香佩，便也会微微地震动着，像那初生婴儿的心跳。

这究竟是怎样的一种预兆？

我总是淡淡地看着他，看他一次又一次从对岸跃起，然后跃进河里。在那波光粼粼的水中，他鱼一样地消失。我一直未曾看清他的模样，就像未曾看清我那忧伤的孤独。

终于有一天，在一个阳光如芍药般绽放的午后，他出现在我的面前。我终于看清了他的脸——那是张微带着稚气的脸，两道剑眉斜斜地飞入鬓角，星目深似一泓秋水。

"我终于能过来看你，"他看着我，继续傻笑着说，"我一直想从河上过来看你,但是我总是坠到了河里,今天我终于能过来看你了。"他说着,脸上微微地有些兴奋,带着玉样的光芒。

我看了他一眼,收起了我的琴,转身走了。我能感觉他的眼光像那纷飞的桃花,带着几许的失望,几许的落寞。但我还是走了,未曾说一个字。因为娘曾不止一次地告诫我,不得与男子有任何的接触。

尔后,他便一直只在对岸舞剑,不曾过来;而我也只是远远地看着他,只看着他的身影一天天地高大起来,他的剑风也已慢慢弥漫到整个桃花林。但是这天他还是过来了,落日的余晖洒在他的身上。我只是低垂着头,转身要走。

"等一等!"他的声音变得有些低沉而又具磁性,如长河落日,大漠悲箫。我不由抬头看了看他,他的脸像雨后天空般的明净,纤尘不染。那双深邃的眸子,透着些许的伤感。"你等一等,我要离开这里了,明天,就在明天,我要离开这里。"

我怔了一怔,但脸上依旧是冷若冰霜。他眼里的悲伤慢慢弥漫开来,像那永远也拨不开的夜色。

我终于轻轻地抖动了一下,问道:"你要去哪里?"

他的脸上,顿时绽开了的笑容宛如雨后彩虹一般绚烂,"我要去从军,三年后回来。"

我的心狠狠地震了一下,像被一双无情的黑手揉弄了一般。

"男儿志在四方，又岂是这楼阁庭院所能束缚住的？"我极力让自己冷淡，又说道，"你去吧，一路珍重。"

他的眼里白茫茫的一片，我假装着视若无睹地走开。他撕心裂肺地喊着："我叫韩楚！"突然间，我泪落纷飞。

那以后他再没出现在那片桃花林中。而我，每天都要痴痴地望着那片桃林，唱着那曲缠绵伤感的《长相思》。不觉间，我的两眼变得一片模糊。

在他走后的几个月后，爹不知用了怎样的方法找到了我们。娘那尘封多年的誓言，被这个男人轻易地瓦解。于是我们又回到了长安，回到了那个让我失去自由的牢笼。在那里，一阵阵的窒息从我的心头一直弥漫到我的全身。

一个月后，娘不舍地看着我，对我说道："长安，你爹给你许了人家，你就要从娘的身边离开了。"

我的心猛地一下刺疼，像流星划过灼热的伤口。转过身，我背向着她，淡淡地说："娘做了决定，女儿一定顺从。"

在泪眼蒙眬中，我看见那个……少年的身影跳跃着，连同……雪。

楔子［二］
东风又作无情计

［二］韩楚

我叫韩楚。自我记事以来，我就只知道自己有个师傅，其他的我一无所知。每每问及师傅我的身世时，他总是半眯着眼，看着天边古老的白云，飘来飘走，却从不回答我。师傅是个厌倦江湖归隐的侠客，没有人知道他的来历，他也从不和我提起。那隐藏在他内心深处的，是早已远去的江湖。从我两岁那年起，师傅每天教我习武。我所有的时间都用在练功上，连睡觉都躺在一根绳子上，师傅说这样可以锻炼我的轻功。

我的记忆里根本没有什么可回忆的往事，因为我的童年都在孤独中度过，跟随我的只有那把破剑。我曾问师傅，为什么要给我这么一把破剑？它毫无光彩，锈迹斑斑。师傅却告诉我，它是我的命，别看它现在毫不起眼，却不是一般的凡品，会随着我武功的长进，发出夺目的光彩。

我和师傅居住的地方叫桃花溪。那里有条溪，其实应该是河。河岸上生长着一年四季都不败的桃花，我喜欢在那片桃花林里练剑。我喜欢看那片片的桃红，在我的剑下纷纷飘落，像下了一场缤纷的桃花雪。我喜欢雪，喜欢雪那份隐藏在安静下的躁动。像我骨子里的不安分。

师傅每年都要出门一次，约莫半个月的时间。每次回来他的脸上都带着忧郁的神情，然后他就站在山峰上朝着西边眺望，一站就是一天。我不知道师傅究竟去了哪里，他眺望的地方又是哪里，但我知道他一定在牵挂着一个地方，牵挂着一个人。但是这一年，他十天就回来了，他胸口的白衣已经被染成了黑紫的颜色。师傅用不舍的眼神看我，那干涩的嘴唇像两片干枯的树皮。他对我说："楚儿，你出生的时候，天边飞来一群喜鹊。它们托着这把玄铁剑落到你的身边，你出生的地方叫缥缈，那里芳草萋萋，白雾茫茫……"

他终究没有说完，就咽气了。我的身世是什么，恐怕再也无人知道。师傅死了，剩下我一个人的日子总是那么的漫长。除了练剑，我甚至不知道自己还能做什么。我时时注视着我的剑，它正如师傅所说的——在它的斑斑锈迹下，微微透出夺目的锋芒。

不知从什么时候起，在桃花溪的那边，高大苍翠的垂柳下，总有一个白衣胜雪的女孩坐在那里抚琴。我看不清她的模样，但我能从她琴声里感觉到内心的孤独。我有种想见她的冲动，想看她总是低垂的粉面，想看她被深埋在内心的忧伤。

我曾不止一次试图跃过这条河，去对岸看她。可是我一次次跃起，一次次坠入河中，我羞于以浑身是水的形象去见她。终有一日，我踏着午后的阳光从河上飞跃而过，鹤样地落到她的面前。没有我想象中相见的场面，她并没有因为我的到来而开心。相反，她很冷漠，甚至不曾看我便转身而去。

我看着她那胜雪的白裳，黑缎子一般柔软的秀发就那样消失在这阳光的阴影里，心中一阵惆怅。我伤感着回到桃花林，那以后我便不去对岸，只是想着她。想她如雪的肌肤，高高的发髻，冷若冰山的面容。

我喜欢做梦。从小到大，我都在做着同一个梦，梦里有着层层的山峦，有着盛放的鲜花。在鲜花丛里，有个白衣飘飘的女子，在那里幽幽地抚琴，琴声悠悠，如诉如泣。然后，一阵电闪雷鸣之后，一切化作了虚无，只有遍地的尸首，残肢断刃，血流成河。每每这时,我都会从梦中惊醒,怀里的那把破剑竟会不停地颤动。

为了一直缠绕着我的梦,我决定去从军。我想我的梦一定与军队有关,也许这是我的某一种预感。正如那个女孩,我一直想她就是我梦里的那个白衣的女子,我相信我们冥冥之中早已注定了一切。虽然她对我是如此的冷漠,但我相信,终有一日,她会放下她那冰山的容颜,让我走进她孤独的内心。

出发的前一天那个美丽的午后,我去看她。她依旧那么的冷漠,像雪山上横行千古的冰。当我说要去从军时,她终于说话了。她的声音虽如黄莺出谷,却很冷,冷得就像她的人。我彻底被她的冷漠所打败,我撕心裂肺地喊出我的名字。我是多么渴望她能回首看我一眼,回首来告诉我她的名字,她从哪里来,她会不会一直在这里生活。可是她什么都没说,转身走了——默默地,高傲地走了。

那一夜,我一夜未眠,满脑子都是她的身影。我总觉得她的身影很熟悉,似曾见过,却又记不起在哪里相遇。我相信我和她之间并非只是在梦里这么的简单,可是我们之间究竟有些什么呢?究竟是些什么在我们之间纠缠不清?为什么那把剑会颤动?是不是触及了它被隐没的灵性?

翌日一早,我轻轻地折了一根那株垂柳的枝条,放入怀里。朝她的房子看了一眼,我便转身离开。我要去军营开始我金戈铁马的军旅生涯,也许我将永远地离开这里,永远都不再回来。但是我永远无法忘记,在这株青翠的垂柳下,曾有个白衣如雪、冷若冰霜的女子,每日弹着忧伤的琴声。

楔子［三］
落红难缀离人泪

［三］上官谨枫

　　我叫上官谨枫，我出生在一个没落的贵族家庭里。我的父亲曾是江南巡抚，后被奸臣所害。我的母亲追随着父亲而去，实现了他们同年同月同日死的凄美誓言。而我，只能寄居在舅父家中。

　　舅父是长安城慕容世家的主人，他的家业富可敌国，中原所有的绸缎庄都是他所经营。他有八房妾室，却只有一个儿子，那就是我的表哥慕容飘。慕容飘有着青山一般健朗的身材，绿水一般秀气的面容。他喜欢穿着白色的长衫，喜欢微微地扬起那棱角分明的唇角，喜欢在腰间斜别着一支碧绿的玉箫。他的箫叫离魂箫，能发出一种摄人魂魄的魔音。没有人知道这箫的来历,甚至不曾有人知道飘的师傅是谁,仿佛他天生就有着这种魔力。

他常常站在长安城最高的地方看着西天的方向,面容安静而从容。只是透过他那双清澈明亮的双眸,我看见了忧伤和无奈,有时甚至还有那隐藏得很深的极不安分的躁动。我站在他的身后,看着他孤单孑然地立着。我一直不敢问他在看什么,因为他有什么秘密总是小心翼翼地隐藏在内心的深处。我只是觉得他有着无限的忧伤,像永远也拨不开的夜色。

飘每年都要出门一次,很久才会回来。每次回来后,他都会把自己关进房间,谁也不见。有一年他回来后,我偷偷进了他的房间。我看见他正痛苦地躺在地上,浑身不停地颤动着,像风雨里即将凋残的牡丹。

"飘,你怎么啦?"我托着他的头问他。

他用蒙眬的泪眼看着我,眼神忧伤而迷离:"枫,为什么,为什么我一生下来就带着前世的记忆?为什么我不能像你们一样无忧地活着?为什么要我来承受这么艰巨的使命?我受不了了!枫,你知道吗?我受不了了,我真的受不了了,枫——"

"飘,究竟是怎么回事?你去了哪里?发生了什么事?"

他摇摇头,痛苦地闭上眼睛:"枫,我不能说,我真的不能说。"

"飘,你累了,睡吧。"

他突然紧紧地搂住我:"枫,我好累。"

我看着他,那原本清澈的眸子已经布满了血丝,透着绝望和痛苦。他靠在我的肩上,安静地睡着了。我看着他那微扬的唇角,有着淡淡的孩子般的纯真。他没有朋友,他说他唯一能相信的人只有我,但是他却从来不和我说他的心事。

他是个很冷漠的人,几乎不曾见他对别人笑。只有在我面前,他才会放下他的冷漠,他的眼里才会出现笑意和爱怜。他会用他的箫音引来很多的蝴蝶,然后抱着我飞起来,跟蝴蝶一起飞舞。我开始有些迷恋他的白裳在空中飘逸的洒脱。

那年开始,他教我武功。

我凝视着怀里的飘,他安静得像个孩子。他眉头微微地皱着,带着他这一生都放不下的像轻烟雾似的忧愁。我在他的额上轻轻地亲了一下,听着他均匀的呼吸声,我突然心头微微地一酸,忍不住滴下一颗泪。

那天,他醒后告诉我,他去的地方叫缥缈,那里芳草萋萋,白雾茫茫。飘说:"枫,等时机成熟,我会带你去看那里青翠的山峦,长着蒹葭的宛如祖母玉的溪水,还有四季都不败的鲜花。"他的眼中竟有了微笑,暖暖的,像午后的风吹散我心头忧郁。他说:"那里还有永远不会老的女孩,她们扭动着杨柳一般的腰肢,欢快地舞蹈，那甜甜的歌声穿越了云霄。"

于是，我便渴望着飘能早日带我前去。可是，我的梦想很快就破灭了——飘最后一次回来，是给人抬回来的。他的箫插在了他的胸膛上，洁白的长衫成了血色。他苍白的脸上，竟有着一抹淡淡的不易察觉的微笑。我知道他解脱了，带着那微扬的唇角解脱了，从此不必再那么痛苦地活着。

我没有掉一滴眼泪，我知道飘去了他想要去的地方。他没有死，他只是获得了重生。也许他忘记了前生的记忆，像我们今生一样，无忧地生活着。可是，我还是渴望着那个叫缥缈的地方，向往着那里的芳草萋萋，白雾茫茫。

飘死了，舅父不知道在何处找到了舅母，跟舅母一起回来的是个抱着琴的女孩。她有着跟飘一样洁白的长衫，跟他一样冷漠的面容，甚至她的眉宇间也有着一抹淡淡的像轻烟薄雾般的忧愁。她的怀里一直抱着一具琴，黝黑的散发着乌金一般的光芒。

我知道她是我的表妹。

我从舅母的口中知道了她的名字——长安。长安表妹喜欢在树下抚琴，淡淡的琴声微微透着凄凉，像那静如水的月色。她就像严寒里的梅花，冷傲中透着妩媚。她抚琴时那幽雅的姿态，如那空谷的幽兰。

我一直认为我是见过她的，她的身影是如此的熟悉，似曾相识。可是我却无法捕捉到一丝的记忆,就像昨晚的梦。梦里一切都似真实的一般,醒来了却无从捕捉。难道表妹曾出现在我的梦中?我再一次深情地凝望着她纤细的身影,那身姿像微风中的垂柳,娇弱得让人心疼。

舅父的野心不是整个中原,他的野心已经扩张到了大辽。在表妹到来的一个月后,舅父便将表妹远嫁大辽。舅父是希望通过与大辽第一贵族北院大王侯府联姻,实现他将生意做到大辽的野心。长安表妹并没有抗争什么,只是淡淡地答应了,仿佛一切皆与她无关。只是,她的琴音更加的低沉和伤感,有着诉不完的心事。

看着长安表妹,我会想起飘,想起飘说的那个叫缥缈的地方。我觉得长安表妹应该生活在那个叫缥缈的地方,在那里快乐地弹琴,甜甜的歌声穿越了云霄。她不应该生活在这个牢笼般的地方,不应该这样每日以琴抒怀,郁郁寡欢。

舅父让我护送长安表妹出嫁。我看着她日渐消瘦的面庞,那结满忧愁的眉宇,心里一阵刺疼,却不敢说什么。我微微点点头,对舅父说:"舅父请放心,我一定将长安表妹平安地送到北院侯府。"

长安表妹看着我,然后转身离去。那一刻我似乎能听见她的心在滴血,我甚至想她的心里也许已经有了心仪之人。眼睁睁地看着她消失在我的视线里,我却不能为她做些什么。要是飘还在,我想他一定会有办法的,不会像我这般的懦弱。

不知何时,窗外飘落了一地的桃红,像长安表妹凋落的心。

第一卷 风雪雁门关

第一回
红萼无言耿相忆

[一] 馥菲

几辆华丽的马车辗着满地的碎冰雪，朝着关外的方向飞驰而去。

我叫馥菲，我的师傅是铁眉道姑，我从小便跟随着她学习道术。师傅的成名绝技便是道家的魅心咒，这种道术可以在瞬间迷人心神。一直到几年前，师傅遭魔界的三阴怪人伏击重伤而死，而我被慕容世家的少主慕容飘所救。于是，我便留在了慕容家做了奴婢。

我第一眼看见长安小姐的时候，她正跟随在夫人的身后。她微垂着头，一身洁白的衣裳，裙角在风中微微地飘起。那种感觉很熟悉，我似曾在梦中见过她一般。她几乎不曾言笑，艳如桃李的粉面永远的冷若冰霜。在她内心最深处，似乎藏着一个让她困惑已久的心事，也或许是一个让她思念着的人。

老爷让我伺候她，照顾她的饮食起居。慢慢地，我们熟识了，也知道了一些她的琐事。一个月后，长安小姐出嫁了，老爷将她许配给大辽的一个王爷。为了认识这个王爷，老爷不知花了多少的钱财，打通层层关节，最后终于实现了他的心愿。

此刻，我正和长安小姐静静地坐在最中间的一辆马车内。只见她伸手撩起帘子，看了看窗外，满目凄凉。前面便是那雁门关，长安小姐的脸上满是悲戚，她的心头一定是无比酸涩。终于，她再也忍不住，说："等一等！"

上官谨枫少爷正骑马跟在我们乘坐的马车旁边，听到长安小姐的喊声，他立刻让车队停下来。他温和一笑，说道："表妹，你是不是在车内闷得太久，身体不舒服？"

长安小姐抬眼看了看他，像风拂过落花般淡淡地说："我想下去看看。"

上官谨枫少爷俊美的脸上带着像阳光一般温暖的笑容，一边温和地回答："表妹小心。"一边伸手将车门打开。

我扶着长安小姐下了马车。她站在这冰雪上，朝着一个方向望去。我知道她在看她长大的地方;我也知道那里四季如春,那里常年桃花怒放,宛如人间仙境;我更知道那里有她念念不忘的身影。

此刻,她站在冰冷的雪地里,望着遥远的桃花林。那里一定是桃红漫舞,落英满地。

她紧了紧身上的貂皮披风,泪水已在不经意间悄悄划过她的粉面。上官谨枫少爷忙掏出他的丝帕,为她轻轻地拭了拭泪痕:"表妹,这里风大,你还是上车吧,小心病倒。"

她轻轻地摇摇头,声音凄凉而悲怆:"不,我要再看看,这一出关,再也不知道何时才能回来,若是今生都不能再回来——"

她再也无法说下去。

上官谨枫少爷的脸上闪过一丝遗憾的表情,但立刻笑了笑安慰长安小姐:"表妹,不会的,北院侯府的人不会的……"

他没有再说下去。长安小姐看着他,我觉得似乎透过他的眼睛看见了他心里那深深的遗憾。

上官谨枫少爷就那样看着长安小姐,目光深情而怜悯。犹记得长安小姐刚进慕容家的时候,他身着月白色的长衫,在那树古老的梅树下舞剑。剑光和他的身影在一起旋转着,像一只陀螺,绕着梅树飞来飞去,飘逸而出尘。

突地,天边飞出一片乌云。刹那间,天地间立刻昏暗了起来。上官谨枫少爷看了看天色,焦急地说:"表妹,快上车,看样子要下雨了,我们得立刻赶到前面的客栈,否则会淋雨。"

我扶着长安小姐上了马车。她伸手撩起帘子朝着她方才张望的方向,凝望许久,终究狠心放下了帘子,闭上那一双秀目不再去看。

风已经卷着遍地的碎冰雪呼啸而来。我们狼狈地赶到了一家名叫雁门的客栈。客栈不大,人也不多,只有几个商旅零零落落地坐在那里。掌柜的是个年轻妩媚的女人,年轻的脸蛋年轻的身段。她那淡紫色的衣裙,绣着几朵别致的蝴蝶兰,甜甜的声音在屋子里回荡着。

"众位看样子是要出关?"那女人看着我们,问了一句,脸上已经带着甜甜的笑。

上官谨枫少爷看了看她,嘴角浮出一丝笑意:"是的,出关。"

那女人脸上的笑意更浓了:"这几日将有大暴雪,估计你们将要在小店住上几天了。"

上官谨枫少爷淡淡一笑:"有酒有肉,多住几日也无妨。"

那女人伸手在他肩上拍了拍:"兄弟,我这客栈别的没有,这好酒好肉可是应有尽有。"

上官谨枫少爷笑了一笑说:"我们要五间相连的客房。"

我和长安小姐住在最中间的那间屋,房间虽小,却十分干净。

长安小姐正轻轻地梳理着她那黑缎子般柔软光滑的秀发，然后盯着那把白玉雕成的玉梳，幽幽地叹了口气。那是她十岁那年她娘送她的礼物，她时刻都佩戴在身边。不想，今后只能睹梳思人了。

炉子里的火烧得很旺，屋内暖暖的。长安小姐的脸上红红的，像擦上了一层淡淡的胭脂。窗子外面的风很大，呜呜地响着。不知何处传来一声像山猫一般的哀号，只那么一声，便再也不曾传来。

我皱皱眉说道："那不像是山猫的哀号，这冰天雪地的，哪来的山猫？"我靠近窗户朝外面听了听，可是，只有风在呜呜地吹着，并不曾发现任何不对。

长安小姐看了看我问道："外面有什么不对吗？"

我轻轻地走过来，帮她梳着秀发，跟她说："那倒没有。不过我总感觉方才那一声很古怪，并不像猫的叫声。"

然后，我用一条血红的丝巾将她的发丝系上，笑说："长安小姐，这条血锦是我师傅送我的护身之物，可以辟邪。"

她对着铜镜看了看，淡淡回答："你为什么要给我？那是你师傅送你的遗物，还有你叫我长安就可以了，我不喜欢别人称呼我为小姐。"

我微微一笑，说道："长安，因为我总觉得这里不寻常。我有种不祥的预感，这是个很诡异的地方。你的安全重要。"

长安淡淡一笑，淡得像天边的浮云："安全？我的命我都不在乎，你何必这般操心？若真的命丧于此，倒也是种解脱。"

我看着镜子里的她，她的眼神有点迷离，我想她的心里一定酸酸的。

第二回
剑风起兮血光寒

[二] 慕容长安

  我坐在梳妆台前,梳理着我的秀发。它是如此柔软和光滑,娘以前常夸我的秀发比她年轻时还要好。
  馥菲是我的贴身婢女。她比我大两岁,但是我们却情如姐妹,我甚至跟她说了那个藏在我心里一直折磨着我的秘密。
  那个白衣的少年,那片落红乱舞的桃花林。
  她用一条她师傅留给她的可以辟邪的血色的丝带,系住我的头发。其实我对生死看得很淡,没有快乐地活着,与死又有何异?
  这时,门外传来了敲门声。馥菲来到门边,轻声问:"谁?"

来的是上官表哥,他神色有些紧张。我心中一动,但并未开口。馥菲问道:"上官少爷,发生了什么事吗?"馥菲说着,脸上的神情也渐渐地严肃起来。

他舔了舔舌头,深深地吸了口气,说道:"老许不见了,吃过晚饭的时候他说去茅房就再也没回来。我找遍了客栈都不见他的人,连个尸体都没有看见,我估计他凶多吉少了。"

馥菲脸色变得难看起来,双手搓着衣襟,说道:"难道我的预感真的灵验了?上官少爷,其他的人有事吗?"

上官表哥摇摇头,他看了看我,又转向馥菲说:"其他的人目前没事,表妹的安全就交给你了。馥菲,不论发生任何情况,你都要保护长安表妹的安全。"

馥菲应着,便走到窗户边上。她伸手将窗户往前推了一下,外面的风立刻灌了进来。炉子里的火开始扑腾起来,火星四下飞散,像下了小小的流星雨。馥菲看着窗外,细心地听着。她能透过这呼呼的风声,听见远处沙丘移动的声音。

蓦地,她神情紧张地闪向一边,轻声说:"上官少爷,你看那里。"她指向远处茫茫白雪中的某一处。

上官表哥立刻贴近窗户,朝那边望去;然后他跳窗而出,姿态优美而华丽。就见雪地里闪过一道剑光,像一道闪电划破长空。馥菲一飘身到了我的身边,伸出左手轻轻地拉住了我的手腕。突然间，她的眼睛亮得像一盏灯，盯着窗户。

灯在这时候突然灭了，屋内昏暗了起来，只剩下炉子里的火光，窗户"砰"的一声关上了。我能感觉到馥菲的手在微微发颤，于是，我轻轻地握住她的手，以平静她有些慌乱的心。

突然，一团血红的光环旋转着从窗外飞射进来。馥菲右手一扬，打出一道金光，像一片飞舞的萤火虫，将那团血色光环罩住。血色光环幻成一个血色的骷髅，口中喷出一道血浆状的物体，冲向那道金光。血浆触到金光时，竟将金光湮灭；复又卷起，袭向馥菲。我禁不住轻声地说："小心。"

馥菲早已将右手食中二指并拢，放至唇边，口中念念有词。只见袭来的血骷髅发出一声怪号，在空中打了个转，再次扑来。但见馥菲周身金光环绕，口中所念的口诀亦是越来越快。那血骷髅在空中幻出一张巨口，喷出一股浓浓的血浆，顿时使得房内血腥异常。血浆触及馥菲身上的金光时立刻向四周弹开，转而溅在了我的身上。我本以为自己难以逃开，却不料血浆一接触到我立刻化为乌有，消失得毫无踪迹。

这时，上官表哥从窗外破窗而入，手中的剑划出一道光芒，斩向那血骷髅。不料，那血骷髅突地飞起，喷出一股血浆，洒向上官表哥。但见上官表哥身形旋转，避开那股血浆；又转而划出一道剑风，劈向血骷髅。此时，馥菲右手轻扬，一道金光挥出，如一支利箭射向血骷髅。金光从血骷髅的眉间穿过，血骷髅怪号一声，凄厉之极。

刹那间，只见血光飞洒，偌大的血骷髅化作数个小的骷髅。它们发出一阵哀号，在空中飞旋着，然后顺窗而出，消失在茫茫夜色里。

馥菲收起金光，看了看上官表哥，眼中依旧闪烁着紧张的神色。她问："上官少爷方才在外面看到了什么？"她说话的声音微微发颤，并轻轻放开我的手。

上官表哥收起剑说："我追出去的时候，就看到一条黑影。我和他斗了几十个回合，他中了我一剑，然后就消失了。"

他说着看了看我，我正平静地看着他。其实我并没有因为这场突来的变故而显得惊慌，因为我是一个将生死毫不放在心上的人，也可以说我是个已经心死的人。心都已经死了，还有什么能让我惧怕？

馥菲长长地嘘了一口气，面上的神情稍微平静了些，继而说："刚才来的是魔界的血魔，专以吸人精血来维持生命。他在一日，世间便不得一日安宁。方才他中了我的魅心咒，半月内元气不得恢复。估计着这暴雪半月内是必停的，我们可以在他元气恢复前离开。"

上官表哥点点头说："今天晚上我就在门外，你们要小心。"

他举步到了门外立在那里,像那水边笔直的玉竹。

屋内依旧很昏暗,只有炉子的火透着微微的红,映着馥菲苍白的脸。我没有再说什么,只是径自走到床边,和衣而眠。而馥菲也未再说些什么,她也面朝窗户,和衣躺在了我的身边。

第三回

从今又添一新愁

［三］幽紫蝶

我叫幽紫蝶，是这家雁门客栈的老板娘。我喜欢我的客人，他们能给我带来很多的金钱。我承认我喜欢钱，因为没有人不喜欢钱的。没有钱，我的客栈将无法再维持下去。更重要的是，这些来投宿的客人是我师傅维持生命的重要来源。

我喜欢笑，我知道一个女人最厉害的武器有两件：一个是她的笑，另一个是她的眼泪。我不喜欢悲悲戚戚的，所以我选择了笑，我要让那些男人在我如花的容颜和那银铃般的声音里彻底臣服。看着那些男人在我的石榴裙下卑微地活着，我有着说不出的开心。

可是当那个男人出现在我的视线里的时候，我有种预感，我将被这个男人所臣服。他有着青青翠竹般挺拔的身材，乌黑的秀发如瀑布般披在脑后。他干净的面容，熠熠生辉的星目，以及他那雪样洁白的长袍，无不深深地诱惑着我。

看得出他是要出关的，随他一行共几十人。其中有个白衣的女子，她绝美的脸似乎永远像这边关的雪山。我能看出她冷漠背后的忧愁，她的忧愁就像那雪山上的雪，禁锢着她的心。她是高贵的，有着宛如天边流云般优雅的气质。她不是那种用眼泪抑或是笑容来臣服男人的女人，她用她的冷艳。

我知道他不曾用正眼看我，他的眼里只能看见她冷艳的面容，流云的气质，他眼里的微笑也只是属于她的。我还知道他们是表兄妹。我嫉妒着那个女人，嫉妒着她占据了他的全部眼与心。

他们下楼来的时候，我正穿梭在那些男人的中间。他那干净的脸上，微微地显得有些疲倦。我知道他昨夜一宿未曾睡觉，他站在她的房前，静静地站在那儿，站了一宿。我曾几次想过去陪他说话，让他不至于那么的寂寞，可是，当我想到他这是为了另一个女人时，我便宁可躲在黑暗的角落看着他，想着他，在心里跟他说话，也不愿意出现在他的面前。

我挤出满脸的笑容，用甜甜的声音跟他说："公子要点什么？要不要来壶女儿红？"

他只是淡淡地一笑,用眼角的余光瞟了我一眼,随后说道:"我们三个人,每人一碟馒头,一碗白水,菜要素的。"

我还是深深地看了他一眼,笑着去了。转过身去的我,眼里凉凉的,心里酸酸的。那个女人坐在他的身边,他正用亲切的爱怜的眼神看她。

我抹着微笑,端着他们需要的食物,缓步而来。倒是旁边座上被喊为"雷胖子"的男人,总是用那色眯眯的眼神看看我,嬉皮笑脸地流着口水。我最鄙视这种贱骨头的男人,在女人——尤其是漂亮的女人面前,他们永远是那么的低俗恶心。

此刻,他又用那样的眼神看我,对我说:"老板娘,你要冷的话就到我这儿来,哥哥我的怀里热乎乎的。"

我回过头去,双手往腰上一叉,伸出右手用手指着雷胖子说道:"你个死相,再调戏老娘,老娘现在就拿刀剁了你!"

我瞟他一眼,他依旧静静地坐在那儿吃着馒头,喝着白水,淡淡的神情,幽雅而从容——这才是我喜欢的男人。

他们上楼去了,我望着他的身影怅然若失。我开始有些讨厌这个地方,讨厌这个没有感情,人人都冷淡得像那雪山一样的鬼地方。我不想再看到这里的日出,可是,我又能去哪里?哪里能收留我?离开这里,师傅他能放过我吗?天下虽大,终究无我的容身之处。

我渴望着，渴望我能去我的梦里。在梦里，有一个很美的地方。那里芳草萋萋，白雾茫茫。那里的水，像耳朵上的祖母玉一样的碧绿。那里有着很多女孩子，她们是那么的年轻和美丽。她们唱着无忧无虑的歌谣，歌声都穿透云霄。可是，这是哪里？我能找到这个地方吗？

叹了口气，我悄悄地回到了我的房间。在我身后，出现了一个男人。我很妩媚地一笑，关上门，对他说："你来做什么？"

他靠近我说："老板娘，我想什么你还能不知道吗？"

我笑了笑，眼里泛滥着妩媚和妖娆。他走上前来，一把抱起我，急不可待地朝床上走去。就在这时，我冷笑着，将手上的一枚戒指轻轻地一拉，一根细如毫毛的铁线便缠在了他的脖子上。

第四回
愁似轻烟锁重楼

[四]慕容长安

　　我们三人回到了房间，我看着上官表哥略显疲倦的面容，柔柔地说："表哥，你去休息吧，昨晚你站了一夜。"

　　馥菲笑了笑，说："少爷放心，长安交给我吧，我会好好保护她的，今天晚上说不定你还要再熬夜。"我总觉得这里很古怪，有一种不祥的感觉，这感觉就像很多年来一直缠绕着我的梦魇。

　　上官表哥点点头，看了看我和馥菲，然后他沉重地说："是的，这里确实不寻常，老许一直没有回来，估计是凶多吉少了。白天应该不会发生什么，晚上我再来门口守着。"

说着，他便轻轻然离开了。

我斜斜地躺在床上微闭双目，脑海里思索着昨晚发生的事。为何那血魔会突然在这里出现？为何又那么巧地出现在我的房里？若不是上官表哥和馥菲拼死相救，我怕是早已为血魔所掳。而老许失踪了，是否是血魔所为？想到老许，我的眼前又出现他那张憨憨的老实的脸。

抬头看了看馥菲，她正静静地坐在那里。在她的手里有一面铜镜，这面铜镜并非来自客栈，而是她的随身携带之物。镜子不大，看上去很普通。但是，在镜面中间处有一颗龙眼大小的闪着莹莹光芒的珠子。

我知道，这是她的师傅铁眉生前留给她的遗物，她一直带在身上。她和我说过，她师傅临死前曾说这是面宝镜，她师傅死后的灵魂会留在这镜子里。可惜，她师傅还没说完就咽气了，所以馥菲一直不知道如何使用这面宝镜。

那颗小珠子似有灵气一般，有股淡淡的青气在里面旋转不停，似奔腾的云海。馥菲足足看了一个时辰，但依旧没有任何新的发现。她转过头来看了看我，眼神突然变得温柔起来，面上现出微微的笑意，像那暖暖的阳光。她虽然只比我大两岁，但是她说当她第一眼看到我时就觉得我与众不同，说我有一般人没有的气质，有着一份宠辱不惊的从容。

入夜的时候，上官表哥急匆匆地进来。馥菲怔了怔，问他："少爷，发生什么事了吗？"

上官表哥的脸上满是忧郁和焦急："雷胖子不见了，有人说他去了老板娘的房间，然后便再没出来。可是老板娘的房间里根本就没有雷胖子的人，甚至连尸体都不曾看见。"

我对这个雷胖子并不熟悉，不过早上见他那副德行，便不由得恶心。这种人即便是死在老板娘的手里也是咎由自取，怨不得人的。我淡淡地说："表哥，这事不能急，你自己更要冷静。你若乱了方寸，他人岂不更乱？"

上官表哥微微叹了口气，目中闪动着淡淡的忧郁。他说："长安表妹，我现在担心的不是雷胖子，是你。"

馥菲轻轻地拭了拭那面镜子，神色平静地说："少爷，你去过老板娘的房间？"

他点点头，俊朗的脸上微现红晕，随后说道："是的，方才去了，但并未发现可疑之处。"

我和馥菲看了看他，馥菲问："少爷你去的时候，老板娘也在房内？"

上官表哥轻轻地点点头。

上官表哥坐在那里喝着酒，我坐在他对面轻轻地品着茶。这茶淡淡的,根本不是正宗的毛峰。老板娘那银铃般的笑声在上官表哥的耳边响起:"客官,今天难得喝酒,要不要来点下酒菜?"

我很羡慕她能够开心地说笑,一副永远都不曾忧伤的模样。如果有一天我能放下我的忧伤,我可否也能如她一般?

上官表哥抬眼看了看她,嘴角浮现一丝淡淡的笑容:"老板娘要不要一起喝杯?"说着他斟了一杯酒,并且递到了她的面前。

老板娘坐了下来,受宠若惊地接过酒。她小嘴一嘟说道:"瞧你,还不如喊我蝴蝶呢,喊什么老板娘?把人家都喊老了。"她说着秋波暗转,水汪汪的眼睛里洪水泛滥。

两人你一杯我一杯地喝着酒,酒是烫过的。旁边有个小的火炉,可以一边喝酒一边用炉火温热。几杯之后,她眼里的洪水更加不可收拾,话也显得暧昧起来。

我抬头看了看上面,估摸着馥菲已经回房了,便站起身,说:"表哥,我累了,要回房休息去。"

上官表哥立刻站起身,随我一起上了楼。上楼时,我回首轻轻一顾,只见那老板娘犹自独饮。我知道此刻她是忧伤的,因为我看到她眼里泛滥的已不是洪水,而是晶莹的泪滴。

莫非她喜欢上官表哥?

第五回
迷雾应对边关雪

[五] 馥菲

长安和上官少爷去了楼下，我则偷偷地溜进了老板娘的房间。她的房间很大，也很漂亮，有着江南水乡的梦幻。床头上有一幅鲜红的莲花，莲花上站着一个妖艳妩媚的宫装女子，手提一盏宫灯。那一双眼睛异常明亮，放着妖冶的神采。

我伸手在床上拍了拍，没有发现什么异常的情况。因为这床是一个实体，像炕一般，所以无法查看床底。伸手掀开被子，在床单上我看见了一块玉佩。这块玉佩有铜钱大小，晶莹光亮，淡绿的颜色。那玉佩的中间刻着两个字：慕容。这是慕容家的信物，凡是慕容家的人都会有这样的一块玉佩，可是它怎么会在老板娘的床上？莫非雷胖子真的来过老板娘的房间？

我思索了片刻，正准备仔细查看，猛觉得身后有影子晃动着。我猛地转身，看见一个黑色的野兽如人般站立在我的身后。我无法去形容它的丑陋：它有着犀牛一样的角，头如龙身如狮，全身长着黑色的长长的毛发，与麒麟十分相似，却又不是。那东西盯着我，目中竟放出两道血红的光圈，箭似的朝我射来。

我撒出护身法宝"紫金花开"，在一片金光飞舞中，我口中轻轻地念着"魅心咒"。只见那怪物双手捧头，摇晃了几下，然后朝我扑来。我一边念着"魅心咒"，一边打出一支紫金镖。不料，那怪物中了"魅心咒"后，竟依旧十分机灵，闪向一旁，目中血色更盛。

就听"波"的一声，血光竟穿透了我的护体金光。如中雷击般，右臂有血涌出。我一个踉跄，几乎栽倒，反手又挥出了一支紫金镖，射中它的胸前。

随着"嗷"的一声低呼，那东西化作一股轻烟，消失得毫无踪迹。我止了血，挣扎着准备离去，却无意中发现那幅莲花图上的女子眼中那原本妖冶的神采，竟已消失得无影无踪，显得黯淡无光。我无意再去理会，亦不敢再多做停留。

挣扎着回到了房内，我躺在床上，右臂疼痛欲折。回想方才的那场争斗，若不是那怪物中了"魅心咒"，恐怕我难以活着回来。

没多久，长安和上官少爷回来了。他们见我受了伤，立刻为我包扎伤口。长安坐在床边看我，她的眼里平静得如一湖春水。她轻轻地柔柔地说："睡吧，睡一觉就好了，我会陪着你的。"说着她轻轻地擦了擦我脸上的冷汗。

我淡淡地笑了笑，感觉到很疲倦，我对她说："我不想睡，我和你们说说我的经过吧。"

听完我刚才的经历后，上官少爷脸色陡变。他声音微微地发颤，"莫非那是鹰王的火麒麟？"

火麒麟？我并不曾听过世间还有这种怪兽，更不知它的来历。我便轻声地问他："少爷知道这火麒麟的来历？"

长安看了看他，嘴角淡淡地一牵，问道："那鹰王又是谁？"

上官少爷看了看长安，又看了看我，目中闪动着忧郁。他说："鹰王是血魔的兄弟，他的坐骑就是一头凶猛异常的神兽，名叫火麒麟，能幻做半兽形，四处为祸人间。自从一百多年前，鹰王被崂山老道制服关在乾坤笼内后，火麒麟便也被老道困在了幽冥湖中，从此不得见。"

长安略加思索，说道："如此说来，若是这火麒麟在，那鹰王必定也逃离了崂山老道的乾坤笼。如此一来，我们势必会举步维艰，甚至连活的希望都没有。"

上官少爷面色沉重，良久，他缓缓地说："也不是没有办法，只不过——"

长安目光流转，问道："只不过什么？"

上官少爷眼神变得有些黯淡，他说："只不过这个办法实在是希望渺茫。要制服鹰王除非崂山老道再次出山，否则凭我们几人是绝无能力办到的。"

长安幽幽地说："这个希望的确很渺茫。怕是崂山老道也已不在世间，否则那鹰王又怎会逃离乾坤笼？火麒麟又怎会离开幽冥湖，而在此处出现？这其中定有些鲜为人知的变故。"

上官少爷看了看长安，目中的神采更加黯淡了。他说："也许吧。虽然现在血魔中了馥菲的魅心咒，尚未复原，暂且不会危害到我们，但是鹰王实在是难以应付。"

我轻轻地说："我有一点疑问，为什么火麒麟当时并不曾喷火？既然唤作火麒麟，那必定是可以喷火的。再者，那莲花上的女子为何眼神会变得如此的黯淡？难道这其中有什么隐情么？还是说他们之间本就有着些许的联系？"

第六回
门隔花深旧梦游

[六] 慕容长安

我们上楼的时候，馥菲正躺在床上。她的面容苍白而疲倦，原本俏丽的脸上爬满了汗珠。她的右臂上血糊糊的一片，显然受了很重的伤。她艰难地向我们讲述了事情的经过，上官表哥推测伤害馥菲的是鹰王的坐骑火麒麟。

真的是火麒麟吗？我心头泛起一丝寒意。那个怪物并不可怕，可怕的是它的主人鹰王。据上官表哥说，鹰王是个极其残忍的魔头，他的鹰爪功出神入化。那招"鬼影漫天"能幻出千万只手影，如千万人同时出招，纵使千军万马亦是难以抵挡。

上官表哥在说话的时候眼神是忧郁的，如他面上纵横交错的那几缕无奈的乱发。看着他的眼睛，我甚至在想，我为什么要那么顺从地去那遥远而陌生的大辽，难道仅仅是为了遵从娘的意思吗？娘又是为了什么肯失去她唯一的至亲的女儿，难道仅仅是因为顺从爹的意思吗？难道娘不知道我这一去也许再也不能回来，也许今生再也不得相见？

雪还在下着，天色已经暗沉，馥菲脸上的冷汗渐渐地消失了，映着微红的火光。她的脸色不再苍白，有着几丝的红晕。火光跳跃着，她脸色也跟着忽明忽暗起来，像那捉摸不定的夜色。

上官表哥看了看馥菲，见她面上有了疲倦之色，便用那柔软的嗓音轻轻地说道："馥菲你好好休息吧，我到外面守着。"他说着，眼神又移到了我的身上。他那黑亮的眸子略见笑意，温柔的声音在我耳边响起："表妹也早点休息吧。"

我看看了他，说道："我想陪着馥菲，她现在需要我的照顾。"我说完，轻轻拉住馥菲的手，然后就那样安静地坐在她的身边。

上官表哥看了我一眼，转身出门，又站在了门外。我抬眼看了看那扇门，门外是上官表哥，门内是我。仅仅一扇门，可门外和门内的人心情却是两个世界，两个迥然不同的境界。看着门，想着外面的上官表哥，我的思绪又禁不住飞到了那片桃花林——那个白衣少年的身影又在那里翩若惊鸿地随着漫天的桃红舞动着。

馥菲疲倦的脸熟睡着,我轻轻地擦了擦她脸上的细小的汗珠,用那柔软的丝帕。这么多年了,我一直压抑着内心的渴望,装作已经习惯了冷漠,习惯了孤独,甚至已经习惯了自己只活在自己的世界里,人情冷暖,与我何干?不想这短短的数月,却让我的思想有了前所未有的改变。在我冷漠的冰山下,那深藏的熔岩正一点点迸发出来。

馥菲有些干涩的嘴唇突然微微地颤动起来,口中含糊不清地念着:"一张机,冷月无声琴含义,丝丝扣心花凝泪。锦绣山河,心事成灰,曲曲觅灵犀……"

我不明白她所念的是什么含义,但是我想,这一定是曾经被她遗忘在某个角落里的一段深刻的记忆。我似乎能感觉到我项间的那块天香佩在微微地颤动,仿佛是蓦然间被惊醒了记忆。我轻轻地凝视着它,它的外表依旧圣洁细腻,也依旧像被掌心捂热般温暖恬静。可是,我的心头却不由地泛起了阵阵的寒意,如风中飘飞的树叶般的惊慌失措,一种奇怪的感觉已在不经意间爬满我的全身。

熟睡中的馥菲,嘴角微微地现出一丝难得的笑意。我第一次以这般角度凝视着她,她一定又回到了一直跟随着她的那个梦里。她曾对我说,她的梦美丽而迷离,有着茫茫的白雾,萋萋的芳草,有美艳的女子,英俊的少年,有着与阳光媲美的青青山峦,亦有金色鲤鱼欢腾跳跃的碧水。

昏暗的房内闪过一片淡淡的光芒，我抬眼望去，只见空中有几朵金色莲花飞舞。那淡淡的金色的光芒如佛音梵唱，空灵而诱人。

一个宫装的女子手里持一盏宫灯，在那片金光乱飞莲花乱舞中现出身形。她是艳丽的，艳而妖娆，如那初升的日下舒张的莲。她轻轻地朝我走来，每一步都摇曳生姿，如风拂过荷花般的轻柔。

我依旧坐在那里，轻轻地握住馥菲的手。天香佩又开始轻轻地颤动，似乎它的体内蕴藏的能量要呼之欲出，却又给生生地压了下去。

第七回
一襟余恨宫魂断

[七] 妖娆洛神

我叫洛神,是水族妖王的女儿。我十几岁时便出落得楚楚动人,妩媚娇艳,成为了水族的第一美女。十八岁时,我突染怪疾,不治身死。在我魂魄即将随风飘散时,相公出现了,他让我的魂魄附在了一幅画上,这画便是我的栖身之处。为了报答他的救命之恩,我便下嫁于他,做了他的夫人。

相公是水族的画师,有着俊朗如玉的面庞,飘逸脱俗的气质。他的笔像有着灵魂一样,画出来的画足以乱真。他画的云会在天上飘,他画的鱼会在水里游,他画的我妩媚妖娆活色生香。那时的我们真似一对神仙眷侣，我迎风轻舞，羞煞满院海棠。他纵笔疾挥，将这满院的春色绘于纸上，于是那张纸也是春色无边，引得彩蝶翩翩而至。

永远也忘不了那个霞染天际的黄昏，相公就是在那时离开了我。血魔看上了我的姿色，带人来抢我。相公拼死相护，可他又怎是那魔头的对手？我眼睁睁地看着他被血魔吸干了鲜血而亡，而自己却毫无办法。痛不欲生的我本想陪相公一起，但又不想让那魔头逍遥快活。我便强忍着羞辱苟且偷生，在那魔头身边强颜欢笑，伺机为相公报仇。

鹰王是血魔的结拜兄弟，这是个十分危险的人。他就像大漠的灵鹫，凶狠野蛮而残忍。鹰王的坐骑是头凶猛歹毒的怪兽，因这东西会喷火，能将雪山上的雪与冰融化，故名火麒麟。我终日被这火麒麟看管着，毫无自由可言。若不是替夫君报仇，除去血魔，我真不知道这世间尚有何物可支撑我活下去。

客栈内不知什么时候来了些厉害的客人。那天血魔前去采血，不想受到重创，躲进了群山之中。这日，一个女子出现在我栖身的房内，她与火麒麟那畜生交手。我期盼着她能杀了那畜生，让鹰王失去一只臂膀。这畜生在房内绝不敢喷火，因为我的画在这房内，它若喷火我便将与这房子一起化为灰烬。血魔是宠爱我的，鹰王对我亦是眉目传情，火麒麟纵有天大的胆子也不敢这般造次。

那个女子的道术十分厉害，虽然未能将火麒麟杀死，但是在我深深惋惜的背后，也有着几许兴奋。我终于可以暂时离开那里。火麒麟受伤逃走，房内无人看我，我便是自由的，可以离开画出去走走。

我乘着圣洁的金莲，来到了那个女子的房间。她似乎已经沉沉地睡去，在她的身边坐着另一个女子，洁白的衣裳纤尘不染。她平静地看着我，并不因我的到来而有丝毫的惊慌。那淡如水的眼神，似已将这纷扰的俗世看透了一般。

我在她前面三尺距离停下，静静地看她，她的身姿似曾相识一般。那份淡雅恬静，那份与世无争，是如此的熟悉，又如此的亲切。

"我见过你吗？"看着她，我轻声地问。

她目光如水，微微一转，亦是淡淡的，柔柔的。她回答："我们见过吗？就算见过了又如何？"

我无语地看她，眼里蓦然间满是忧伤，似是某个久违的梦想在瞬间变成了美丽的肥皂泡，消失得了无痕迹。

门开了，一个英俊的男子出现在我面前，雪白的长衫佩着黝黑的古剑。他看着我，手微微地动了动，握在了那柄古剑上。他冷冷地问道："你是何人？"

"我是何人？"我一笑，回答道，"我不会对你们产生任何威胁。我不是你们的敌人,却有可能成为你们的朋友。"

他看了看那个女子,用柔软的声音说:"长安表妹,你可曾受到惊吓?"

原来她叫长安。我轻轻一笑,说道:"你看她的那样子像是被吓到了吗?"

长安看了看我说:"你来这里有何目的?"

我轻轻笑了笑:"因为我要帮你们,我知道血魔的藏身之处。"

那男子看着我问:"你知道血魔的藏身之处?"

我妩媚地一笑:"那是自然。我若不知道他的藏身之处,我便不是他的妻子了。"

他的眼睛在火光下如此的清澈明亮,他急切地询问道:"那他在哪里?"

我眼波流转,相公曾说我的眼波像那波光粼粼的湖面,妖娆妩媚之极。我轻轻地瞟了他一眼,说道:"在望南山的山脉之下。"

就在这时,外面很清晰地传来了一声低沉的吼叫,像苍白的闪电撕裂暗沉的夜空。

第八回
伤高怀远几时穷

[八] 恋刀

江湖上的朋友都称我为恋刀。

我来到这家雁门客栈的时候,天地间有些混沌,风正肆意地狂吼,卷起漫天飞舞的雪花,而我像一片雪花似的飘动着。在接近客栈的时候,我看见了一抹淡淡的血红从客栈射出,一道优美的弧线,划过天际。我微微地皱皱眉,追随那道血红色的光芒而去。

雪继续在风中挣扎着,像飘忽不定的梦幻。

见那道血红的光芒在风雪中打着转,我猛地一挥右手,一道淡青色的光芒,从我的袖底飞出。那是我的刀,它叫袖底风,长七寸，宽两寸。袖底风扫过那片血红，又飞回我的袖内。但见那抹血红竟喷出一片鲜红的血液，又听得一声狂吼，凭空撒出一片红色的雾。在雾散尽后，显露出一个高大的怪物。

袖底风再次飞出，横扫向那怪物的头颅。就见那怪物的嘴中喷出一团火，火光化作一条火龙，闪电般朝我飞来。我冷哼一声，腾起身形，双手上下翻飞，卷起漫天的飞雪形成一个大的雪球，旋转着迎向飞射而来的火龙。

我知道眼前的怪物是火麒麟，它的主人是鹰王——魔界最凶残的恶魔。但是区区一个火麒麟我岂会放在眼里？连个畜生都斗不过，我又岂能为兄长复仇？眼见着火龙渐渐被飞舞的雪花所湮灭，我的右手再次挥出。袖底风化作一道青芒，穿越那巨大的雪球，刺在火麒麟的身上。

火麒麟又是一声狂吼，火光四起，挣扎着向远处飞蹿。我岂能给它机会逃走？我踏着飞舞的雪花，紧紧相随。终于，袖底风斩下了它的头颅，火光渐渐地黯淡，只留下火麒麟继续燃烧的尸体，冒着蓝紫色烟雾。除去它，就等于砍了鹰王的一只手臂。

火光熄灭了，我正要赶到客栈，就见一个女子站在我面前。我无法形容她的美丽，她是妩媚的，妖娆的，像那无边无际的春色。我感觉有些局促，因为不论是谁，只要是男人被一个女人——尤其是漂亮的女人这般看，都会很不自在。她并不说话，只是看我，眼神迷惘中带着几许忧伤、几许惊喜,还有那埋藏深处的寂寞。

我轻轻地别过脸去,不忍去碰碎她的目光。印象中并没见过这个女人,可是她看我的眼神,分明是久别重逢的情人才该拥有的。可是,我与她明明是初次相见。念及此,不由瞟了她一眼,而她正轻声地唤我,声音轻柔而颤抖。我分明听见她唤我——"相公"。我猛地回身看她,用迷茫的眼神抚摸着她细嫩的面容。

"你……是唤我吗?"我禁不住轻轻地问。她的眼里滑落的是晶莹的泪滴。她手上的那盏宫灯放着妖艳的光芒,映着她的脸,使得她整个人都显得不染一丝的烟尘。风拂着她的白衣,像妖娆飘逸的百合,盛放在漫天的飞雪中。

"是的,相公,你不认得我了吗?我是洛神,相公,我是你的洛神,你的娘子洛神!"她说得很轻,却字字沉重,每一个字都重重地击在我的心上,似被雷神的雷击中了一般。怎么会这样?我不再看她,不想被她的眼神俘虏。在她面前,我有种甘心拜倒的冲动,可是我清楚地知道,那股冲动却足以毁了我一生。

"我——不认识——你——"我从口中挤出这几个字,突然心猛地一痛,泪无助地滴落,像一场忧伤迷离的梦被无情地撕裂。为什么会这样?我分明不认识她,为什么我说出这句话的时候,会是这般难受?从未有过的迷惘,在这瞬间悄悄地爬上我的心头,那感觉却是如此的真挚,如此的不容置疑。

"呵呵——"突然间她笑了起来。在她忧伤的笑容里，隐藏着失落，像那凋落的繁华，飘散的云烟，孤渺而淡薄。在那近乎苍凉的笑声中，她化作一片盛开的金莲，烟似的消失在空中，不曾留下任何一丝可以捕捉的痕迹。

我蓦然惊醒，她的笑声，她化作金莲而去的身影，这一切是如此的熟悉，清晰地回放在我的脑海里。我见过她，我一定见过她！在我遥远而缥缈的记忆里，有她转身时那清晰的倒影。我曾无数次想伸手去捕捉，却只捧回一手无奈的空气。她的声音是嘹亮的，那歌声曾在我灵魂深处层层穿越，紧紧束缚。可是，这些都只是在我的梦里，在我那如影相随的梦境里。而今它却又似真实地发生在我的身上，梦也许并不只是缥缈的虚构。

我叹了口气，也径自飞奔向客栈。

第九回
泪眼无语愁肠碎

[九] 妖娆洛神

外面传来一声低沉的吼叫，我听得出，那是火麒麟发出的吼叫声。这畜生定是遇见了强力的对手，否则不会发出这般的吼叫。抬眼望去，外面已是红红的一片，鲜艳的火光肆意地在空中狂舞着。我化成金莲向外面飘去，在漫天风雪和火光中，我看见了一个男人。白色的衣衫，苍白的脸色被火光抹上一层淡淡的红晕。

火麒麟死了，身首异处。它的尸身尚在燃烧，这畜生在火中生，在火中灭亡，也算是场轮回。当我看清那个男子的容貌时，我不由得震惊，他居然是……是相公！我那死在血魔手中的相公竟又活生生出现在我面前，并且，他杀了火麒麟！

思绪澎湃之下，我强忍着内心的激动，柔声唤他："相公。"然而不如我预想那般，他并没有奔走过来紧紧地抱着我，用他那温柔而又有磁性的声音唤我娘子。他只是看我，没有用他那深邃而迷离的眼神触摸着我。我不由得迷惘，心痛。难道我的相公，他竟然不认识我了？终于在他那两片薄薄而微扬的嘴唇里蹦出几个字："我不认识你。"

一阵眩晕，我长笑着化莲而去。既然相见不相识，又何必要再见？既然他已忘记了我，我又何必还要自作多情？既然冥冥之中早已注定了分离，我又何苦要与他苦苦相随？忘记就忘记吧，忘了这风花雪月，忘了这海誓山盟，忘了曾经的情，忘了曾经的爱，就当一切都从未有过。

既然火麒麟已死，我也没必要再回到那枯燥乏味毫无气息的画中。鹰王在望南山的山脉里为血魔疗伤，不可能分心来这里。虽然相公已经忘记了我，但是我必须要杀了鹰王和血魔，实现我曾经的誓言。我进了客栈，那三个男女依旧在房间内端坐。他们并没有因这场打斗而惊慌，还是那般的古井无波。

我低垂着眼帘，站在那里，并不说一句话。那个被唤作上官表哥的人轻轻地走来，仿佛生怕惊醒我内心的悲苦般，他用极轻柔的声音问我："你不舒服吗？你的脸色很难看。"

我眼中竟已无泪，曾经从不停息的泪水竟然在瞬间消失得了无踪迹了。我抬眼看了看他摇摇头，又看了看长安，然后轻轻地说："火麒麟死了。鹰王已经失去了一条臂膀，而血魔的元气大伤，尚未复原。我们在这时出手，极有可能将他们除去。"我说着，看了看长安那冷艳的脸。她的脸上毫无表情，既无悲戚亦无惊喜，实在是不明白这个女孩的内心是不是雪做的。

上官轻轻一笑，用略带轻蔑的眼神仔细地看着我说："那好，我们联手如何？"

我知道他其实并不是完全相信我的，他的眼神已经出卖了他。但我并没有说出来，只是淡淡地说："你们准备什么时候去？望南山离这里并不是很远。"

说着，我眼神一转，瞟向上官。但见他的眼神明亮而干净，俊美的脸上带着几分犹豫。他的眼睛转向了躺在床上的馥菲，叹了一口气，说："馥菲受了伤尚未复原，凭你我之力怕是很难。"

却在这时，上官的身形一晃，人已飘到了门外。接着人影又一闪，他又进来了，手里提着的正是此间的老板娘幽紫蝶。我们再熟悉不过，她是血魔的徒弟，也是奉血魔之命看管我的人。但我并不将她放眼里，她还不是我的对手。在我眼中，她不过是血魔的一个小小的棋子，对我丝毫不起作用，我只是对火麒麟那畜生有些惧怕而已。

幽紫蝶在看到我的时候，她的眼神有些吃惊。她其实是个忧伤的女人，在她那开朗风情的面纱下，隐藏着一颗忧伤而脆弱的心。我知道她是慑于血魔的淫威，她只能做一个任由血魔摆布的悲哀的棋子。上官淡淡地看她，问道："你为何要偷听我们的谈话？你是不是血魔的人？"虽然如此询问，但他的语气仍然是淡淡的。

幽紫蝶看着他，眼里的神情亦是十分复杂。她说："我没有偷听你们的谈话。这里是我的客栈，我要来便来，要去便去，谁能束缚于我？即便是你，也不能奈何我的自由！"

幽紫蝶说着，目光忽而变得幽怨起来。她看了看床上端坐的长安，那股幽怨的神情更加深重，像一把刀在长安身上愤怒地深刻着。

第十回
一帘霁花灿若血

[十] 上官谨枫

我将门外偷听的幽紫蝶抓了进来。她的目光带着深深的怨恨,像吐着信子的蛇。我知道这个女人有着不可告人的秘密,老许和雷胖子的死与她有着绝对的关系,但是她这么做究竟有何意图?她的背后究竟还有没有主谋?若有主谋那会是谁?血魔或是鹰王?

洛神静静地站在那里,用冷淡的眼神看着幽紫蝶。她是个很怪异神秘的女人,她就像一个谜,是敌是友尚不清楚。她虽自称是血魔的妻子,却仿佛与血魔有着深深的仇恨。方才在风雪之中,她亲眼见着火麒麟被那个白衣男子杀死却袖手旁观,仿佛与其毫不相干,甚至连一丝的惋惜都不曾看到。她的眼里只有那个男子,那个白衣如雪刀快胜风的男子。我不知道他们之间有什么关系,但我从她那凄凉哀怨的笑声里感觉到他们之间的不寻常。

外面隐隐地传来一声哀号,似那远古的神兽在遥远的天边发出撼岳悲号。我微微一怔,看了看幽紫蝶,她面上的神色十分复杂,像一条条纠缠不清的毒蛇撕咬在一起。再看洛神,她的脸色十分苍白,尽管有这微弱的火光的映照,依旧像苍白的玉。

我问她们:"方才是谁在哀号?"

洛神看了看幽紫蝶,嘴角动了动,吐出很轻很轻的两个字:"鹰王。"

鹰王来了?我的心猛地提了上来,看来一场恶战在所难免。只是眼前情形对我们十分不利,鹰王来了,那血魔呢?血魔的伤是否已经复原?倘若他们一起到来,那后果实在不敢设想。我看了看长安表妹,她静静地坐在那里,面色沉静。我忽然很惭愧,长安表妹一个毫无武功的弱女子都有这般稳如泰山的风度,我又有何惧怕?

外面的风雪忽然停了,天地间变得寂静起来。我走到窗前,推开窗。虽然是夜间,但外面并不黑暗,有些蒙眬的光亮。天边忽然出现了一个鹰样的光环,朝这边飞射而来,如划击长空的闪电。

鹰王来了!

又一个亮点出现,紧随鹰王。那是个火红色的骷髅,放着耀眼刺目的光。血魔！血魔终于出现了！我的思绪开始剧烈地飞旋，鹰王和血魔绝对是冲我们而来。我凭一人之力绝对不可能胜过他们两个，我猜测洛神的法力并不如我，何况还有受伤的馥菲和不会武功的长安。

长安表妹站起身，用淡淡的声音和我说："表哥，倘若我看不见明天的太阳亦无所惧，你亦不必为我担心。我早已看淡了人生，生死已是身外之事。"

她说着，看了看洛神，依旧淡淡地说："鹰王和血魔来了，你何去何从？我们还有联手的必要么？你若要走，恐怕也没有人会拦住你。"

洛神摇摇头，看了看她手里那盏放着碧绿色光亮的宫灯，又轻轻地抚摸了一下，似在轻拭着一件无价珍宝。随后，她抬头淡淡一笑，说道："你能将生死看透，我又为何不能？你生亦何欢，我又死而何惧？"

说话间，那盏宫灯开始发出刺目的绿芒，化为两件兵刃：一支冰晶长笛和一支冰晶小剑。她看了看我，微微一笑，很轻却很坚定地说："我说过我们联手的。虽然我一个人斗不过血魔和鹰王，但是我们联手就多一分希望。我这凤宇玄天笛和冰晶莲水剑亦是上古神器，法力非凡。"

我报以一笑，既然都将生死看淡了，又有什么好惧怕的？随后转身看了看幽紫蝶，盯着她那如桃花般盛放的妖艳的双眸说道："你走吧，以后好自为之。"

幽紫蝶并没有走，依旧站在那里。她看了看洛神，又看了看长安，最后她的眼光落到了我的身上。她眼中的幽怨消失得无影无踪，有种暖暖的感觉。她语气很轻，却异常地坚定。她说："我要和你们一起，这些年我也看透了，也受够了。我也不想再做板上的鱼肉，请让我和你们同生死。"

我看了看洛神，我相信她和幽紫蝶之间定有渊源。洛神的眼神很平静，似一泓无波的春水，飘着幽幽的蓝。洛神微微低头，看了看手中的那支冰晶莲水剑，冷冷地说："你若厌倦了血魔的压迫，你可以选择留下；但是你若另有他心，我的这支莲水剑定会斩下你那风情万种的头颅。"

幽紫蝶轻轻一笑，眼波流转瞟向洛神，淡淡地说："我和血魔之间的事，你是最清楚不过。这些年我为他拼死卖命，可是他又回报我多少？我的心已经死了，死在这个无情无义的地方，死成了灰！可是当我看见上官的时候，我的心才慢慢地活了过来。能和你们一起并肩为自由而战，我就是死在这里，又有何求？又有何怨？"

她继续用那种温暖的眼光看着我，从她的目光里我读到了她的勇气，她的真诚和一种前所未有的信任。我点点头，对她说：

"那好吧，我们三个人联手对付血魔和鹰王。我相信我们能战胜他们！"

外面突然一片血红，灿若霁花，妖娆无比——血魔和鹰王已经来了，就在窗外。

第十一回

繁红乱处箫声起

[十一] 慕容长安

我看了看外面漫天的血色,那血魔不但伤势痊愈,而且内力增长了不止数倍。这时洛神面色突变,惊声呼道:"血魔吸食了艳艳花的花粉!他的内力增长了十倍!我们毫无希望了!"

床上的馥菲挣扎着起来,轻轻地牵住我的手。我看了看她,淡淡地笑了笑说:"不要怕,我们在一起,生或死都会在一起。"

她眼里有着淡淡的笑:"是呀,在一起,生或死。"她的声音一如她眼里的笑,淡得像那午后不经意吹来的微风。

这时窗户破了,一道血光冲了进来,旋起一个巨大的漩涡。漩涡里面传出血魔幽灵般的声音:"你们两个居然也敢背叛我!哼哼哼,今日便连你们也一起收拾了!"他话音刚落,一道血芒从漩涡内电射而出,射向二人。倘若被射中,不死也只有半条命。

洛神手里的凤宇玄天笛往上一扬,一道火光喷出。火光与那道血芒相碰,荡出一道光圈。光圈波及之处,如遭重创,整个客栈都在动摇。

幽紫蝶喊了一声:"此处狭小,外面比试去!"她的话音刚落,人已化作一抹淡淡的紫色光圈,穿过窗户,飘在昏暗的夜色里。

血魔冷笑一声,收起血芒,也穿窗而出。一股绚烂的血色射向幽紫蝶,将她全身罩住。幽紫蝶的手指上弹出一道银白的光线,向血魔弹去。银线一出,幽紫蝶身形立动,化为紫色的霞光,飘向一边。

洛神紧随其后,凤宇玄天笛卷起一条火龙,冲向血魔。冰晶莲水剑划出一道剑气,与火龙相配合。如此一来便与幽紫蝶一前一后将血魔围在中间。从血魔身上又喷出一股血芒,迎向洛神的火龙和冰晶莲水剑。

却在这时,一道强光从天而降,化成一个巨大的暗绿色的光环。光环散去,一个高大的老者现出身形。他杂乱而花白的头发散披着,一双锐利的眼睛鹰般盯着洛神,放着绿色的光芒。

上官表哥已经飞起了身形，手中的剑一式烟锁重楼，卷起漫天的剑气，锁向鹰王。鹰王并不躲闪，左手一挥，一片爪影飞舞，似狂风中飞舞的漫天黄叶，霸气十足。上官表哥的剑气突变，形成一道巨大的圆圈，迎向飞舞而来的爪影。相碰之下，"波"的一声，剑气与爪影四溢，激起漫天的飞雪朝四周箭般射去，客栈开始晃动起来。

馥菲轻轻挽住我的腰，我抱着我的琴，穿窗而出，落在远处的雪地上。忽然间我觉得自己轻得像一片鸿毛，立在雪上竟没有留下丝毫的痕迹。或许我天生就有这种本能，无论是遭遇何种困境，我都能化险为夷。记得那年，年幼的我不慎坠入水中。我不但未曾下沉，反而浮在水面之上，轻如一竿芦苇，漂到了岸边。

洛神的凤宇玄天笛喷出一道九天玄火，但却给血魔的血芒生生地压了下去。血魔的血骷髅旋转起来，搅起漫天飞雪，形成一个巨大的血球。血球越来越大，意将两人卷入其中。然在此时，一道淡淡的清辉划破夜空，闪电般地穿过那片血色球射入骷髅之内。就听血魔一声闷哼，漩涡更甚。

一道白影闪过，那个杀死火麒麟的男子惊鸿般飞射而来，那份洒脱不染纤尘。他的双手在上下翻飞着，驾驭着那道淡淡的清辉。猛然一声巨响，血色球突然爆裂，宛如雪山崩塌。整个客栈随着飞散的雪一起消失得无影无踪，连片砖瓦都未曾留下，仿佛并不存在。

洛神和幽紫蝶被波及，重重地摔了出去，口中喷出几股血箭，炫目之极。那个男子身躯倒飞出去，那道淡淡的清辉又飞到了他的手中。血魔狂笑着，一道血光锁向正在拼斗中的上官表哥。以上官表哥的武功连鹰王都难以应付，何况加一个血魔？馥菲忍住伤痛，打出几支紫金镖，中途拦截血魔那霸道的血箭。

就在这时，突然传来一阵悲凉的箫声，如那空旷无垠的大漠。血魔的血箭立刻如遭电击，生生地挫了下去。两道白影入眼，宛如两颗从天而落的流星，绚烂夺目，飘逸绝尘，挟着一缕落日的幽怨。血魔立刻狂吼一声，一道血芒如一道绚烂的瀑布横扫过去，又喷出数道血芒从四周卷了过去，将两人围在中间。

只见从一人手里飞出一道银环，宛如弯月。但见那银环飞速地旋转起来，杀气弥漫向四周。另一人已飞跃而起，手中一把雪亮夺目的剑，已如狂风一般扫出一道剑气，划过血魔的血芒劈向血骷髅。

几乎同时，杀死火麒麟的男子再度飞速而至。那道淡淡的清辉，划破长空，扫向鹰王的颈项。上官表哥此时已明显不敌鹰王，借此时机，跃后数尺，脱离了鹰王爪影的束缚。在空中划了个优美的弧线后，上官表哥的剑再次卷起一道强劲的剑气，一时间漫天的飞雪，如巨龙一般飞向鹰王。

第十二回
飘起心事几多重

[十二] 冷蝶冰冰

我是雁门关副将的贴身护卫,我叫冰冰,外号冷蝶。我从小便向往着军营,可是军营里是容不下女人的。我只有收起我的身段,可是我却忘不了自己是个女儿身,尤其我面对他的时候。

他叫韩楚,是雁门关的副将,有着俊美如玉的面庞。他是寂寞和忧伤的,从不微笑。在他战胜西夏王凯旋荣升副将之时,都不曾言笑。他那身不常穿的洁白长袍,便成为他全身唯一的一道优美明朗的线条。我能感觉他藏在眼睛深处的唯一的一丝笑意,是在他向着南方眺望的时候。他深邃的眸子会像那夕阳下平静的湖面,闪着点点的粼光，如此沉醉。

我不曾问他为何如此，他也不曾告诉我。我喜欢默默地看他，喜欢去想着他的忧伤，想他的心事，想着他不为人知的过去。想着想着，天边的红霞便飞到了我的脸上。我不担心他会看见，他看南方的时候，眼里心里都不会容下任何人、任何事。

雁门关不远处有家雁门客栈。这几日，那里不似往常的平静。当我们赶到时，那里果真妖气冲天，漫天飞舞的血光。原本偌大的雁门客栈此刻已不复存在，只有一片凌乱的废墟，在那里哀愁地追悼着过往景象。打斗还在继续着，传说中的血魔突然出现在这里。漫天的血色掩盖了茫茫的白雪，像笼上了一层红色的雾。

我的诡刃飞出，和韩楚的玄铁剑一起，卷起漫天的杀气袭向血魔。血魔的血箭在我们两人的攻击下，失去了它本来的凶猛和犀利，完全被我们的杀气所牵引。情急之下的血魔发出一声怒吼，如山岳崩塌，似要扯裂那忧郁的夜幕。吼声刚落，血魔借以隐藏的血色骷髅突然红光暴射，那原本骇人的血骷髅竟猛然之间增大数倍。一股血箭似一道瀑布般射出，竟将我二人的剑气包围了，且似乎要将剑气吞没。

我的诡刃再次飞出，如一弯新月。月白的光芒挡住血魔的血箭，慢慢地膨胀。韩楚的剑再次划出一道凌厉的剑气，劈向血魔。在血魔的吼叫声中，漫天的血光飞洒，血魔化为一摊精血。我收起我的诡刃,韩楚已经飞扑向鹰王了,与另外的两个男子一起合力截杀。漫天飞舞的都是鹰王那诡异的鹰爪,天地间已经给阴森的爪风所笼罩。我相信他们几人能将鹰王击杀,便不参与其中。远处的雪地上立着两个女子,弥漫的血色里,只能见到她们那随风飘逸的白裳。

我飘身过去,看她们是否受伤。待我靠近她们时,方才看清其中一个女子已身受重伤,若不医治恐有不测。正在此时,听得鹰王一声狂吼,漫天风雪在吼声中狂飞而起。每一朵雪花都如一把利刃,旋转着卷向三人。

我不由一惊,鹰王发出了他的绝招鹰嘶。然在此时,那个受伤的女子口中喷出一口逆血,刚好落在她手中所持的那把镜子上。我已不及顾她,飞身扑向了鹰王。诡刃从我手里电射而出,月白的光芒阻住飞雪。却在这时,那面镜子里发出一道绿光,如长虹贯日般透过飞舞的雪射向鹰王。绿光里,隐隐可见一张绿惨惨的脸。

那张绿惨惨的脸突然张开嘴,发出一串咒语样的音符,天地间传出一片空灵的梵唱。那梵唱并不高亢,隐隐约约,若有若无,却似有着魔力一般,能穿越鹰王的鹰嘶。渐渐地,那梵音竟将那刺耳声音活生生地压了下去。鹰王还在那儿无奈地狂吼着,渐渐抵挡不住那绿光的攻击,吼叫声渐渐被阵阵佛唱淹没。

绿光突地化作一道利刃,刺进了鹰王的体内。只听得一声巨响，鹰王巨大的身躯像火山一样炸开了，如灿烂的火花。绿光在空中飞旋了一圈，又进入了那面镜子内。那个受伤的女子突然间泪落纷飞，口中唤着："师傅，师傅，原来师傅需要的是我的鲜血，只有我的鲜血才能为师傅开启这面神镜。"

战斗似乎结束了。

我看了看韩楚，他的眼睛被另一个女子所吸引。我能感觉到，此刻他看她的眼神一如他举目远眺南方时一般。而那个女子正轻轻地安抚受伤的女子，并不曾看他一眼。我幽幽地叹了口气，转身过去，泪水很不争气地悄悄划落。地上的两个女子似乎伤势很重，她们分别靠在那两个男人的怀里，气若游丝。我忽然好生羡慕她们，心里酸酸的，有种伤口被撕裂的痛楚。

我看着那两个女子一眼，她们的元神即将消散，任是神仙也难救了。其中一个女子无比哀怨地说："上官，今生能死在你的怀里，我死又有何憾！从前我罪孽深重，杀人无数。是你，遇见你之后，我才知道为我以前的所作所为感到悔恨，即使我今夜死去，我亦不悔……"

那个男子只是看着她，并不言语，我能感觉到他眼里莹莹的泪光。而另一个女子却笑得很凄美，如风中即将凋残的牡丹。她只轻轻地吐出了几个字："相公，我不悔……"

她的身上发出耀眼的金光，渐渐地弥漫开来，淹没了她的身体。空中现出一朵莲花，金色的光芒笼罩着。片刻后，那朵莲花渐渐消失。那个男人含泪喊了一声："我不是你相公！我是他的弟弟！他的孪生弟弟！"可是金光已逝，伊人已不复在。

几乎同时，另一个女子也化作一只飞舞的蝴蝶，乘着紫色的光环消失在这茫茫夜色里。

然而在这时，一片血光飞洒，血魔竟又复活了，形成一个巨大的血人！在我们震惊之时，那面镜子里再次射出那道绿光，与那血人纠缠在一起。一时间，天地间变成了暗淡的惨绿。片刻后，宛如天地塌陷一般，一片蒙眬。似有一道劲风将我们卷起，随即我们都失去了知觉。

第二卷 情迷云荒岛

第一回
烟波海上飞青红

[一] 叶芷风

　　我叫叶芷风，从小生活在这座云荒岛上。我每天都会站在海边，看着绚烂的彩霞掩映在海天交接处，幻想着海的那一头会不会有着一个美丽的世界，那里会不会也是春暖花开，会不会也有霞光漫天。

　　几只忧郁的海燕，寂寞地呻吟着，如我沉睡的心事。它们如我，永远飞不出这云荒岛，只能生生世世老死于此。

　　我的父亲曾是这个岛的岛主，十年前的一场战役中他死去了。我永远也忘不了那场战役，天鹰岛的人大举进攻。天鹰如漫天的飞蝗，密压压地飞来。父亲带领着岛上的族人乘着勇猛的海燕与他们厮杀，最终将他们赶出了云荒岛。可是父亲战死，族人也已死伤无数，偌大的云荒岛只剩下寥寥数十人。

那一战是惨烈的。云荒岛从此一蹶不振，变成了人烟罕迹的荒岛。若非天鹰岛受到了同样的打击，云荒岛早已沦陷了。

这里虽然人烟稀少，但却是异常的美丽，无数珍稀娇媚的花妖娆地盛放着。

我喜欢在黄昏里坐在海边的大石上，眺望着大海。每天的这个时候，在海天交接的地方都会有一抹血红的光环冉冉升起。

那是我的姐姐，她叫浴红衣。

她喜欢穿着一身血红色的衣服，她说要记住父亲和族人曾流过的血。从父亲死的那天起，她便不再有笑容，就连她那美丽娇艳的面容，也用一块血色的丝巾覆上。为了复仇，为了保护我们仅存的族人不受侵犯，她毅然去和海巫门的九婆婆学习巫术。

我并不曾见过九婆婆，她一直幽居在深海里，相传她是海巫门的第五百代传人。海巫门向来是一脉单传，门主一生只收一个女子为徒。这个女子一旦入门，便从此不得再有爱情。

那抹血色的光环越来越近，血色里竟裹着惨淡的绿色。那股惨绿与血红互相翻滚着，缠绕着。光环在海面上上下翻飞，掀起巨大的波涛。海燕受到惊吓，惊恐得四下飞蹿。

我震惊地望着那团巨大的光环，我从未见过威力如此之大的光束，惊慌的我匆忙隐身到一方巨石的后面。海水被搅起形成一根巨大的水柱，朝岛边逼近。海水猛涨，巨大的水流朝岛上涌来，霎时间，树倒花残。

急忙唤来一只海燕，我坐在它的身上朝岛的最高处飞去。向下看时，岛上已是白茫茫的一片。岛上最高的地方是摘星崖，在这里可以清楚地看到海面上的变化。

那团巨大的光环已经分作了两股，一股分作淡淡的青气，另一股分作血色烟霞。那抹血色烟霞如电般地飞向海的另一头，但那道青气宛如一条长长的丝带，紧随其后，穷追不舍，如灵蛇般缚向那抹血色烟霞。

凭空掀起一道巨大的水幕阻隔在两者之间，炫目的血色如燃烧的火，附在水幕上。眼见着水幕的阻隔，那道青气在空中翻飞几下，卷起一条水龙，凶猛地撞击在水幕上。青气似乎越来越盛，水龙逐渐壮大起来，巨大的撞击，震得这摘星崖似乎都摇摇欲倾。

透过巨大的水幕，有个声音传来，极其的怨恨，忽远忽近，飘忽不定，"老尼姑，你为何冥顽不化，苦苦相逼！"

那道青气中飘出一个苍老的妇人的声音："血魔，你凶残成性，嗜血好杀，天下之士，皆可诛之！贫尼即便魂飞魄散，也要将你除去！"

说话间，那股青气更盛，竟掀起数条水龙，同时攻击着水幕。四下飞散的水流，迅速地弥漫到了岛上。这是我继十年前的那场战役之后，见过的最凶猛的场面。

突然间，一声巨大的响声响彻云霄，宛如冰山被震碎了一般，连整个摘星崖都在颤抖。水幕已经支离破碎，那抹血色的烟霞便真的化作一阵轻烟散去。方才波涛汹涌的海面终于平静了下来，岛上的水也迅速地退去。

那道淡淡的青气，在空中旋转着落到岛上，青气散尽，现出几条人影。

这时，海面上又升起一抹血红，朝岛上飞射而来。隐约能听见那几人的惊呼声，血魔又复活了！

其实那并不是血魔，而是我的姐姐红衣。姐姐终于来了，可惜她错过了方才那场惊心动魄的战斗。我若和她说，不知她会不会相信。就在我思量的间隙，已有三条人影电射出去，迎向姐姐。

他们一定是把姐姐当作了血魔，他们要攻击姐姐！我匆忙唤来一只海燕，乘着它飞速而下，边喊着："那是我的姐姐，她不是血魔！"

我落到站在那里未动的三人的面前，喊道，让他们停下，那是我姐姐，她不是血魔！

他们打量着我，那是两个绝色脱尘的女子和一个如海燕般健美的男子。我望着他们,正如他们用同样的眼神看我。我微微震惊,他们那眉眼竟是似曾相识,如在梦中见过,那个美丽的梦境,美得胜过了这云荒岛。

第二回

日色欲尽花含烟

[二] 浴红衣

　　海面上似乎刮起了狂风,巨大的风力已经波及了深海。珊瑚在水里打着转,海鱼成群结队地四处逃窜。我急匆匆地离开海巫门,化成一抹血色射向云荒岛。

　　那时,海面上已经恢复了平静,狂风已经停止。

　　远处有三条人影朝我电射而来,隐隐地,能看见三道白芒从他们的手中透出,十分耀眼。那三条人影越来越近,已经能感觉到从他们身上散发出来的杀气——很浓烈的杀气。

　　我尚未将他们看清楚,就已有三股剑气分三路袭来,卷起漫天的水珠。

凌厉，霸气。

我从未见过如此凶猛的剑气，轻念海巫咒，空中幻出一条血色的长绫，如游龙般地卷起一阵狂风。血绫在空中飞舞着，有火光闪现，片刻间已是火光四绕，宛如一条火龙，卷向那三股剑气。

海燕早已四下飞蹿了，整个海面上只剩下我们几个人的身影，寂寞地飞旋着。

一道无比凌厉的白芒穿过我的血绫，挟一缕劲风，如流星划破长夜，我能真的感觉到它所带的深深的怨恨。它实在太过迅猛，我不及躲闪，它已近至眼前，匆忙中我只能微微地侧身。它从我的面前飞过，卷去我的面纱，那片幽幽的红便飘落到海面上，随着波涛逝去。

透过血绫漫天飞舞的火光，依稀可见又一条人影从岛上飞射而来，一声长啸，清亮如龙吟。一道剑气从那人手中划出，我原本以为是对方的后援，却不料那道剑气并未袭向我，而是锁向了那三人。三人被剑气所阻，身形微微一滞，停在了空中，我趁机收回我的血绫，立在波涛之上。

"不要再争斗了！"最后来的那人喊道，"她不是血魔！"

声音如此的清亮，我抬眼看他，他纯白的长衫在风中肆意地飘舞着，洒脱而明朗。眼光流转，触及扫落了我面纱的男子，他俊美的脸上不着丝毫表情，如玉雕，不协调的是目中闪动着的飘忽不定的仇恨。

他正收起他的那片薄薄的刀，很小心地藏入了袖底。风拂着他的发丝，丝丝缕缕地飘散着，如那神庙里供奉的天神。

我用眼角的余光扫了他一眼，鼻中轻轻一哼，心中很恼恨他扫落了我的面纱。轻轻挥了一下我的衣袖，化作一片红光，射向了云荒岛。我的妹妹叶子站在那里，她的身边有两个女子，素洁而清丽。

身形尚未落稳，那个阻止那三人与我决斗的男子，已立在了他们的身侧。我不禁摇头，这些人实在是太过小心，生怕我伤害了她们。另外的三个男子也已经回到了岛上，立在一侧，我视若无睹。

"你们从哪里来？"我问他们，"你们一来便水漫了云荒岛，看看这里原本盛开的繁花，现在已经是一片狼藉。"

放眼望去，树倒花残，石碎土湮，原本如梦般美丽的云荒岛，现在已是满目凄凉。我心中不由得一阵酸痛，这是父亲及岛上的族人留下的最珍贵的东西，却在我的手里毁灭了。叶子看着我，眼神失落而忧伤。她本是个天真的孩子，就在父亲战死之后她依旧不知道什么是悲伤，可是现在，她的眼里弥漫着的是无尽的惆怅。

我的眼里凉凉的，已经很久不知道眼泪的味道。它竟是如此的苦涩，如眼前的那片凄凉。

身边有人轻轻地走了过来,我回首看了看,是那个女子,清丽无双,飘逸脱俗。她的眼神异常的明亮,如水面上闪动的点点粼光。她的声音很轻很柔,如那飘落在水上的桃红,荡起的道道涟漪。

"这位妹妹,我们也是无心之过,长安这里向你赔罪了。"她说着盈盈一拜,就在她拜倒的那一刹那,我看见了一道白光从她的身上一闪而过,向四周弥漫出去。奇迹在这时出现了,白光所过之处,繁花盛放,千娇百媚,便是那些已经断了的树枝,也又重新长出了新的枝条。

一切都如梦幻一般,我痴痴地望着她,这女子究竟是谁?她的法力竟如此高强,我在海巫门学了这么多年的法术,都不及她。她究竟是谁呢?看她的身影却又是如此的熟悉。

云荒岛又如先前般的美丽,在天上那轮明月下,便如披了层轻纱,轻纱妙曼中更显婀娜。

震惊的不只是我,连她的同伴都惊得怔在那里。另一个女子赶忙上前来,扶住她,口中说着:"长安,你——你——居然能让海水毁灭的树木花草,焕发出新的生命。"

那个叫长安的女子目中微显迷惘的眼神,看了看月光下盛开的繁花,我能感觉到她心里的喜悦。她走上前去,伸出那纤纤的细指,轻轻地抚摩了一下那娇艳的花儿,那花便轻轻地摇动起来。

我幻出云荒流火,将整个云荒岛映得通明,亮若白昼。

第三回
碧云望断终相看

[三] 慕容长安

我们被那道青气所卷,仿佛进入了一个混沌的世界,青茫茫的,谁也不曾看见谁。只记得我就那般紧紧地攥着馥菲的手,不管天地如何旋转,我们总是紧紧地攥在一起。

终于,我们停在这个美丽的荒岛上。

当那一袭红衣的女子妙曼婀娜的身姿出现在我面前的时候,我觉得有一种说不出的亲切。她幻出满天流火,映红了整个荒岛。

举目望去,那一个白衣飘飘的男子,映入我的眼帘。

韩楚?是他吗?当那曾经朝思暮想、伴着漫天飞舞的桃红、翩若惊鸿的身影，真的出现在我眼前的时候，我竟有些迟疑起来。我是不是又回到了曾经无数次茫然和迷离的梦境中？

他已不是个少年，脸上的稚气业已除尽，已变成了一个成熟的男人。他的眸子依旧是那般的深邃，透着淡淡的星辉。

他看我，目不转睛。

我能感觉到他的目光是如此的炙热，如那烙印从我身上一直印到我的心里。看着他的眼睛，我竟无半丝的羞涩，只有一滴清泪，悄悄地划落。

我们谁也未曾移动，就那般地看着。

似乎有什么刺在我的身上，生生地疼。我微微侧目，是和他一起来的那个军官，那同样俊美的面上笼着一层幽幽的颜色。

那个男子的眼神怎会如此的幽怨？如那即将凋零的花，那不该是属于一个男人的眼神。

还不及多想，韩楚已缓缓而来，每一步都仿佛有千斤重，每一步都仿佛踏在我的心上，震得心欲碎。

却在这时，一声尖利的嚎叫声划破天际。流火映着暗沉的天空，闪着道道犀利的电光。原本已经平静的海面，再次汹涌起来，海浪翻天覆地地席卷而来。

那个红衣的女子惊声呼喊："不好！十星连珠，云荒封印即将被解开，百鬼横行！"

我怔了一怔,难道今天十星连珠?透过暗沉的夜空,依稀可见天际有无数颗星星划着凄美的弧线,悄然凋落,似一场美丽迷离的烟火。

海水继续上涨,已经蔓延到了岛上。馥菲和上官表哥轻轻挽住我的手臂,朝那山崖之上飞驰而去。众人也都纷纷落到山崖之上。再回头看他,他却和那军官一起飞到了海面之上。两道金光从他们的手里闪过,形成一个圆形的金圈,慢慢地形成了一个球形,在海面上飘动着。

那个红衣的女子疾呼一声:"你们这样飘在海面上危险,快回来!"

话音落了,一道血绫从她手里飞射而出,卷向那个金色的球。却在这时,从海底喷出一道极其强烈的气流,掀起了数丈高的巨浪。巨浪落下,一道白光闪现,现出一张狰狞的脸,隐约可见森森的牙齿。只是一张脸,甚至连头都谈不上,那嘴却是越张越大,企图吞下那金色的球。

血色的丝绫突然绕过金球,笔直地贯入那张脸的眼内,竟从眼内穿透,绕了一圈,从一只眼内穿过。红色的影子已经飞射到了半空,将那张狰狞的脸生生地拉起,像拉扯着一只风筝。一团火从血绫上燃起,顺着血绫烧进了那怪脸的眼内。不到片刻,那张脸便已融化不见,似那冰山上悄然而逝的雪。

金色的球内喷射出两道金光,划着亮丽的弧线,射向看似相对平静的一处海面。在金光接近时,那原本相对平静的海面,突然现出一个巨大的漩涡,如一个巨大的陀螺,在飞速地旋转着。

两道金光一上一下地与那漩涡缠绕着,似一只大口袋上下皆被系住。那漩涡不断地膨胀着,却始终无法摆脱金光的束缚。终于在无法膨胀时炸裂了,一股浓浓的烟雾飘散在这湿黏黏的海面上。

金色的球飘到了山崖上,现出韩楚和那个男子。令我郁闷的是那个男子看我的眼神,为何总是那么的幽怨。

"我们去云荒古宅,那里有金佛,百鬼近身不得。"红衣女子说着,化身成一缕血红的光环,挟着那绿衫女子,向着岛的深处射去。

岛的深处果然有座巨大的宅院,最显眼的是宅院中央的那尊巨大的金佛,慈眉善目。

这里仿佛与世隔绝,不论外面的海浪如何汹涌,这里却是一片安宁。我知道了那个红衣的女子名叫浴红衣,是这里的岛主;那个绿衣的是她的妹妹叫叶芷风;知道了那飞刀天下无双的男子叫恋刀;也知道了与韩楚一起的那个男子叫冷蝶。很奇怪,一个男子为何会有这么华丽凄美的名字?

我和馥菲住在最幽静的厢房内。韩楚进来的时候,馥菲不在,而我的思绪刚好回到了那片桃花林，正随着那漫天的桃花雪一起飞舞。

见他进来，我怔怔地望着他，一时不知如何是好。那尘封已久的心事，便这般一点点地挖掘出来，赤裸裸地展现在他的面前。看他轻轻地站在我面前，泪从我眼中簌簌地落下，甚至不及去想为什么在他面前，我是如此的脆弱，便已被他紧紧地搂在怀里。

我坐在椅子上，他轻轻地半跪在我面前，眼光里能透出些许当年的稚气。我轻轻地捧着他的脸，任泪落满他一脸。只有在他面前，只有看着这张像雨后天空般干净精致的脸时，我才如此的脆弱。他的眼睛如炫目的艳阳，融化了我冰冷禁锢的心。

当他温暖而干燥的手轻轻抚在我脸上的时候，我能感觉到他的温柔。天边的红霞，悄悄落在我的面上。

少有的羞涩。

第四回

美人如花隔云端

[四] 韩楚

终于见到了她,她依旧一袭素净的白衫,冷艳的面庞一如往昔。可是,我能感觉到她眸子里透着的喜悦。或许她并不如我想象中的冷漠,只是她将心禁锢了,而我只看见了她的表面,而没有去挖掘她的内心。

她轻轻地捧着我的脸,有一滴泪悄然而落,落至我的唇边,竟是如此的苦涩。那一刻,我方才真正读懂了她的内心。

"能为我弹首曲子吗?"我问。

长长的睫毛似那飞舞的蝶的羽翼,划一道深深的阴影,面上飞起两片酡红,她说:"好。"

琴声依旧,似那淙淙的流水,流过我干涸的心。这么久的军旅生活,并没有使我的心充实起来,它依旧是如此的寂寞,也依旧留在那株青翠的垂柳下。曲子还是以前的那首,幽怨而缠绵的《长相思》,如今听来,却是别有一番滋味。

"我要你亲口告诉我你的名字。"我看着她,语气很轻却十分坚定。

她眸子里的秋波,轻轻地荡漾着。我第一次见她的面上现出了梨涡:"慕容长安,我叫慕容长安,长安的长,长安的安。"

声音很轻,像风中飘落的一片落红,听在心里,却是异常的温暖。我看着她的眼睛,透过那层层荡漾的秋波,很郑重地说:"我叫韩楚。"

她的眼里似乎有些白茫茫的,忙低下头去。她十指轻拂,那琴声便不再素净,有些慌,有些乱了。我不知道我第一次告诉她我的名字的时候,她是如何的反应,但这次,我能感到她的心如一只小鹿乱撞。她的琴声已将她的心事暴露无遗。

窗外有条人影闪动着,我看了一眼,是他,上官谨枫。

我知道他是长安的表哥,但是却从未与他单独谈过。他是个很冷静的人,也有着无数的心事。我的直觉告诉我,那些心事与长安有关。人影已经一闪而过了,这便更加肯定了我的想法,只不过我不想道破。

门外传来轻轻的敲门声，我开了门，是浴红衣。那不施脂粉却十分标致的面上，微漾着笑意。她声音若黄莺出谷，说道："楚公子也在这里呀，还以为只有上官公子来了。"

长安微微一怔，匆忙说了一句："表哥来了？在哪儿？"

话刚出口，方觉得不妥，或许也想到了，上官谨枫定是见着我们如此亲近，不好进来打扰，独自离开了。

浴红衣怔了一怔，说道："我方才来的时候，见他急匆匆离去，或许是刚好从此处路过吧。既然楚公子也在，那我就把我来此的目的说下，两位看能不能给些意见。"

我淡淡一笑："身已至此，你说吧。"

浴红衣收起笑容，面露惆怅："唉，十星连珠，云荒岛的封印已经解开。这古宅之外，百鬼肆虐，方才你们业已见识了它们的厉害之处。唉，若只凭我等的力量恐怕难以与百鬼抗衡，更何况那鬼王乃是上古时的一个冤魂所化，他所挟的怨气即便是魔界的魔王都让三分。"

我点点头："我等不过凡夫俗子，只是学些道术，但终究不能与鬼魔纠缠，还得想个万全之策才是。"

长安静静地听着，漆黑的眸子轻轻闪动着星芒，若有所思。

浴红衣忙说："楚公子有何计策？"

我只说了四个字:"以静制动。"

长安笑了笑:"好一个以静制动!外面百鬼横行,却进不了这古宅;宅内安全,但一出宅子,便是异常凶险,即便一个闪失,对我们来说都输不起。倒不如静坐宅内,看它们如何行动。"

浴红衣亦是点点头:"既然如此,那我们就静观其变,我告辞了。"

她刚走,馥菲便回来了,手里拿着一枝并蒂莲。那是枝很奇特的莲花,七片花瓣,每一片的颜色都不同,且那莲花之上流光溢彩,甚是妖娆。

见了我,馥菲笑了笑:"韩公子好。"既而,她将那枝并蒂莲交给长安:"这是我刚从宅后的山谷中无意采得的。这枝并蒂莲又叫七色芙蓉,传说是千年前芙蓉仙子飞天成仙时,遗落在凡间的精元所化,是千年难得一见的宝物,想那百鬼亦不敢近前。"

长安看着这枝并蒂莲,突然神色忧伤起来。馥菲立刻问她:"长安,你不舒服吗?"

长安摇摇头,说:"看见这枝莲,我想起了洛神。"

"洛神?"馥菲也不由叹了口气,"是呀,美人如花,只是隔云端。那个苦命的女子,终究化成了几片金莲随风散去了。唉,世事难料,再美的红颜,也不过弹指间。"

外面人影晃动了一下,是冷蝶。这小子躲在了一株树上,朝这里偷偷地观望,却不知他又如何能逃过我的眼睛。也不道破,由他去吧,有时感觉他真的像个孩子,开心时会笑,伤心时会哭,从不将心事藏在心里。

长安轻轻地拨弄了几下琴弦,显得有些疲倦。我微笑地看着她略显苍白的面庞:"长安,你休息吧,我先告辞了。"

长安微现一抹红晕,眼光如水般温柔。她柔柔地说:"好。"

馥菲轻声一笑:"楚公子,长安有我,你就放心了。"

我笑着摇摇头,走了出去。从她的眼神里,我能感觉她的心思。这馥菲与长安定是情同姐妹,长安所想她必定是知道的。

第五回
锦瑟年华谁与度

[五] 上官谨枫

我终究猜对了长安表妹的心事，在她的心里早已有了中意的人。我第一次见到韩楚的时候，便已隐隐感觉到了，那是因为他看长安的眼神。我本来想去看看长安，看她是否习惯这里的生活，可是，我却见到了这一生都不想看见的情景。

长安捧着他的脸，那么轻，那么柔，却如一把刀深深地刺进了我的心窝。独自来到那尊巨大的金佛前，望着金佛的慈眉与善目，我真的有些迷惘了。何时，我也能将这一个情字看穿呢？

"上官兄，怎一人在此？"一个声音在我耳边响起。是他，韩楚。

我侧身看着他,他干净的脸上带着真挚的笑容,星目熠熠生辉。或许吧,长安中意他不是没有理由的。我淡淡地一笑:"在下一生漂泊,早已习惯了一人独处。"

"呵呵,昨日见上官兄的身手,韩某着实佩服得很,不知上官兄师承何方?"他的面上依旧带着淡淡的笑,干净明朗。

"哪里,若和韩兄相比,在下那几招雕虫小技确实算不得什么,不过是随表哥学得几招花拳绣腿罢了。"我轻描淡写地说了几句,提到飘,我的心再次被生生地刺痛。飘,你若活着,那该是多好,我们可以并肩闯江湖,一起抗敌。甚至,你可以带我去你说的那个叫缥缈的地方,去看那里的芳草萋萋,去看那里的白雾茫茫。

"两位兄台好兴致,可惜无酒,否则兴致更高。"一个淡淡的声音传来,我和韩楚同时转身看了看身后,只见恋刀翩然而至。他的脸上似乎永远不曾有笑意,永远那么淡淡的,如无云的天空。

这里是个好地方,有醇厚的女儿红。我们三人对坐着,空中飘散着女儿红的香味,芬芳扑鼻。韩楚忍不住说了一声:"好酒。"恋刀小饮一口,细细一品,然后说:"是的,最少有五十年了。"五十年陈酿的女儿红,确实难得,我也小品一口,确实,很醇厚。

这是恋刀的住处,院子不大,却很清净,很合他的心境。前面的院子里,有几株不知名的花,寂寞绽放,更添几分幽雅。一个淡绿的身影出现在门边,恰似一枝幽兰,倚门而望,秋波暗转,顾盼生辉。

恋刀看了她一眼,淡淡地说:"叶子姑娘可要同饮一杯?"

叶芷风微微一笑:"你们喝吧,姐姐不让我沾酒,说是女孩子家的,喝多了不好。你们喝,我看着就好了。"她的声音甜甜的,脆脆的,十分好听,说完便在桌边坐了下来,天真地看着我们。见我们看着她,香腮上浮起两片薄云,甚是妩媚,羞落繁花朵朵。

我嘴角一牵,将酒饮尽。却在这时,叶芷风突然花容一变,僵直地坐在那里,却一句话也说不出来。我一惊,料是她看见了什么,立刻警觉地一旋身,落在她身边,却见院墙外不知何时出现了一条巨大的蟒蛇。那巴斗大的蛇头,从墙上露出,昂然而立,数尺长的信子,火一般的红。

我的剑正欲出鞘,却见一道极细极烈的银光从恋刀的袖底飞出,似那离弦之箭,破空而出,划向蛇的七寸。快!狠!我不由暗自赞叹。

本以为那蛇必死,如此快的刀,斩下蛇头,轻而易举,但我却错了。那蛇竟似金刚之身,那道银芒划过它的颈项,只激出一串火花,虽在白天,却也能真切地看见。这举动倒将那蛇激得恼怒了,它张开血盆大嘴,露出森森的牙齿。蛇尾轻轻一扫,便将院墙扫得轰然倒塌。我们也见得了那蛇的庐山面目，蛇身竟有数丈之长！

那道银芒又隐没在恋刀的袖底，他的面上微微显得震惊，怕也是第一次遇见这种怪兽，怕也是他的袖底银芒首次失手。我的剑立刻出鞘，卷起一道剑气斜斜劈出。这一剑足以将山岳劈开，却奈何不了一条蟒蛇。

韩楚的剑气亦随之划出，乘我的剑气余威犹存之际，但是，却依旧不能斩断那条蛇。蛇头已经侵入院内，我们三人只得飞身而起，挟三道罡气，卷向它的七寸。

红影入眼，血色的丝绫似漂浮的云彩，在她手中越变越长，比那蟒蛇更加凶猛，紧紧地缠在了蟒蛇的身上，而绫带的另一端，十分灵活地刺向它那灯笼般的眼睛。几乎同时，丝绫上又燃起了熊熊的火。那蛇痛苦地挣扎着，房舍在它的挣扎中化作尘土，四下飞散。

我们四人停在半空之中。浴红衣喊了一声："不要愣着，攻击它的眼睛，那是它致命的弱处！要快！"

三道剑气划破长空，贯入它的眼睛。一阵惨号，那腥臭的蛇血喷薄而出，似一场血雨。燃烧的丝绫从它张开的巨大的嘴内射入，不消片刻，那蛇便不再动弹。

浴红衣惊魂未定，长长嘘了口气："终于将这孽畜除掉，也算是云荒岛一大造化。"

我不由问:"这蟒蛇——"

浴红衣微微一唏:"这是条千年蟒蛇,已经炼成了金刚不坏之身,平日它被困于院后的玄天谷内,今日却不知如何逃脱了。若不是集我四人之力,端是不能除它。"说到这儿她不由惊呼,不好,定是谁将七色仙芙采摘了,这孽畜方才得以逃脱。

七色仙芙?倒没听过这种仙物。韩楚面上似是一怔,问:"是不是七片花瓣,每一瓣都不相同,花身流光四溢?"

浴红衣点点头:"正是,莫非楚公子见过?"

第六回
名花倾国两相欢

[六] 韩楚

七色仙芙？我看了看浴红衣，突然想起馥菲手中拿的那枝并蒂莲，便问及浴红衣，结果确是馥菲所摘的那枝。便又道："方才馥菲姑娘从后山摘了枝并蒂莲，与姑娘所说的极为相似。"

浴红衣的脸色一变，怔怔地看着我，良久方才叹了口气："唉，也许是有此一劫。"她的脸上带着淡淡的忧伤，似乎这七色仙芙颇为重要，如今馥菲已摘，不知可有弥补之计。叶芷风此时突然叫喊起来："那娘呢？娘岂不是不能重生了？"

我隐隐觉得这其中必有些缘故，见那浴红衣目中似隐隐有泪光闪动,面上却极其冷静地说:"叶子不要说了,娘的事我会另寻他法。"浴红衣虽如此说,我却看见她面上蒙了一层忧伤与焦虑。

叶芷风继续叫喊着:"不要骗我了,我知道娘再也不能重生了!没有七色仙芙的仙力,任是谁也无能为力的!我恨她!"叶芷风叫喊着,风一般地消失了。浴红衣刚想喊她,话到了嘴边却又无力喊出。

浴红衣幽幽一声叹息,也晃了晃身形,飘然而去。恋刀喊了声:"红衣姑娘——"

我看了他们一眼,猛然想叶芷风该不会去找馥菲的晦气吧?心念所及,我便展开身形朝长安的住处飞掠而去。刚至房前,便听见有人在里面啼哭,正是叶芷风。心中一紧,闪身进去,便见到叶芷风抱着那枝七色仙芙哭泣。而馥菲和长安一脸茫然,不知所措。

叶芷风并不理会我,很小心地抱着那枝并蒂莲,飞也似的奔走了。我担心她,不及与长安解释,便追她而去。但见她穿过几道山门,来到一处悬崖边。崖边有个水井般大小的水池,池内雾气茫茫。几枝荷叶露在雾气之外,绿得刺眼。

想必这里便是七色仙芙的生长之处了。叶芷风将那枝并蒂莲放进了雾气之中,然后轻声地呼唤着:"娘,你活过来呀,叶子在等着娘。"只见那枝并蒂莲上的流光渐渐地盛了起来,终于如一道长虹贯入了叶芷风的体内,顿时,她的周身七彩流光萦绕。再看叶芷风便如换了个人似的，如行云流水般的飘逸洒脱起来，远远看去仙风道骨，清丽脱俗。

我不由怔怔地看着她，似乎太奇妙了。那枝并蒂莲在光华褪尽后，便消失不见了，只剩下一团白气和几枝翠叶。叶芷风仿佛这片刻的工夫，便增长了几十年甚至更高的修为，也许她自己并不曾知晓。

远远地，似有个声音隐隐传来："孩子，娘去了。虽然娘没有重生，但却用这七色仙芙唤醒了你体内潜藏的异能，足矣。孩子，记住你是云荒岛的族人，你的使命是保卫云荒岛。"

声音渐渐淡去，如天边缥缈的流云，随风而散。叶芷风擦擦泪："娘，我会保卫云荒岛的，只要我在，任何人都不能毁掉云荒岛。"

我来到她身边，只觉得她身上有种很强的力量，这种力量压迫得我几乎不能近前。此时，我才真正地感觉到了那枝七色仙芙的仙力，竟是如此的强大。我有些不容置信地看着她，并说道："叶子姑娘，其实馥菲实是因为不知道你娘重生的事——"

未待我说完，她便已经开口说："这件事就算了，料想她也并不知道。这枝七色仙芙原本是这玄大谷的镇谷之宝，现在失去了它，这谷内原本被它所镇的妖物便恢复自由了，方才那条蟒便是证明。现在我们内忧外患，真不知如何是好。"

我第一次看到她这般的忧伤，仿佛这一会儿的工夫便已成熟了。正在这时，一道金光闪现，凌空电射而来，绚烂却异常刺目。我正欲挥剑，却见叶芷风的纤指轻弹，一串金花飞舞，蛇样迎向快速射来的金光，并将它裹住，形成一个大的金色花团。片刻后，金光消散，花团消失不见，一只巨大的蝙蝠落到地上。这只蝙蝠甚是奇怪，通体金色，只有蝠翼处透着血红。

叶芷风面色微变，这是只千年蝙蝠妖，留着它的躯体必有后患。说着，纤指弹出，那蝙蝠立刻化成了粉末，在空中散去，这份功力怕是连我也不及。我当下说道，不知这山谷内尚有几多这般的妖孽，倘若不能及时除去倒真的是祸患。

"真不知道如何是好呢。"她说着，秀眉微皱。片刻后，她眼光明亮起来："韩公子，我可以试上一试，你看。"她说着，伸出纤长的手臂，放至胸前，口中默念着，然后双手在空中画了一个圈，猛地朝四周一挥，只觉得一股巨大的力量从她手里喷薄而出。

眼前的景象是如此的奇特，无数的金色小花呈一个圆形向四周蔓延开去，一时间金光闪耀，甚为灿烂。我终于明白她的意思，这种地毯式的搜索，任它修行了千年的妖孽都不能躲藏，都无法逃脱。

林中有数处传来爆裂的声音，那些尚未完全苏醒的妖孽，都丧命于这金花之中。

第七回
西风吹得豪情瘦

[七] 叶芷风

借着七色仙芙的仙力,唤醒了我体内的潜能,而娘永远地消失了,再不能回来。我看着身边的韩楚,这个温婉的男人,从他身上我能感觉出一些温暖。

所有的金花都消失不见了,那些原本被七色仙芙镇住的妖孽,已经完全被我的"日落苍华"所消灭。能这般顺利地消灭它们,是因为它们尚未苏醒,否则是决计不能的。我说:"我们该回去了。"

衣袂飘飘,仿佛自己行走于云端,从未有过的感觉,密密麻麻地爬满全身。或许吧，从此我将不再需要姐姐的庇护，我已经不再是那个需要人保护的孩子，我亦能如姐姐般为拯救云荒岛而奉献自己的一切。

姐姐坐在云花树下的秋千上，就那般轻轻地晃动着，衣袂轻轻地飘动。我不知道姐姐在想些什么，很久没见她如此地沉思，姐姐何时有了心事？我走到她的身前，她竟未发觉。我拍拍她的肩，她便蓦然惊醒。见是我，她便站起身来，问我："叶子，你没事吧？"

"姐姐，"我轻轻地唤着她，然后依偎在她的怀里，如儿时般，"姐姐，娘将七色仙芙的仙力给了我，她却再也不能回来了。"

姐姐拍着我的背，很轻很轻，她说："叶子，以后姐姐会像娘一样照顾你，你不要难过了，好吗？等云荒岛度过危机，我们便一起重新振兴云荒岛。以后，我们再也不用为安危而担惊受怕了。有你就有姐姐，有姐姐就有你，好吗？"

"好。"我轻声说着。很久了，很久没有和姐姐这般地说话了。我觉得姐姐的泪落在了我的脸上，凉凉的，"姐姐，这件事我想就这般算了，现在大敌当前，我们岂可内讧，先乱了自己的方寸呢？"

"是呀，叶子你长大了，真的长大了，知道以岛上的安危为重了。"她说着,将我搂得更紧了。我知道姐姐疼我,从小便疼我;只是这些年她报仇心切,只顾着练功,忽视了我罢了。我的好姐姐,在叶子的心里何尝不是呢?

一个懒懒的声音传来:"你们姐妹真是很奇怪,大白天没事抱在一起哭什么呢?有什么心事就说出来,哭又怎么能解决呢?"

我知道来的是谁,那个成天懒洋洋的男人,穿着已经弄得皱巴巴的白衫,有一把很厉害的刀,藏在袖子里。我转身看他,果真是恋刀。我面上微微一笑,上前一步说道:"恋刀公子怎么来这里了?"

恋刀伸手在下颌处轻轻地揉了揉,很奇怪,他明明没胡子,我却经常见他不经意地揉下颌。他说:"在下的房舍被那条蟒蛇给毁坏了,现在里面乱得很,正想与韩楚合住。他人呢?不是与叶子小姐在一起的吗?"

我摇摇头:"我们回来的时候便已分开了,不知道他现在在何处。"

恋刀"哦"了一声,眼睛转向姐姐问道:"红衣姑娘知道不?"

姐姐面上淡淡的,只将嘴角微微地一牵,却已是优美之极:"公子可以去长安小姐那里看看,或许正在那边。这次七色仙芙的事想必馥菲亦是很难受。叶子,不如我们一起去,免得馥菲总觉得有歉意。"

我看了看姐姐，微微叹了口气："好吧，姐姐，我们和恋刀公子一起去。毕竟他们是客人，又面临同样的窘境。"

是时，却见上官谨枫飞也似的奔来。却见他披头散发，两眼乌黑，口吐白沫，双手乱抓。原本洁白的长衫已被撕成一条条的，宛如风中的垂柳，丝丝乱舞。

恋刀面色一变，这是上官兄？方才还好好的，怎的变成了这副模样？说罢，身形鹤起，落至上官谨枫身前。他刚要询问，却见上官谨枫目露凶光，双手极为迅猛地伸出，掐向恋刀的咽喉。恋刀震惊之余，急退一步，脚下一滑，身子已向斜地里倾去，似一片枯叶，飘在秋风里。但上官谨枫并不罢手，身子在空中一旋，紧随着恋刀追了过去。

我和姐姐亦被眼前的情景所惊呆，这是上官谨枫吗？天，如何也不能将眼前的他与先前那翩翩玉树的形象联系在一起。我说："姐姐，我们要怎么办，他是上官公子吗？他怎么突然就疯了？"

姐姐的面上已无血色，双唇不住地颤动："上官公子那不是疯，他是中了鬼王的失心蛊！"

鬼王？失心蛊？上官谨枫在这古宅内如何会中鬼王的失心蛊？姐姐长长地吐了一口气，她说："叶子，我想鬼王已经进了古宅。"

鬼王进了古宅？我怔怔地看着姐姐，古宅有金佛庇护，鬼王如何进去？我曾听父亲说过，这鬼王被云荒封印封在海底的忘忧泉内已有千年。不想云荒封印已被破除，鬼王重见天日，百鬼横行。若鬼王进得古宅，毁去古宅金佛，后果不堪设想。

那上官谨枫与恋刀仍在打斗，恋刀只是一味地躲闪，并不真正出手攻击，已迫于下风。姐姐舞起漫天的血绫，卷一缕劲风，罩向两人。

第八回
泪洒莲花深闭门

[八] 浴红衣

上官谨枫中了鬼王的失心蛊,神志不清,恋刀因顾念着兄弟情谊,不愿与他真正过招,被上官谨枫逼于下风。我舞起血绫,将他二人罩在中间,这血绫乃是海巫门的圣物,是天下魔功的克星。

血绫一出,一片红光飞舞,红艳艳地萦绕在他二人的身上。一股黑气从红光中飞出,如海中鲸鱼喷出的水柱。黑气喷出,幻作一朵盛开的黑莲,周遭飘着炫目的银芒。

不好,我一惊,忙收起血绫。但见那朵黑莲在空中浮动着,周遭的银芒更甚,渐渐地弥漫开来。恋刀身形一晃,退后数尺,呼道:"红衣姑娘小心,这黑莲乃是阴司冤魂所化,触之不得。"

在他的呼声中,我亦飘开。上官谨枫则被黑气所罩,化作一片银芒消失不见。就听一声娇啼:"上官表哥——"

我回首轻轻一顾,只见长安与韩楚及馥菲急匆匆地奔来。长安的面上满是悲戚,如那雨后娇弱的海棠。三千青丝在风中飞散,那种飘逸,宛若不食人间烟火。她停在上官谨枫消失的地方,晶莹的泪水盈满她的凤目,凝在那长长的睫毛上,如一滴雨珠,晶莹剔透。

韩楚问恋刀:"恋刀兄,这究竟是怎么回事?上官兄他——"

恋刀叹了口气,"上官兄突然迷失了心智,见人便追打,随后他被阴司冤魂所化的黑莲卷走了。我与红衣救之不得。实在是——"

我看着长安,无奈地叹了口气:"上官公子被鬼王的失心蛊所控制,他根本就不认识我们了。在黑莲卷走他之时,我们根本不及救下他。"

长安泪眼蒙眬,轻轻摇摇头说道:"我并没有责怪你们的意思,方才的情景我也见到了,与你们无关。只是可怜上官表哥他,他不知还能不能活着回来。"凤眼一闭,那泪珠儿便华丽丽地洛满了她的云裳。

韩楚走上前去,将长安轻轻地拥在怀里,柔声地安慰着她。那份柔情，如汹涌的潮水，袭击着我已经深闭的心门。我原本以为，今生除了报仇外，不可能有什么能走进我的内心，于是我关上我的心门，只将仇恨深锁其中。

"什么人？"就听恋刀一声轻喝，手轻扬，立即有一道白芒从他的袖底飞出，划一道刺眼的弧线飞射向左侧的树林内。

"当"的一声，那道白芒又迅猛地转回，钻进了恋刀的袖内。

韩楚喊了声："冷蝶，不要再玩了，出来吧，早见你一直跟着我。"

一道娇小的身影，从树上飞落下来，似轻盈的紫燕。是冷蝶，那个与韩楚一同出现的年轻男子。他的脸上似乎满是忧伤，却又不完全是，我是无法猜透他的心事。很奇怪，一个男人，不该有这样的表情，也不该有这样的心事。

冷蝶看了看长安，转身走了，纤弱的背影，被光线拉得长长的，幽幽的，怨怨的。从我见他的那一刻起，他便是冷冷的，一如他的名字——冷蝶。

一声清脆的啼哭声从前面的林子里传来，似一个女孩儿的哭声。微微一惊，这里怎么会有女孩儿在啼哭？云荒岛上的女孩也就叶子是最小的，且我都很熟识，却从未听过这般陌生的哭声。

近前一看，果真是个很眼生的女孩，不过十五六岁的模样，着一身白色的衣裙，上面绣着几株幽兰。她坐在地上，浑身都已经完全湿透了,不住地哆嗦着,头发散乱地披在身后,梨花带雨,楚楚可怜。

韩楚问她:"小妹妹,你怎么一人在此啼哭?又怎会浑身都已湿透?"

那个女孩无限哀伤地看了他一眼,抽泣着说:"我和爹爹出海打鱼,不想这天就变了,起了大浪。船翻了,爹爹也不见了,我抱着块木板漂到了这里。爹爹——"

她哭得很是伤心,满眼珍珠般的泪水,颗颗滴落。

长安已解开披在身上的一件风衣,披在她的身上,柔声地说:"快披上吧,小心病着。"长安的眼里有的是无限的疼爱,她是个好女人,有颗善良的心,对谁她都这般的温柔体贴,也任是谁都不忍心去伤害她半分。

我轻轻握住那个女孩子的手,冰凉刺骨,心中一阵疼痛,叹了口气说:"你快快随我去把这湿的衣服换了,然后去厨房煮碗热的姜汁给你喝,否则会伤风的。"

女孩感激地点点头,随着我去了我的寝室。她将衣服换下,略作梳洗。她是个异常清秀的女孩,大大的眼睛,灵气逼人。长长的睫毛,弯得如同那潭中的深影。

叶子已经将姜汁端了上来。她喝下后,小脸方才恢复了先前的红润。我问她:"你叫什么名字?多大了?"

终究是个孩子,她露出两排洁白的珍珠似的牙齿,说:"我叫芥蓝,十六岁了。"

芥蓝?好奇怪的名字,我不由有些好奇,问:"为什么叫这样的名字?"

她甜甜地一笑:"因为我娘在生我的前天晚上梦见了一棵芥菜,就给我取名为芥蓝。"

第九回
蝶去莺飞无处问

[九] 慕容长安

上官表哥被那朵黑莲所收,再也寻不到踪迹,不知生死。我想起他曾对我的关爱,不觉间泪如雨下。

一个女孩坐在树下啼哭,满身的水,楚楚可怜。我心中一阵酸涩,忙解下身上的披风,为她披上。她叫芥蓝,年方十六。

芥蓝的脸色显得很疲倦,毕竟是在海上漂了那么久。我说:"你好好睡一觉吧,明天一切又都好了。"她的眼睛是如此的清澈和明亮,没有一丝世俗的杂念。她说:"好的,谢谢哥哥姐姐们对我的照顾,今生我都将感恩不尽。"

她似乎还有些拘谨，在我心中她该是个活泼淘气的孩子，并不该是那种温婉贤淑的大家闺秀。她微微闭上凤目，嘴角带着甜甜的笑意。我伸手轻轻地为她盖上丝被，然后随众人一起悄悄地出了房间。

天色已经微微地暗了下来，红衣幻出云荒流火。

因为上官表哥的离去，韩楚和恋刀便住在了我的隔壁，而红衣和叶子住在了一处。

我漫步于青山之下，青的山峦与白色的雾气迷迷茫茫地相互掩映着。有一条清澈的小河，水面上各色奇异的小花，芬芳阵阵，群鱼游戏其间。远远的，我看见有一群男女，在欢乐地舞蹈，女子们甜甜的歌声穿越了云霄，我似乎都能听到他们在唱："蒹葭苍苍，白露为霜，所谓伊人，在水一方。"他们的身影是如此的熟悉，却又记不起是谁。

一个女子对我挥手，清脆的声音传来："眉姐姐，快和我们一起唱歌吧，没有你的琴声，我们如何能尽欢呀？"

我正欲说话，却有一阵嘈杂的声音传来。我蓦然惊醒，原来是一场梦，这是我第一次做这个梦，与馥菲的梦竟是如此的相似。"眉姐姐"，我清楚地记得那个女子唤我"眉姐姐"，她为何如此唤我？莫非梦中的女子并不是我自己？又或是这个梦在隐隐地暗示着什么？

我问馥菲发生了何事，馥菲亦是一脸疑惑地摇摇头。谁在叩门，轻而有力。馥菲开门一看，却是恋刀。恋刀神色略显慌乱，懒懒的面上已经布满了愁云。馥菲问他："恋刀，出什么事了？韩楚呢？"

恋刀目中微微显露出忧伤，他说："冷蝶死了，被人吊在了一棵树上。"

我猛然一惊，谁能在古宅里杀了冷蝶？他的武功我见过，绝不在上官表哥之下。

匆忙地来到院子里，果见树下已经立满了人。韩楚单膝跪在地上，一只手臂托着冷蝶的头，满面悲戚，目中泪光盈盈。冷蝶静静地躺在他的怀里，面色安静，嘴角带着一丝淡淡的不易察觉的笑意。

致命的伤是眉心上的那个血洞，已呈紫色，但周遭并无血迹。

我知道他是韩楚的好兄弟，同生共死。

他的手一直紧紧地握着。我上前去，轻轻松开他紧握的左手，在他掌心里有颗晶莹的水珠，被云荒流火一映，竟成了血红色，似那情人的血，似那情人的泪。

浴红衣面色微微变了变，说："他用内力将这颗水珠凝结，这究竟是想暗示什么呢？"

韩楚摇摇头说:"他曾经说过,在他死时,他会送我他最后的一颗眼泪。这颗水珠其实是他今生最后的一颗泪。"

我的心猛地被揪疼,韩楚,我想我的前生便是你眼里的一颗泪,在你不经意间落进了红尘,于是今生你我辗转反侧,却不知能否续那前缘。前生再好,也终究是那前生。

韩楚将那颗泪托在掌心,那颗泪珠竟微微透出光泽。猛然间,我项间的天香佩也随之颤动。浴红衣用一根五彩的丝线将这颗泪穿好,系在韩楚的项间。她说:"韩公子,我们还是让冷少侠入土为安吧。"

长长地吐了口气,韩楚说:"好吧,我这便为他更衣。"

这时,但见冷蝶的身体发出刺目的血红,与云荒流火相互辉映。他的身躯缓缓上升,脱离了韩楚的拥抱,飘到半空,那抹血红便更盛了。隐隐地,我似乎听见有个女子在说:"眉姐姐,'蒹葭苍苍,白露为霜,所谓伊人,在水一方。'姐姐,我在缥缈等着你。"

那声音很幽怨,我能感觉到是冷蝶在和我说话。我震惊,难道昨夜的梦是真实的?那个朝我挥手的女孩便是冷蝶?可是他明明是个男子,一个很幽怨的男子。梦啊,你究竟要预示着什么呀?那个叫缥缈的地方又究竟在哪里?

血色的光芒与那个幽怨的声音都消失了,问馥菲方才可曾听见冷蝶所说的话，她竟不知。我相信她是不知道的，我也绝对相信我是真地听见了冷蝶的话。或许冷蝶是说给我一个人听的，我却不知为何要唤我为眉姐姐。

我叫长安。慕容长安。

第十回

无可奈何花落去

[十] 韩楚

冷蝶死了,他留给我的是他今生最后的一颗眼泪。

就那般眼睁睁地看着这个曾经共生死的好兄弟消失在自己的眼前,却无能为力,满眼的热泪却只能含在眼里。我只能在心里说,"好兄弟,能告诉我谁杀了你吗?"

和浴红衣等人一起回到了议事厅,恋刀怅然说:"可惜未能检查冷蝶兄弟的尸体,否则也能查到些蛛丝马迹。"

浴红衣颇为担忧地说:"我想冷蝶兄弟的死,以及上官公子的疯癫,极有可能都是鬼王所为。这云荒古宅除了鬼王,任何邪魔鬼怪都无法进入。那卷走上官公子的黑莲，便是鬼王的重生之莲，在鬼界被称为鬼母。"

我看了看长安，她的目中闪着泪光。我知她虽与冷蝶的关系并不是很好，但大家也都共同地经历了这么多磨难，彼此还是有了些感情。只见长安幽幽地说："不知道下一个会是谁遭遇不幸。"

她说着抬眼看了看我，我知道她的心意，但我没有说什么，只用深深的眼神看着她。

叶芷风淡淡地说："我们现在在明，鬼王在暗，且一点蛛丝马迹都未留下，实在不知如何是好。"她的脸上淡淡的，自从她得到了仙莲的仙力后，就似变了个人，脸上完全没有了昔日的稚气，以及那当初的纯真。

馥菲突然说道："有个想法不知道该不该说，或许只是我个人的不正确的猜测。"

长安看了看她，说："有什么意见就说吧。"

红衣面色沉重地说："是呀，馥菲，有什么你就说，这时候了，还有什么该说不该说的吗？"红衣的声音也因这些变故变得有些幽怨起来，不似先前那般的明朗。

馥菲叹了口气说："上官少爷是中了鬼王的失心蛊才疯癫，随即被黑莲所收；之后，芥蓝出现，冷蝶死去。这期间我们中唯一一个陌生的人，便是芥蓝，所以我怀疑——"

她没说完,但她的意思我们都知晓。红衣问她:"难道你怀疑芥蓝是鬼王?"

馥菲没有言语。

我想了想说:"馥菲的猜测也并非没有道理,想那鬼王被云荒封印封在海底已近千年,谁也不曾见过。且他自会千变万化,我们凡人又如何能识破?"

却在这时,一声惨呼从红衣的房内传出,正是芥蓝的声音。莫非她有什么不测?

芥蓝躺在红衣的床上,面色铁青,双目紧闭。

红衣惊呼着说,"她中了毒!"飞指如电,她急速地点了芥蓝的几处穴道,随即又伸出右手凭空幻出一个小玉瓶,滴了一滴甘露落在芥蓝的唇边。

红衣的幻术确实已经是炉火纯青,我自叹不如。那芥蓝饮了那滴甘露后,面色随即红润起来,微微地呻吟了一声。

长安轻轻抚摸了下她的额头,问红衣:"她没事了吧?"

红衣点点头,说道:"喝了云荒仙露,性命是保住了,但身体却是异常虚弱,也怕落下了病根,还需多多调养。"她说着,猛一下推开长安,人随即从床边离开。

一团黑影从芥蓝的被内射出,透着幽幽的蓝。恋刀的刀已飞出,将那黑影断为两段,黑黑的汁液洒了一床。

我伸手扶住长安,问她:"你没事吧?可曾伤到了?"

长安摇摇头说:"没有,幸亏红衣及时发现。"

再看红衣面上满是惊恐之色,飞出血绫,卷起芥蓝,随即将床上的被子掀去。被子的下面竟有数十只拳头大小的黝黑的蝎子,正高高举着尾刺,十分恐怖恶心。那群小东西,见无处藏身,便一个个腾空而起,快速袭向我们。

馥菲扬手,一片金光飞舞,那群蝎子便在那片金光中化作了一片烟雾,消失了。

叶芷风弹了弹手指,一串花飞,罩住了整张床。但听数声爆响,又有几处青烟消散。红衣这才将芥蓝又放回床上,口中说:"好险,好险,这是兰若蝎,剧毒无比,且都修行了上千年,端是十分厉害。"

恋刀皱了皱眉头:"兰若蝎?莫非是东海上已经消失的名刹兰若寺里饲养的兰若蝎?"

红衣点点头,说:"不错,确实是昔年兰若寺中兰若仙子所养的兰若蝎。自从兰若寺从东海消失了后,兰若仙子便再无消息。"

他们所说的这些我是不知道的,无论是兰若寺还是兰若仙子,我都未曾听过。

馥菲说道:"你们谁清楚几百年前的那场变故吗?"

见他们也都互视着摇摇头,皆不知其中的缘由,馥菲又道:"我听师傅说过,几百年前,东海魔君因贪恋兰若仙子的美色,不惜制造海难,水漫兰若寺,致使这座千年名刹一夜间从茫茫东海上消失了,连兰若仙子也一并失踪。她是否为东海魔君所掳,却并不为人知。"

红衣问道:"那你能否确定这蝎子便是那兰若仙子所养之物?兰若仙子并非凡人,不在生老病死之列,虽然已经失踪了几百年了,但却无法证实她已魂飞魄散。但为何此刻,她所养的兰若蝎,却出现在我云荒岛上?还偏偏出现在我的床上,出现在芥蓝的身下?且这些蝎子还蜇伤了芥蓝,倘若不是我及时以云荒仙露救治,此刻芥蓝怕已命丧黄泉了。"

面对红衣的众多疑问,我无语,犹坠雾中。

第十一回
两处相思一地心

[十一] 恋刀

古宅里居然会出现兰若仙子的兰若蝎,这证明当年的兰若仙子并未死去,因为兰若蝎除了兰若仙子外,无人能饲养。这些蝎子非但剧毒无比,且凶猛异常。

我望着躺在床上的芥蓝,她是如此的年轻和俏美,线条分明的小嘴,微微地上扬着。她会不会是兰若仙子所变?我凝视了很久,却未能分辨出来。我并未见过兰若仙子,只是耳闻而已。倘若那兰若仙子尚在人间,那几百年前东海魔君所造成的冤案为何又迟迟未翻案?

只是据说当年兰若寺消失了，东海魔君与兰若仙子也下落不明。

这是一个沉寂了几百年的谜团，曾有人预言，这个谜将会永远地沉寂，可是我却有种预感，这个谜团就要被解开了。

芥蓝微微呻吟了一声，然后缓缓地睁开了眼睛，看了看我们，说："你们怎么都看着我呢？我只是睡着了，哎哟，怎么浑身好痛呢？"

她的眼神如此的清澈和无邪，我不由暗暗地道，她真是个无邪的芥蓝，那份单纯，那双扑闪扑闪的大眼睛却是那么的熟悉，连我自己都相信，我曾经见过她。

长安淡淡地一笑，很轻柔地说："没事了，你好好休息，明天身上就不疼了。"

红衣看了看长安，面上十分平静，然后伸手将被子盖在了芥蓝的身上，说："好好睡吧，一切都会没事的。"

芥蓝甜甜地笑着："你们真好，遇见你们真是我的福气。"

直到她睡熟了，我们方才从房间里出来，红衣的面上一直锁着愁云。我淡淡地说："红衣姑娘，目前我们所能做的只是走一步看一步。想得多了，只能徒增烦恼而已。"

红衣抬眼，用眼角的余光瞟了一下我，声音有些冷："我不是想得太多，而是芥蓝的出现以及方才所发生的一切，我不得不去重新思考一下。恋刀公子,你对这些事,可曾有什么看法?"

我只是淡淡地一笑:"能有什么想法?随它去吧。"

眼角的余光看见叶芷风正看着我,我以为她要说些什么,便去看她。她却目光闪动着,急忙躲开了,面上泛起微微的酡红。

好生奇怪。

韩楚叹了口气,说:"真的不知道接下来会发生些什么,我现在最担心的是上官兄的安危。"

长安幽幽地说:"我一直相信表哥他不会有事的。"

其实我也一直相信上官谨枫不会有事,也一直相信他还会回来,回到我们中间,和我们一起度过这场危难。一如那乌云不能永远地遮蔽住阳光,外面横行的那些鬼怪终究会灭亡。我抬头看了看天上,妖气已经弥漫了整个夜空,阴森森的。

一道璀璨的弧线划破夜空,将那弥漫的妖气撕裂开来,直向这云荒岛上坠来,那耀眼的弧线亮过这绚烂的云荒流火。红衣反应神速,单手一挥,那条血绫如龙般地射出,熊熊的火光暗淡了云荒流火,直逼向那道璀璨的弧线。

我赶忙问道:"红衣,那是什么?不像是流星!"

未等红衣回话,馥菲就已经接道:"那本来就不是流星,而是人的精气。"

她将长安搂在怀里,我知道长安是不会武功的,她需要馥菲的保护，便道："馥菲姑娘，你只负责保护长安姑娘便可，其他的交给我们便好。"

韩楚点点头："馥菲，长安的安危便交给你了，无论发生什么事，你都不能离开她半步。"

馥菲目光流转，落在长安的面上，带着含蓄的笑意："我可以死，长安却不可以。"

长安眼里含着笑，轻轻拍着她的手："馥菲，我们好姐妹，谈什么生什么死。大家都要活着，都要坚持到最后，我们会战胜外面的那些妖魔。"

那道弧线已经进了云荒流火的范围，正与红衣的血绫相触，纠缠在一起，如两条流光飞舞的龙。红衣身形晃动着，朝那道弧线快速地飞去。我担心她有事，便也随着她飞掠过去。

待我们看清时不由怔住了，那道亮丽的弧线却是被黑莲卷走的上官谨枫。红衣匆忙地收起血绫，上官谨枫在空中现出身形，他的脸异常的冷峻，目光如电，又似那无情的刀剑，射在身上冷飕飕的。

我们落到地上，长安奔了过来，喊道："表哥——"

上官谨枫看着她，脸上依旧冷冷的，不着痕迹。他的声音也是冷冷的："我在。"

他仿佛变了个人似的，他在失踪的那段时间里，究竟发生了什么?我仍然很清楚地记得他在出事前的样子,与现在绝对是天地之差。我看着他,仿佛从未见过。

冷峻的脸干净俊美,黑而浓的长发束在脑后,整个人像尊石像。只有那墨黑色的长衫,在风中飘动着,成为他全身上下唯一一道明朗的线条。

长安看着他,目光闪动,双唇颤抖着:"表哥——你——"

上官谨枫依旧冷冷地说着:"我在,很好。"

第十二回
惊残好梦无寻处

[十二] 芥蓝

多年前，我有个名字叫芥蓝。

我就这般在长安和红衣的安慰声中睡去，我已经记不起上一次这样的安慰是在多少年前了。或许是几十年，也或许是几百年。

屋外飞起一只寒鸦。

不知是什么扰乱了我的清梦，我悠悠而醒。一丝柔和的光线映入我的眼帘。我知道，那是云荒流火，整个云荒岛赖以生存的生命之火。

外面黝黑的天际闪过一丝火红，灿若流星。接着，我看见红衣的血绫飞出，似一条火龙。我移步窗前，把眼旁观。

来的是上官谨枫，那个俊美的男子，换了一身墨黑色的长衫，如竹般的飘逸和伟岸。我暗自偷笑，上官谨枫此番回来，定不是个好招惹的角色，他变得异常的冷峻，与长安的冷迥然不同，至少长安的心里燃烧着温暖的火焰。

长安上前轻轻拉住上官谨枫的手臂，却被上官谨枫冷冷地甩开。我不知道以前的上官谨枫是什么样子的，但是我知道绝对不是现在的这个样子。长安的美目中盈满泪水，她说："表哥，你如何变成了这般？"

上官谨枫异常的冷傲，说："我变得如何，与你何干？哼！"

他轻拂长袖，如行云流水般消失在众人的眼前，步入丛林深处。

长安犹自落泪，韩楚上前，轻搂着她入怀，很轻很轻，轻得似生怕碰疼了她。我的心似被生生地揪疼，那是多少年前的往事了，我也曾有过这般的经历，只是我已经想不起来，只是偶尔会心疼。

是呵，当年那个红衫似火的少年，已经不复存在了，永远都不可能再回来。这段往事终究随着他的离去而深埋在我的心底，并被覆盖上一层永远也不可能解开的封印。

眼光缥缈，未曾察觉恋刀已近至眼前，直到他开口说："芥蓝，你怎不休息？身体好些了吗？"他的眼里闪动着真诚，一丝暖意弥漫全身。

　　我淡淡地说:"我已经好多了,见你们在这里说话,我便站在这里听着,看能否帮上什么忙。"

　　他懒懒地一笑,眨眨漆黑如墨的眸子,说道:"你好好休息就可以了。这里的事由我们来做,你不用帮什么忙,记住你还是个病人。"

　　"好,那我去睡了。"我看了看他,很天真地一笑,只有我自己知道我笑得有多勉强。天真,那已经是多么遥远的记忆。

　　躺在床上,微闭双目,我的魂魄轻轻地离开躯体,飘出了房间。轻得像风中的落花,其实,我又何尝不是那风中的落花?孤苦无依地在这茫茫的东海上飘零了一年又一年,一世又一世。

　　前面是金佛,巍然耸立,我知道这里面藏着的一个鲜为人知的秘密:整个云荒岛赖以生存的云荒流火的火种,便藏在这尊金佛之内;只要毁了这尊金佛,那整个云荒岛将陷于一片黑暗。

　　金佛的威严让鬼界无法接近,可是我能,因为我不属于鬼界,我是仙,曾经芳华风靡整个东海的仙子。只有我才能毁掉藏在金佛之内的火种。我冉冉飘起,进入金佛的金光之内,渐渐侵入佛的身体。

　　陡的一声闷喝,我的身体不自禁地落了下来,摔在地上。我抬眼看去,只见一个紫衫飘飘的男子立在眼前,略瘦的脸白皙而俊美,一竿紫玉箫横在腰间,气宇轩昂。这是谁家的男子?怎这般的俊朗逼人?他与上官谨枫和韩楚相比,多出了一分贵气。

我的心儿怦怦地乱跳,倒不因为他的俊朗,而是因为他居然能看见我。我的魂魄如风一般,是根本看不见的,为何他却能看见?他的脸上带着邪气的笑,红润而饱满的唇,微微地分开,令我不忍再去看。我忙匆匆地别过头去,生怕自己一时间迷失了,可又偏偏忍不住想去看他,哪怕只是看一眼。

"怎么,不想看我吗?"他居然开口问我,声音低沉略显沙哑,却不失磁性。难道一个女子对一个男子产生了好感的时候,他的一切便都是好的,都是对的吗?我是不是已经迷失了?迷失在这个陌生却又似乎很熟悉的男子的面前。

虽然只是魂魄,但我依然能感到脸上火辣辣的,这种感觉让我仿佛又回到了那久远的年代,回到那个红衣似火的男子的身边,依偎在他的怀里,看东海的日升,看西山的日落,看尽世间的繁华,看穿红尘的落寞。难道那个红衣的男子又回来了?难道眼前这个紫衣飘飘的男子便是他的化身?

我正兀自思量,他却已近身边,修长细白的手,悄无声息地伸到了我的面前,就那般轻轻地托起我的下颔。我惊慌地看他,欲要挣脱,却又有些不舍,眼见着他那饱满而性感的唇贴到了我唇上。

如一阵电流,击得我几乎瘫倒。而在此时,他的手环住我的腰，我急忙推开了他。我的魂魄随风飘走，晃悠悠地回到了我的躯体。睁开眼，我轻轻抚摸了下嘴唇，依旧微微地发热。红霞落满双腮，羞煞帘外一地繁花。

一声轻笑传来，吃了一惊，忙望去，却是红衣不知何时坐在了旁边，而我竟浑然不知。见我的窘样，她拉住我的手，说："芥蓝，你做梦了？惊成这般了。"

那感觉似在梦中，却又非梦。

赶紧摇摇头，我避开她的眼光，垂下粉颈，口中轻轻地说："没有没有，好端端的，做什么梦？只是突然感觉一阵惊慌，便给惊醒了。对了红衣姐姐，你来多久了？有些什么需要我帮忙的吗？若是有，你就说。"

红衣看了看我，笑了笑，说道："没有事，就是怕你一人睡着不踏实，怕又有蝎子呀蜈蚣呀的，我便来陪着你。"

心里真的暖暖的，我感激地看着她，什么都没有说，只将手握得紧紧的。我相信，此刻我心中所想，她必是知晓。不知怎的，那个紫衣的男子竟浮现到了我的眼前，仿佛此刻我握住的是那紫衫男子的手，而不是红衣的。

我是不是已经着了魔？

第十三回
海色苍茫飞白骨

[十三] 霜战

我出生的时候，杨花似雪，落地如霜，于是爹为我取名霜战。

我偏爱这淡淡的紫色，爱得毫无缘由。当幻影神功终于大功告成之时，我来到了云荒岛，这个在意象中已经来过千百次的地方。远远地我见到一个妙龄的女子，正在侵入金佛的身体。我不知其何意，当下一声闷喝，那女子便给我的喝声惊得落下。

那是我见过的最艳丽的女子，有着花般娇艳的面容，蛇般柔软的身段，还有那红润性感的双唇。我贴近她，在她的唇上轻轻一点，她便羞也似的逃走了。我知道这不是她本人，而是她的魂魄，只有我的幻影神功才可见到。

这便是传说中的金佛,果真气宇不凡,我不屑这般轻易毁了它。若要毁灭云荒岛,我也定要将这岛上的人悉数战败,让他们输得心服口服。

有衣袂破空之声传来,从声音判断,是个高手。我欲转身去看,已有寒光闪现。我微微一笑,身形一转,手中的笛子往前轻轻一递,便将那抹寒光抵住。来的是位俊朗的男子,身着墨色的长衫,冷傲的面上透着几分的阴冷。

嘴角飞过几丝轻笑,凭他的功力尚不足为惧。我手腕轻转,紫色飞旋,荡出一片箫影。似是意识到我的厉害,他的剑在洒出一片寒芒后,他的身形便急退,闪电般地退到了箫影的范围之外。我微微晃肩,紧逼他,只觉得自己身似轻雾,随他而动,不由暗赞幻影神功果是一大奇功。

陡觉得阴风迎面而袭,他已电射般飞来,单掌向前,一股黑气从他的掌心喷出。从未见过这样的掌法,我忙转身,轻巧地避开。紫玉箫丝毫不含糊,卷一缕劲气回击。箫影如山,挡住那股黑气,左手并拢二指,破天指挟一缕紫气穿过箫影,射向那个黑衣的男子。

"铮——"

如龙吟,破天指竟未能折断他的剑。微微一晃,他身形翻转,如惊鸿般地向后飘去。我依旧对他穷追不舍，因为能从我的紫玉箫和破天指下逃走的，至今不曾有一人。不觉间，我们已飞出了这座古宅，偌大的云荒岛鬼气弥漫，甚至已经弥漫到了整个东海的上空。

据巫师所言，是因十星连珠，封印被解除，鬼王率领百鬼逃出了海底，四下横行。倘若如此，云荒岛势必会被百鬼践踏。虽然灭了云荒岛是我的使命，但绝对是要我亲手毁去，不屑与这些宵小搅在一起。

若他们想毁了云荒岛，我必不罢休，鬼阻杀鬼，神挡灭神。

蓦地，就觉得空中黑气陡地弥漫开来，那个男子的身影，渐渐有些模糊起来。莫非他是章鱼精所变？姑且先将他当作章鱼精好了。正兀自思量，一阵阴风扑面，不及思量，身子猛地一沉，落下数尺，险险躲过。但见那章鱼精已如电般从我头顶之上射了过去，一时间阴风四起。倒真小看了他，在他那不起眼外衣下究竟藏着多少能量？

他见我躲开了他致命的一击后，便再次凌空倒飞回来，手中的剑化作一片巨大的剑网，将我罩在其中。我嘴角轻扬，破天指划出漫天紫气，如一条紫龙在空中飞舞。接着，我将紫玉箫脱手飞出，紫光更甚，击得那片剑网零乱飞散。

破天指的指气重重地击在章鱼精的胸前，有血光显现。紫玉箫依旧飞舞着，击落了那些残余的剑光后，飞向他，从他的体内穿过。一声惨号，他直坠下茫茫东海之中，只瞥见那墨色的长衫，在空中飞舞着，消失在我的视线里。

哼，小小一只章鱼精，岂是我的对手？便是那鬼王亲临，我亦不放眼中。微整衣襟，我欲飞往云荒古宅，却见海面突地刮起了狂风，巨大的海浪咆哮而来。隐约中，我似乎看见了有无数根森森的白骨，从海中飞出，但又看不真切。

最后，那墨色的长衫出现在我的眼里。哼，这章鱼精还没完没了了，这次不知带着这些白骨出现，又有什么新花招，我且静观。

那些森森白骨在空中呈一个骷髅现出原形。

章鱼精立在骷髅的前面，墨色的衣襟随风飞舞着，面色阴冷而低沉。我皱了皱眉，从他身上，我闻到了很强烈的杀气，与方才他身上的味道完全不同。看来还真不能小看这只章鱼精，只是有些不明白，为何破天指和幻影神功都杀不死他。

惨白的骷髅开始向我飞来，源源不断，如飞舞的蝗虫。从未见过这种阵势，我向后飘了数丈，终于看清，那些骷髅已化作一条巨大的白骨长龙，冲向了我。

脑中闪过一丝灵光，终于发现这个不是什么章鱼精，而是统领整个鬼界的鬼王！曾经听爹说过这样的一句话：鬼王现身，白骨长龙。

传说中的鬼王出现在我的面前,这阵势将我方才那番豪情冲向了九天云外。毕竟是沉寂了千年的猛鬼,其功力可见一斑,若与其硬斗,吃亏的必定是我。

有个阴冷的声音传来:"你是何人?胆敢与本王挑梁子?"

鬼王的声音相当难听。我轻轻咳嗽下,说:"行不更名,坐不改姓,鹰狼王之子霜战是也。"

"呵呵——"鬼王突然冷笑起来,笑得人浑身起鸡皮疙瘩,真想去对他说,声音不好听,就不要笑出来,会吓死人的。他说:"你是天鹰岛的人?为何现身于此?"

他立在那巨大的白骨龙头上,那种君临天下的气势,让人折服。但我不会被他折服,我暗暗告诫自己,他不过是鬼界的统治者,不过是个小小的鬼王,而我,是鹰狼王的儿子,是天鹰岛的统治者。

我嘴角上扬,朗声答道:"今日前来,不过是想找云荒岛的岛主,就二十年前的那桩旧事,做个了断罢了。鬼王大驾怎也到了此处?"

"呵呵——"他再次怪笑了声,"本王借十星连珠之机,破了云荒封印,自然是要重新统治整个东海,以结束东海千年来混乱无主的局面。"

第十四回
自在飞花轻似梦

[十四] 鬼王

我被云荒封印封在海底已经千年了。这千年暗无天日的日子,让我无时无刻不在想着复仇。我要让整个云荒岛永远消失,我要统治整个东海。

一个千载难逢的机会,十星连珠,我冲破亘古的封印,率领百鬼逃出海底。我本是无形的,云荒封印毁了我的躯体,正在找寻之际,一个男子坠入海底。这便是被黑莲附体的那个男子。他的体内有着黑莲的能量,他的躯体是最好的转生工具。此刻的他已经是奄奄一息,我便附在他的身上,借他的身躯,在海面之上现身。

一个紫衣飘飘的男子出现于我的面前,他说他是天鹰岛的岛主,若能将他收于麾下,便是一个极有力的臂膀。我便和他说了本王的目的,看他是如何的反应。但见他朗声说道:"这东海之上本就无盟主,千年来各岛各自为政,占山为王。倘若突然间多了个盟主,想必会引发些冲突,甚至流血事件。"

"哈哈——"我狂笑一声,"自古便是成者王侯败者寇,谁若不服大可向本王挑战!"我说着,目光犀利如鹰,射向他,道:"你若不服,亦可如此!"

他双手往后一负,居然神情悠闲起来。风卷起他的衣襟拂动着他的发丝,竟有种仙风道骨的感觉。莫非他是九天之神?我双指从眼边拭过,通天法眼被催开,但我用法眼看见的依旧是一具血肉之躯。

他嘴角微扬,说道:"天鹰岛的人,绝对不会屈服于任何人,何况我这个岛主,更该以身为则,岂能落人笑柄?"

听他话语,已知晓他心中所想,既留之不住,便除之。一念刚毕,我左手一挥,口中暴喝一声:"白骨长龙!"但见那条白骨所化的巨龙立刻腾起身形,喷出一股腐臭之气,令人窒息。但他亦是一个强劲的对手,就见他身形转动,在空中幻出无数个身影,密麻麻地铺满天际。

刹那间紫影漫天,风起云涌。巨龙掀起一个巨浪,恶狠狠地扑向了他，也不管他是虚是实。但见无数道紫气从那无数个身影上发出，纠缠着幻出一只紫凤。那凤异常凶猛，在接近巨龙之时，身躯突然变小，竟从龙嘴中钻入，企图涨爆巨龙。

我冷笑一声，右手疾挥，巨大的龙嘴喷出一股腥臭无比的黑气，这是黑莲的能量。借着黑莲之势，那只紫凤亦被吐出，渐渐被黑气所盖。紫气顿敛，空中那无数个紫影再次发难，就见它们合在一处，如一道神水，从天而降，紫流滚滚而来，瞬间便将巨龙淹没其中。

空中幻出一朵黑色的莲花，但见莲瓣见风即长，随即溶入紫流之中，一股白气从紫流中升起，隐于黑莲之中。当白气已尽之时，黑莲便飘离了紫流，飞至空中，巨龙便从黑莲中散出，白色的龙体却隐隐透着黑亮的颜色。

就听他的声音在空中回荡："哈哈，不愧是千年鬼王！今日我虽斗你不过，但终有一日，我会战败你！"他的话音刚落，那漫天的紫色竟突然消失了，连那原本波涛汹涌的紫流也在转瞬间消失不见。

着实不曾想到，千年后第一次与人交手，竟让对方逃脱，略感汗颜。但终有一日我会杀去天鹰岛，让他诚心服我方才作罢。乘上我的白骨龙电般地射向云荒岛，径直来到云荒古宅。我的黑莲曾经擅自进去过，并且控制了这个男子的元神，才使我有机会转生。

古宅里有座金佛，我竟近身不得，心中不免有些怒气。那兰若仙子已去甚久，为何还未将金佛毁去？白骨龙发出一声低沉的吼叫，随即喷出一股黑气，黑气侵入古宅，连里面也变得腥臭异常。拍拍龙头，十分赞赏这敲山震虎的做法。料古宅中人必不会藏匿太久，便被这腥臭之气逼出。

果见，两道白影飞出，一前一后。未待我施令，白骨龙已咆哮着电射出去，卷起漫天风云。就听一人道："那是上官兄！"

另一个男子道："那已经不是上官兄了，那是鬼王！这条白骨龙，便是百鬼所变，凶猛异常，你我小心了！"

看来那男子还甚有来头，连我的白骨龙是百鬼所变都竟知晓。一道极细的寒芒从那男子的袖底飞出，闪电般地没入了白骨龙的体内。"嘭——"数声响后，有两根白骨飞落。果是出手不凡，我一念未毕，另一个男子手中那柄玄铁剑竟发出一抹流光溢彩的颜色，卷一股霸道的剑气横截向白骨龙。

见这两人的出手，我不由暗叹，自己被囚禁了千年，殊不知这世间竟涌现了如此众多的年轻高手。我踏上白骨龙的脊梁，在空中幻出霸道的黑莲，随手一挥，空中便飘散着无数片黑色的莲瓣。这些莲瓣中蕴涵着黑莲的精华，如一张巨大无边的网，果见那剑气和寒芒皆无法穿透其间。

一串霞光飞舞，从古宅中又飞出一人，身形未现，就见漫天的花朵，流光溢彩，甚是缤纷。一个女子的声音传来："哼，雕虫小技，也敢来云荒岛撒野！"她的话音落下，就见空中如下起了一场花雨，那些花朵竟飞向黑莲的莲瓣，双方纠缠起来，最后竟形成了一个巨大的花球！我不由惊诧，一物降一物，那些缤纷的花瓣便是黑莲的克星。

失去了黑莲的庇护，白骨龙虽凶猛，但却不是那两个男子的敌手。我的身形暴长，幻出无数条手臂，每一条都能摧金熔铁。一个男子急声呼喊："鬼王的百变神爪！"

就在这时，白骨龙喷出一口浓浓的黑气，海面都被黑气所笼，恶臭无比。那三人不由得掩面飞射出去，那个女子再次幻出无数花朵，那些花朵竟将黑气吸附至尽。甚是无奈，这女子小小年纪竟有如此高深的法术，断不可小视。

就在我略一分神之际，那个男子的剑气竟斩下了白骨龙的龙头，几根白骨化作白烟袅袅，但又立刻合在一起。我的神爪同时伸出，如千百个钢爪同时飞出，任谁都无力阻挡。

第十五回
守得云开见日明

[十五] 韩楚

鬼王终于现身了，他附在了上官兄弟的躯体之上。那森森白骨化成的白龙，在空中肆意地狂舞着，我一怒之下斩下了它的头。愤怒的鬼王使出了杀手锏，但见漫天的钢爪，闪电般地袭来。

我和恋刀只得飞身退后，但叶子却没有退缩。但见她两手中光华更甚，那金花便漫天飞舞着从她手中源源不断地飞射出来，宛如一片霞烟，绚烂而妖娆。那七色仙芙本就是上占仙物，又经叶子母亲的修炼，仙力更甚。

但见鬼王的钢爪一触那片云霞，便如陷入了沼泽一般。鬼王大怒，狂吼一声，再见漫天的钢索飞舞，夹着森森的白骨飞旋，那些白骨在空中化作了一片白色的烟雾，弥漫开去。叶子消失在这片白雾中，那片原本盛放万丈的霞光被这片烟雾渐渐黯淡了下去。

我惊呼道："叶子姑娘——"

恋刀电射过去，袖底风化作一片寒芒，卷起一股巨浪压向鬼王。白雾散尽，但见叶子已经被束缚在那片钢索中，业已晕迷。

"哈哈——"

鬼王狂笑，将手中的钢索一抖，恋刀的那片寒芒便被淹没于索影之中。钢索哗啦啦地一收，眼见着叶子便要命丧他手，我的玄铁剑光芒暴涨，斩断钢索，却已无力再去接住她，只得眼睁睁地看着她落到海里。

一条紫色的身影几乎贴着海面飞掠而来，将已落入海里的叶子又给捞了出来。那是个俊朗的男子，眉宇间带着几分的贵气。不知何时，天上有无数只天鹰在飞旋，黑黑的影子，密密麻麻。

鬼王怒道："你小子不是逃去你的天鹰岛了吗？居然还敢回来！"

钢索似一张巨大的网，从天罩下。那紫衣男子身形奇快，在钢索罩下之前，便已飞出了包围圈外。他手一挥，将叶子抛给恋刀，接着手中的箫洒出一片淡淡的紫影，与那钢索相抵触，两股气力各不相让，就那般触在空中。

那紫衣男子的功力虽不凡，但比起鬼王尚逊一筹。我的玄铁剑洒出一道犀亮的白芒，溶入紫影之中。白紫相间，将那钢索生生地震断。恋刀的袖底风也不甘寂寞，破空而来，凌厉劲气冲得钢索漫天飞舞，如巨大的章鱼。

鬼王应接不暇，被袖底风射穿前胸，一股黑色的血喷薄而出。我惊呼一声："恋刀，不要毁了上官兄的肉身！"

沉寂了千年，鬼王的功力尚未完全恢复过来，否则凭我三人之力，想斗败他，万不可能。就听恋刀喊道："韩兄，顾不得那么多，眼下只能先除去鬼王，若再不动手，以后怕是没有机会了！"

紫衣男子的左掌化出无数的掌影，一道紫色，山岳般地压了过去，竟是幻影神功！我虽听师傅曾经提过，但对此功并不甚了解，今日一见，果见威力非凡。我十分担心上官的肉身是否会被损坏，倘若损坏了，即便鬼王被消灭也不能救活上官。

鬼王的双掌在空中幻出无数白骨，形成一面墙。此时的他，衣衫凌乱，乱发如草，在风中肆意地狂舞着，面目狰狞，十分恐怖。他借着那面白骨墙飞速地上升着，紫衣男子吹了声口哨，天上的飞鹰立刻黑压压地扑了下来。

鬼王双掌挥舞，身躯便掩藏在白骨之中。那些天鹰扑来，只抓得白骨漫天飞散，却不能奈鬼王分毫。就在这时，一条红色的身影从古宅飞速而出，漫天的火光飞舞，烧红了整片天空。浴红衣的血绫已经笼罩住了鬼王,那些白骨在火光中被焚毁,形成一个巨大的火球。

我一声惊呼:"红衣,不要毁了上官的肉身——"

但已迟了,那巨大的火球从空中落下,坠入了茫茫东海之中。我心猛地沉了下去,上官谨枫死了,那长安定要悲伤欲绝。我似乎已经看见了长安满面悲戚的模样,梨花带雨。

一切恢复了平静,乌云散尽,霞光万丈。

我们虽然杀死了鬼王,可是我们牺牲了上官谨枫,那个白衣飘飘,嘴角总是带着淡淡笑容的男子,再也回不来了,被这茫茫的东海所吞噬。

恋刀抱着依旧晕迷的叶芷风停在空中,我依稀可见他的眼角挂着泪滴,而红衣早已泪流满面,似雨中的海棠。

我强忍着内心的悲痛,向那个紫衣的男子抱了抱拳,说道:"在下韩楚,多谢兄台相助。"

那男子只是淡淡一笑,道:"不必客气,我并不是帮你们,而是帮我自己。"

微微一怔,我不知他话中之意,却见红衣打量着他,又抬头看了看漫天飞舞的天鹰,秀眉微皱,道:"你是天鹰岛的人?"

那个男子看了看她,嘴角微微上扬,一股逼人的气势顿时向四周压去。就听他道:"不错,我就是天鹰岛的岛主霜战,姑娘想必是这云荒岛的岛主了？"顿了顿，他又道，"方才见姑娘的法力似是海巫门一脉，不知九婆婆她老人家现在身体如何？"

红衣冷冷一笑，目中冰冷如霜，锐利似剑，说道："她老人家身体如何，与你何干？你此番前来，莫非要了结先辈留下的那笔账？如果为了此事，请出手吧，浴红衣也一直在等着这一天的到来！"

我见二人之间似有梁子，因不知个中因果，亦不便插嘴，且静观。微微一声呻吟，叶芷风悠悠而醒，见恋刀将她抱在怀中，不由面上生春，忙不迭地离开了恋刀的怀抱，飘向一边。秀目流转，见场中的气氛不对，忙飘到浴红衣身边，问道："姐姐，怎么回事？"

浴红衣冷笑一声，道："他便是天鹰岛的岛主，来此了结咱们两岛间的恩怨。"

"呸！"叶芷风啐了那紫衣男子一口唾沫，"当年你们天鹰岛来云荒岛挑衅，杀了我们无数的岛民，居然还有脸来说了结恩怨，我呸！"

浴红衣看着叶芷风，说道："今日，你我姐妹二人就替爹爹及所有的岛民报仇。若我们技不如人，死在他手，便是学艺不精，怪不得人。"

她说着，看向我，道："韩公子，这乃是我云荒岛私事。请韩公子及恋刀公子不要插手其中,以免某人说我们以多欺少,胜之不武!"

叶芷风秀美的面上冷冷的,看不出此刻她究竟在想些什么。

第三卷 深海幽鬼城

第一回
依稀注梦似曾现

[一] 霜战

绿衣女子纤手轻弹，一串飞花从她的指间飞出，带着炫目的白光。那些花儿竟是见风便长，瞬间便已是铺天之势。不及多想，幻影神功应念而生，空中紫影飘飘。破天指的指气划破长空，如长虹贯日，击暴数十朵花，纷纷扬扬地落下，缤纷绚烂。

那女子纤手再扬，又一片飞花乱舞，竟呈漩涡之状，在海面上掀起巨大的海浪。我飘后数尺，破天指再度飞出一道指气，在空中急速划出一张巨大的网。花儿飞近时，便被这张网挡住。几乎同时，我的幻影神功幻出一面紫色的屏障，紧紧贴在网后。

漩涡夹着海水呼啸而至，被我幻出的屏障所挡。岂料那女子竟能源源不断地施出法宝，飞花与海水顺着屏障渐渐地蔓延开来，从四周包围过来。我立即将幻影神功运至最高层，漫天的紫气似奔腾的紫海，渐渐聚成一只飞凤。

紫色的羽翼，扇起巨大的旋风，将那些花击得四下飞散。紫气更甚，隐约中见有一道火光透来，那一袭红衣的女子开始发难。她的法宝是一条血绫，此刻正燃起熊熊之火，烧向紫凤。那血绫自是凶猛异常，竟能穿透我的幻影神功。

灿烂的火光烧红了半边天，一条火龙从紫影中穿过，与我的紫凤纠缠于一处，竟斗得难分难解。一排劲气十足的紫色光镖从紫凤身上射出，没入了火龙之内。不料，火龙竟立还颜色，一团炙热的火球喷出，在紫凤身前炸开，顿时流光飞舞，缤纷之极。

火球炸开后将紫凤围在中间，热腾腾的火焰落入了茫茫东海，冒出一股股的青烟，缥缈而诡异。紫凤扇动着双翅，火焰四下散去，但却无力飞离火球的包围。我不由暗自惊赞海巫门的绝学果真是厉害绝伦，想在这东海，能敌者，怕是屈指可数。

那个绿衫的女子不知何时飘到了我的身后，巨大的漩涡飞旋而来，白光炫目。前后受敌，我忙不迭地侧过身去，左手扫出一道破天指气，抵住那巨大的漩涡。这两股强大的力量同时袭击我，让我感到有些力不从心。

天鹰护主心切，成群从天上落下，企图冲散那火球，但尚未靠近便已成烤鹰。心急似焚，我一声怒吼，身躯猛地往后撤去，如星际流星，退后数丈。因那两股力量的牵引，我再次弹射回来，借她二人之力，竟快似闪电。那火球和漩涡便倒飞了回去，撞向她们。

两人一惊，万没料到我有此一招，匆忙向后飘开，但仍被余威所伤。绿衣女子口中喷出一口逆血，人无力地坠向东海。那个唤作恋刀的男子立刻飞掠下去，接住了她。

红衣女子大怒，俏丽的容颜，似雪中寒梅。血绫再次卷起漫天的流火向我逼来，而我的紫凤，早已电射过去，替我挡下了血绫那凌厉的一击。

那个叫韩楚的男子飞驰而来，手中的玄铁剑划一道缤纷的剑气，硬生生地将紫凤和火龙分开。我和那红衣的女子只得先收起各自的法宝。

红衣女子喊道："韩楚，你不用插手我的事！便是我死在这里也与你无关！"

韩楚面色沉重地说道："我不想看着你们这样斗下去，如果可以，我希望你们能化干戈为玉帛。上辈的恩怨是上辈的，你们可以不必继续流血。放卜你们的仇恨，大家活着都很开心，人生本就如此的短暂，为何要活在痛苦中呢？"

我不屑地哼了一声，说道："你没有生活在仇恨里，或许你没有经历过仇恨，所以你没有权利说话。"我说着，看了看那红衣的女子。此刻她正面罩寒霜，浑身上下都在微微颤抖，如那风中的花。她竟然会如此的震怒。

韩楚淡淡地说："我也有仇恨，我的师傅死了，而我一直不知道他是怎么死的。我也一直想把那个凶手抓到，让他偿命。"

红衣的女子冷冷地道："你知道这种痛苦就好，我也要他为我父亲及我的族人偿命！这么多年来，我一直想报仇，我一直在等着这一天！你知不知道这些年来，我一直活在痛苦中，每夜都能见到我的父亲血淋淋地站在我的面前。他就像一个梦魇，时刻缠绕着我！"

她越发激动，继续说道："我常常迷失在梦中，无论我如何挣扎，如何呼喊，都逃不脱；无论我奔走到何处，脚下都是族人的斑斑血迹；无论我看向何处，眼里出现的都是族人断裂破碎的躯体。或许你永远都不能体会这种感受，这是怎样的一种折磨，你永远也不会知道！永远也不会！"

我看着她因激动而变得绯红的脸庞，深深一叹，这么多年来，我又何尝不是受着这种煎熬？父亲死后，娘将所有的希望都寄托在我的身上。她完全被仇恨所蒙蔽，没日没夜地逼我练武。除了整日的练武外，我没有任何别的记忆。

母亲终于死于她的仇恨，而我却已经习惯了那种生活，并没有因为母亲的死而感到解脱。可是当我看见她时,我并没有杀人的冲动,相反的,我有种似曾相识的感觉。那一袭如血的红裳,那娇媚的容颜,那如水的从容,都仿佛曾经深深地印在我的心底。

此刻,我竟然很想放下我的仇恨,虽然这样我有负母亲的期望,愧对死去的父亲,可是,我真的很想就此放弃。

韩楚待她说完,才说道:"我和你不一样,我的师傅死了,凶手是谁我都不曾知道。至少我要找到,我要弄清楚整件事情的经过。倘若对方是个十恶不赦的魔头,我必会一剑诛杀了他。倘若不是,我会给他个改过的机会。"

她很不屑地看着他,他却视若无睹,眼里的神采渐渐迷离起来,仿佛穿过了这微显暗沉的天空,却不知停留在了何处。或许那些早已远去的往事,再次上了他的心头,一层层地被残忍地剥开,血淋淋地出现在他的面前。

第二回
错把君心当我心

[二] 韩楚

　　收起无奈的思绪，目光飘落在浴红衣的身上。我了解她的痛苦，那种痛便如我当初日夜思念着长安一般，锥心刺骨。

　　浴红衣很鄙夷地看着我，或许她现在还不能接受放弃报仇的事实，但我想终究有天她会从仇恨中走出来，去欣然面对这个世界。恋刀抱着叶芷风快速地进入了古宅，毕竟晕迷的叶芷风只能成为一个包袱。倘若与那紫衣男子打斗起来，她还得需要我们的保护。

　　那个男子嘴角微微一扬，说："我霜战既然已经来此，今天势必要做个了断！"

浴红衣冷笑着说："哪怕是生死之战，浴红衣也绝不退缩！"

我看着两人，眼里涌现出深深的失望和遗憾。却在此时，浴红衣脸色一变，惊呼一声，化一抹淡淡的血色，风驰电掣般地飞向了古宅。我不由震惊，不知发生了何事，便也立刻向古宅飞去。

浴红衣静静地立在金佛之前，面上毫无血色，苍白得如同一张纸。我问："出了何事？"

未吭一声，她凤目一闭，人已软软地栽倒。我立刻扶住了她，口中唤着："红衣姑娘——红衣姑娘——"

霜战也跟了进来，他一声不吭地跟在后面。我对他点点头，虽然他是这里的敌人，但就先前的举动来看，他的人品似是不错，不会是那种奸诈的小人。他淡淡一笑，算是回礼。我匆匆而走，将红衣送进了叶芷风的闺房中。

叶芷风尚未醒来，长安、馥菲，以及恋刀都守在床边。见我抱着浴红衣进来，他们都不由诧异。恋刀问道："红衣姑娘受伤了？伤得严重么？"

看见后面跟进来的霜战，他的眉头一皱道："是你伤了红衣吗？"

霜战轻轻一哼，道："是又如何，不是又如何？"

恋刀火往上蹿，冷笑道："若是，我们便出去拼上一拼，看你究竟有几多斤两！小爷可不怕你！如若不是，哼，这里也不欢迎你，请你离开！"

我看了恋刀一眼，道："恋刀兄弟，现在已经够乱了，你就不要再添乱了。红衣是自己晕倒的，与霜战无关。叶子她怎么样？可有大碍？"我说着，看着长安，目光中满是怜悯，此时，她便是我最大牵挂。

长安柔柔似水，说道："叶子并无大碍，只不过是过于疲惫，休息休息便好了。"说着她又为红衣把了把脉，叹了口气，"红衣是急火攻心，不知方才发生了什么事？"

我摇摇头说："我也不清楚，只是她急匆匆地回到古宅，一声不吭地站在金佛前。我问她，她便晕倒了，其中缘由怕是只能等她醒了后，方才能知晓了。"

长安的目光落在霜战的身上，问道："阁下想必便是天鹰岛的岛主了？"

霜战微微一笑："正是，姑娘有何指教？难不成连姑娘也要赶我走？"

她唇角微牵，便似那平静的水面划过一道涟漪，涟漪深处闪着诱人的光泽。长安道："不敢，我非此屋主人，如何能施这逐客令呢？不过见阁下眼生，先前又听恋刀提起，便随口一问罢了。虽然阁下与云荒岛有过节，但长安相信阁下不是那种趁火打劫之徒。"

霜战微微一笑，说道："姑娘不必激将霜战。我虽与床上的二位有梁子，但在她二人恢复之前，我是不会动手的。"

长安说："那最好了。其实我心中想的是，你们若能平息这场恩怨，化干戈为玉帛方才是上上之选。想当年，你们两岛之争，定是死伤无数，难道你愿意看着悲剧重演？你有没有想过，会有多少孩子没有父亲，多少妻子没有丈夫，多少母亲没有儿子，多少家庭不能团圆。我真心希望你和红衣都能放弃自己的仇恨，让你们各自的岛民都能开心快乐，不受战争之苦。"

其实这也是我内心所想。我看着霜战，说："我也曾听红衣提起过当年的一些往事，所以很想化解你们之间的梁子，上辈的恩怨就让它随风散了吧。"

霜战目中现出一丝疲倦，淡淡地说："这不是我一人所能决定的，主要还是在红衣岛主的身上。你们能说服她吗？可不要让我一人在此一厢情愿自作多情。"

我想他也定是被这战事所累，开始有些动摇，但又不知浴红衣所想。当下一笑，说道："红衣方面我们会尽全力说服她，我想她也一定希望她的岛民们能幸福地生活着。"

恋刀轻轻一声冷笑，却未说什么。

此时红衣悠悠醒来，目中滴下一颗泪来，晶莹似玉。长安连忙问道："红衣，发生了什么事？"

浴红衣目中泪光盈盈，良久方才道："有人偷了云荒流火的火种，我们很快要陷入一片黑暗中了。究竟是谁呢？是谁偷了我们的火种？没有了火种云荒岛便将陷入一片混乱。长安，我们怎么办？我们支持不了多久，没有了火种，金佛也会黯淡无光，失去它的仙力。"

怎么会这样？我暗自思量着，会是谁偷走了火种？我的眼光在众人身上扫过，不由皱眉道："芥蓝呢？怎么不见人？"

长安目光微闪，道："我和馥菲见恋刀抱着晕迷的叶子匆匆而来，便赶忙过来相助，未曾注意芥蓝，此刻怕是尚在房内吧？"

我立刻转身奔向她的房间，霜战也随我身后，料是见我与他稍微熟识。但见房内空无一人，哪有芥蓝的踪迹？心头一震，如被锤击，莫非芥蓝真是奸细不成？

正当思绪飞速转动之时，霜战突然对我说道："我刚来此处时，看见一个女子的魂魄试图进入金佛的体内，被我喝出。不知道她是否是你所要找的人。"

我吃了一惊，竟有这种事？忙问他道，女子的魂魄？莫不成是传说中的移魂之术？如此说来，这个女子的来头定不小，你且说说她是怎样的一个女子？

霜战说出那个女子的相貌，竟与芥蓝有几分的相似，心中更不是滋味，不知道红衣和长安知晓后，会做何反应。难道这世上果真多奸诈之人？莫非我之心换他人之心，只能是一笑谈？莫不成我们这些日子来，对她的关心她竟毫无感受？

一阵寒意，密密麻麻地爬满我的全身。

第三回

只盼消得无限恨

[三] 慕容长安

我是怎么也不相信芥蓝是那个偷火种的贼,她是如此的柔弱与单纯,似那雪山顶上的雪莲,明艳而不妖娆,纤尘不染,就那般的冰清玉洁。

红衣怔了一怔,终究只是深深一叹,便不再说什么。那个叫霜战的男子突然说道:"我可以将天鹰岛的火种借一颗给你们。待你们将火种寻回后,再还与我便可。"

我不由怔住,他与我们本是仇敌,却肯将极为珍贵的火种借与我们。我抬眼看看他,俊朗的面上不着痕迹,没有世俗的做作。

红衣咬了咬嘴唇，"用不着你假慈悲，你怕是巴不得我们全部死去哩。"

他的面上依旧淡淡的，如雨后无云的天空，说道："我是一番好意，你若不领情便当我没说好了。还有，请记住，我不是喜欢趁火打劫的人，即便要和你决斗，也不会在这个时候！"

我看了看红衣，说："红衣，我想你应该知道没有火种的后果是如何的严重。没有了火种，云荒岛的命运便是灭亡，我想这一定不是你所想要的结果。既然霜战岛主愿意借一颗火种给我们，我认为我们就先收下吧，余下的事情，以后再谈。"

红衣咬了咬嘴唇，似是下了很大的决心，终于道："那好吧，我就先接受你的火种。等云荒岛的火种找回后，我立刻奉还。同时，这算我浴红衣欠你份人情！"

霜战只是淡淡地说了两个字，"随便。"

韩楚笑了一笑，看着我，明亮的眸子闪着微微的光芒。我知道他的心思，我们化解霜战和红衣的恩怨已经迈出了第一步，并且很成功。

叶芷风微微一声呻吟，终于也醒了过来。她见到霜战，立刻飞身起来，甩手就是一串飞花，朝着霜战袭去。霜战吃了一惊，立刻转动身形，躲开叶芷风凌厉的一击。浴红衣忙伸手拦住了她，道："叶子，不可！"

叶芷风微微震惊，问道："姐姐，为何？他是我们的敌人！他想要我们死！"

浴红衣看着她，目光有些黯淡，说："叶子，我们的火种被人偷了，云荒岛的命运你该是清楚的。霜战愿意暂借我们一颗火种，待我们寻回后——"

未待她说完，叶芷风已冷笑道："姐姐，你怎么能这样呢？亏你曾经口口声声地说要给父亲和族人报仇！你怎么可以接受仇人的恩惠？就算云荒岛灭亡了，也不能接受仇人的帮助！你这么做怎么对得起死去的父亲和族人！"

她说着，浑身都在簌簌发抖，如那风雨中的牡丹。

浴红衣咬碎钢牙："叶子，你要替姐姐想想。若是这云荒岛没了，我有何面目去见爹爹？我不能让这云荒岛毁在我的手里！我不想成为整个云荒岛的罪人！你要体谅姐姐的一片苦心！无论别人怎么看我，我都不在乎。可是你是我妹妹，我的亲妹妹！"

叶芷风满面鄙夷，冷笑着说道："你现在已经是整个云荒岛的罪人了！你居然接受仇人的帮助，你根本不配做父亲的后人！我不会原谅你的！"

她说着，急匆匆地冲了出去，这个倔强的女孩始终无法接受红衣的决定。

"叶子——"红衣一声悲呼，口中喷出一口鲜血，人已软软地倒了下去。我赶紧上前扶起她，口中喊道："韩楚，快去追叶子。"

韩楚微微一点头，飞身而出，循着叶子的踪迹追去。恋刀撕下一片衣襟拭去红衣身上的血迹，他的动作那么轻柔，如那情人的眼光。心中一动，却没有说什么，倒是担心起叶子来。她若不能放弃报仇的念头，这梁子便难解开了，偏她又是个极倔强的女孩。

霜战见韩楚飞身而出，便也立即晃动身形，紧随着韩楚而去。

馥菲打了盆冷水来，恋刀便蘸了些冷水敷在了红衣的额上。受了一凉，红衣悠悠而醒，目中泪涌如泉。恋刀忙安慰她道："红衣，叶子冷静下就没事了。现在她太过冲动，她会体谅你的苦心。其实我知道，最苦的人是你。"

眼波流转，一滴清泪落在恋刀的手上。红衣便紧紧地握住他的手，攥得很紧很紧，嘴唇抖动着，却说不出一个字来。我淡淡一笑，与馥菲离开了房间，留他二人在房中独处。

馥菲轻轻问道："长安，红衣与恋刀公子两个，会不会有点那个意思呀？"

我轻轻一笑，说："他们两个的事，我如何知道呢？不过看这情形，该是有几分希望的。"我说着，眉头禁不住地皱了皱，"馥菲，你说芥蓝她……她会不会是偷火种的贼呢？我怎么看着都不像。"

馥菲叹了口气道："长安，这个世界是不能用眼睛来看的，眼睛会给你假象，让你分不清真伪。你又这般的善良，容易被欺骗也是常理。"她的眼光密密地铺在我的身上，带着暖意。我相信，她是这个世上永远不会欺骗或伤害我的人。

远处的草地上，有个亮亮的东西，闪烁着点点幽蓝，带着几分诡异。馥菲握着我的手，小心地走上前去，却是一枚戒指——一个古色古香泛着蓝光的戒指。

馥菲拿在手里仔细地看了看。我问她："馥菲，这个戒指的来历你知道吗？好像很奇特哩，不知是谁将它丢在了此处。"

馥菲将戒指递给我，说："确实是很奇特的戒指。要不长安你先戴上吧，若真是有人丢的，我们再还她。何况，戴在手上失主见了，也能认出来。"

我点点头，说道："那好吧，失主一见，就知道是谁的。"我说着，仔细地看了看那枚戒指。在戒指中间部分有颗小小的、深蓝色的小宝石，那抹蓝光便从那里发出。我轻轻地擦了擦那枚戒指，那抹幽蓝变得更甚了，闪亮得如同天边的星星。

我将它戴在纤指之上，淡淡的蓝色与我纤细白嫩的手指很是相配。正当我欣赏之际，那枚戒指上突然飞出一道蓝光，重重地击向我。

我尚未反应过来，人已失去知觉，耳畔只留下馥菲的惊呼声。

我究竟怎么了？

第四回

长安不见使人愁

[四] 韩楚

费了很大的劲才将叶子追回,这个秀美的女孩脾气还真倔强。待我们回来时,却见馥菲惊慌失措地奔了过来,脸色异常地苍白。我心中一紧,忙问道:"馥菲,出了什么事?长安呢?"

馥菲目中有泪落下,苍白的嘴唇不住地颤抖,声若蚊蚁,"长安她——她——她不见了——"

大颗的泪如珍珠般地落下,染湿白裳片片,她继而失声哭泣起来。我的心猛地沉了下去,脑中一片模糊,只有长安的身影在不断地飞旋。"怎么会这样?"我失声喊道,"馥菲,究竟怎么了?长安她究竟是怎么不见的——"

馥菲哽咽着,将事情的经过说了一遍。我不由怔住,那个奇特的戒指,我毫无耳闻,根本不知为何物。这时,霜战接道:"依我看来,那枚戒指与传说中的冥戒极为相似。不过,据我所知,这冥戒乃是鬼王之物,如何落到这古宅之中?方才打斗时,你也见了,鬼王根本就进不得这古宅。"

叶芷风却是一言不发,也不拿正眼看霜战,侧目偏向一旁,不知在想些什么。我也无心理她,叹了口气,与他二人回到房内。我与红衣、恋刀一说长安消失的经过,两人都怔住了。红衣痛苦地说道:"长安只不过是一个柔弱的女子,又不会武功,这该如何是好?长安,你究竟在哪里?"

恋刀深深一叹:"倘若如霜战所言,那枚戒指是鬼王之物,那如今我们只有一个办法,那便是去趟幽鬼城。"

我立刻问道:"幽鬼城是什么地方?又在何处?"

浴红衣悲声道:"幽鬼城在东海最深处,是鬼王的老巢。在百鬼被云荒封印封住后,那里便成了一座死城,无人敢靠近。但如今百鬼已出,虽已被我们消灭了一些,但仍有不少余孽潜逃回去。长安若真是落入他们之手,只怕也是凶多吉少。"

馥菲依旧在啜泣,哽咽着说:"我也是一时大意,见那戒指有趣得很,且是在古宅内拾得,只当是你们中的一人丢失,不想却是鬼王之物。只是，鬼王的东西怎么会到了这里呢？"

说到这里，馥菲猛然惊醒，失声叫道："莫非芥蓝是鬼王的人？"

事到如今，我们只能这般认为，也只能这般解释了。浴红衣道："倘若真是如此，也就只盼着芥蓝能念及这几日的情分，好生地照顾长安，千万别为难着她了。"恋刀握着浴红衣的手，说道："红衣，你要注意自己的身体，你可别再病倒了。"

两人目中闪动着温存，叶芷风冷哼一声，将眼从他们身上挪开。

霜战淡淡地说道："如今鬼王已被我们除掉，想那幽鬼城中定是群鬼无首。若是能混进城去，救出长安姑娘的几率该是大些的，但前提是长安必须是在幽鬼城内。"

恋刀说道："无论长安是否在幽鬼城，我们都要去一趟。若有遗留的恶鬼，我们也可以顺手消灭掉。"他依旧轻轻地握住了浴红衣的手，完全没有注意到旁边有一双眼睛，妒火中烧。

霜战点点头，依旧那般淡淡地说着："也好，目前能做的，怕也就只能是这样了。只希望长安姑娘能平安无事。"

我对霜战的印象很是不错，故竭力想化解他和红衣之间的恩怨。我相信他会是顶天立地的男人，在我们面临困境之时，他也会挺身而出，助我们一臂之力，而不会落井下石。我深深地叹了口气:"红衣,你知道幽鬼城怎么走吗?我现在就要去。"

浴红衣点点头说道:"那在东海的最深处,只有我亲自带路,你们方才能找到。"她说着,便要起身。就听霜战说道:"你还是好好休息吧,以你现在的体质,是根本无法靠近幽鬼城的。万一有个好歹,想必有人又会找我拼命了。"

红衣看了他一眼,又看了看恋刀。恋刀正深情地看着她,目光中隐隐透着担忧,却又因为是长安的事,不便说什么。这些又岂能瞒过我的眼睛?我当下说道:"红衣,你身体欠佳,还是不要去了。给我张地图,我想我能找到的。"

红衣为难地说道:"那地方偏僻得很,我若不是在这东海长大,怕也是不能找到。我能撑得住,我们这就出发吧,不见到长安,我的心里一刻也不能安宁。"

霜战说:"你不用去了,还是我去吧。我知道幽鬼城在哪儿,我与韩楚去便可。"

恋刀立刻站起身说:"我也去吧!我们三人一起,将那幽鬼城来次大扫荡,将里面的老鬼小鬼男鬼女鬼全部杀个干干净净!"

我对他微微一笑,拍拍他的肩膀,说:"谢谢你恋刀,但我还是希望你能留下陪在红衣的身边。她现在需要你的照顾。去幽鬼城的事,还是我和霜战去吧。"

叶芷风突然说:"我也要去,我不想在这里碍眼。"她的声音很幽怨,带着深深的怨恨和醋意。红衣和恋刀不由看着她,红衣说道:"叶子,你——"

恋刀眼中带着一丝迷惘,说道:"叶子,碍眼?碍什么眼?"

叶芷风冷笑一声,说道:"你们心里清楚就好了,反正我要去幽鬼城!"

霜战笑了一笑:"如果叶子姑娘执意前去,我倒是没意见。叶子姑娘的武功高强,是个很不错的帮手。"

馥菲忙喊道:"我也要去,我要去找长安。"

我看了看她,说道:"馥菲,你还是留下吧,与恋刀一起照顾红衣。"我话说完后,馥菲嘴唇抖动着,却也未再说话,只是低头垂泪。

我说:"既然如此,那我们三人现在便出发吧。恋刀,馥菲,红衣和岛民的安全就交给你了。"我话刚落音,叶芷风微带醋意地看了看两人,未曾说一个字,便扭头出了房间,剩下欲言又止的浴红衣。

霜战伸出左手,凭空一画,就见他的食指幻出一点火红,慢慢地飘向浴红衣的眉心。待火红的光芒消失不见后,他说道:"这是天鹰岛的火种,我暂借与你,望你妥善保管。"他说罢,与我一起飞身出了古宅。我们停在海面之上,霜战道:"幽鬼城在东海的中心,并且是在海底,我们的肉身在海水中很难前进,不知你二人是否会遁形之术。"

叶芷风只是冷冷地哼了一声,但见她的身体渐渐透明,化作一串金花飞舞着。我化作一抹青色烟霞,紧随着叶芷风。而他,则化作了一个紫色的光球。我们三人在海面上飞驰着,待到东海中心时,霜战便潜入了海面下。

我和叶芷风也立刻潜入水下,只觉得四周冰凉,各种鱼儿在身边畅游着,更有无数稀奇古怪的珊瑚在水中妩媚摇曳。原来海中是这般的美丽,而我却从不知晓。如果我能和长安在这里生活,今生今世怕再也不愿回桃花溪了。

第五回
情自凋零花自飘

[五] 叶芷风

我早已习惯了在海水中的感觉,我所幻出的金花,吸引了无数的鱼儿随我一同遨游。这情景让我又想起了很多年前,和姐姐一起去海巫门的情景。可是今日,陪在姐姐身边的,却是我最心爱的男人。

不觉间已至海底,我们跟在霜战的后面小心翼翼地向前飞去。前面,便是那鬼气弥漫的幽鬼城。一股惨淡的绿光笼罩在幽鬼城上,将海水隔开,使得原本就已经很阴森的城墙,变得格外恐怖,如一只蛰伏的妖怪。

霜战说道:"我们小心了,据说这里有神秘的气流,触之即伤。"

话未落音,就见四周的海水开始冒泡,竟有碗口般大小。接着,那些气泡顺着一处方向旋转开去,挡在我们的前面,近身不得。莫非这便是霜战所说的神秘气流?我散出一片金花飞向那股气流,但刚一接触便被弹开。

同时,霜战也射出一片紫光,但立即消失得无影无踪。我不由地惊道:"真没想到这股气流竟是如此之强,我们对它竟是束手无策了。"我问:"那里面的人是如何出来的?"就见霜战笑道:"他们是幽鬼城的人,自然能出入自如,传说这股气流可是认生的。"

韩楚急道:"那怎么办,难道只能放弃了?"他说着,那抹青色陡盛,霞光暴涨,映得四周青惨惨的。霜战失声叫道:"韩楚,不可莽撞!"但已经晚了,韩楚已如离弦之箭,射向城内。宛如地震一般,整个海底都为之震动。青光顿敛,韩楚幻出身形,被震飞出去,整个人在水中浮浮沉沉。

霜战立刻电射出去,托住他,用自己的护体金光罩住他。我移身靠近,问道:"霜战,韩楚怎么样?伤得重不重?"只见霜战摇摇头,一道雪亮的光芒从他的紫影中飞出,缓缓地进入了韩楚的身体,然后说道:"内脏被震得移位了,我已给他服下了东海明珠,怕是无大碍了。"

东海明珠？我吃了一惊，早闻这是东海之宝，能起死回生，偌大的东海仅存一颗。千百年来，一直有人不懈地寻找，却不知竟在霜战手中。更让我想不到的是，他居然会将这颗稀世奇珍用来延续韩楚的性命。

他在我眼中本是个大魔头，是我不共戴天的仇人，是个卑鄙恶劣的小人，却不曾想他竟有这般侠义之心。我抬眼看他，那微微的紫气中隐隐透出他俊美的面庞，带着些许的傲气。再看韩楚，他的面上苍白似土，如一尊汉白玉的雕塑。突然间我感觉长安是这个世上最幸福的女人，有她爱的人为她牵肠挂肚，为她舍生忘死。

我幽幽地叹了口气，想到恋刀此刻或许正与姐姐在那儿卿卿我我，心头不免一阵惆怅与失落。他若能与韩楚一样对我，今生我死而无憾，可是他会吗？他的眼里只有我的姐姐，只有她那一身的绯红，却再也容不下别人。

霜战道："叶子姑娘，我们必须立刻撤退，离开这里，否则城中的鬼怪出来，我们便很难抵挡了。"我猛然一惊，抬眼望去，就见城中鬼火蔓延，怪叫声刺耳之极。我忙说道："霜战，要不我们先去海巫门，到九婆婆那里去暂避。待韩楚的伤好些，再从长计议。"

霜战点点头说道："也只能这样了，我们这就走！"话音一落，便见得紫影飞旋，挟着韩楚朝着海巫门的方向飞去。城门已开，无数的鬼火从那股气流中飞出，映彻海底。我连忙撒出一片金花，挡住众鬼，然后飞起身形，匆匆离去。

不多时，我们已至海巫门。我终于见到了白发苍苍的九婆婆，虽然我曾来过一次海巫门，但一直不曾见过她。她怕有三百岁了，脸上爬着密密麻麻的皱纹，干瘪的嘴唇微微咧开，她说："你是红衣那丫头的妹妹？"

我吃了一惊，赶紧说道："是的，婆婆，我是她的妹妹。"

说着，我的心中一直在奇怪，她是如何知晓的？就听她又问道："红衣这丫头怎么这些天都没来呢？是不是你们云荒岛出了什么事了？"

她说着，眼光如鹰般地落在了霜战的身上，撇了撇干瘪的嘴唇，道："我看你很眼熟，就是岁数大了，想不起来了。"

霜战立刻恭恭敬敬地说："晚生见过九婆婆，先父名唤天奇，不知婆婆可曾记起？"

九婆婆一脸笑意，说道："记得了，记得了，我与你父亲很多年前曾经见过，不想他的儿子都这么大了。呵呵，不过我后来听说，你们天鹰岛去云荒岛闹事了。也正因此事，我才收了红衣那丫头，做我的关门弟子。呵呵，说起来还真要谢谢你们啦，否则我又怎能收到像红衣这样的好徒弟？"

霜战面上一红，说道："那些陈年旧事，先母与晚生所谈并不多，是以晚生并不太知情。"

九婆婆笑了一笑:"也罢,都是陈年旧事了。当初我也并不赞同红衣复仇,但那丫头心眼太死,一意孤行,我老婆子只得由她去了。今日见了你,我可要和你说明白了,你可不许欺负我们红衣丫头,她可是婆婆我的心肝宝贝。伤了她一根毛发,我老婆子可与你没完!"

霜战连忙说道:"婆婆放心,晚生自不会去伤害于她的。在晚生心中,亦不想再制造血腥与战争。还请婆婆见到红衣后,好好劝慰她,希望她能放下仇恨。毕竟我们除了仇恨,还有很多值得去追求的东西。"

"呵呵——"九婆婆笑得很开心,"那就好,那就好。"

我心中虽有一百个不愿意,但此时竟也无话可说。九婆婆锐利的眼光,落在了韩楚的身上,问道:"这个后生倒是眼生得很。"

霜战立刻答道:"此乃晚生的好友,也是红衣姑娘的好友。他被幽鬼城外的那股气流所伤,正想让婆婆您救治他。"

九婆婆看了看韩楚,叹道:"五脏六腑都已移位了,虽有东海明珠续命,但仍然很严重。也罢,看在是你们的好友的份上,我老婆子便救他一命。"

她说着,示意霜战将韩楚放在榻上,然后仲山那鸟爪一般的手,在韩楚的身上点了几下。

一粒晶莹剔透的小药丸,从九婆婆的手中滑落进韩楚的口中。

第六回
此情无计可消除

[六] 霜战

九婆婆将一颗晶莹剔透的小药丸，放进了韩楚的口中。我认得那是海巫门的至宝凝露丸，这东西虽不及我的东海明珠珍贵，但它能配合海巫门的固身之术，两者结合便胜却东海明珠数倍。

果见九婆婆枯瘦的手爪抵在韩楚的背上，腾起片片血红的烟雾。然后她的手飞速地移动着，点向他的各个大穴。良久，九婆婆已是气喘吁吁，银白的发丝被汗水所湿，亮晶晶的。

九婆婆站起身，说道："已经无碍了，睡上一觉便好了。有我的凝露丸和东海明珠两大奇药，他是死不了的。这次受伤对他来说不是祸,是福,涨了他数百年的内力!这娃有缘啦!"

我心中不由一喜,忙谢过九婆婆。而九婆婆因为给韩楚疗伤而显得十分疲倦,也便回房休息去了。我望着韩楚满是汗水的脸,便用衣袖为他轻轻地擦拭。他的面庞白皙如玉,唇不染而红,眉不画自弯,秀气却不失刚毅,不由暗暗惊叹,世间竟有这等绝美的男子。

渐渐地,他的面上有了些许的红晕,仿佛汉白玉里渗入了淡淡的胭脂。我轻轻地抚摸了一下,那感觉很温暖,很温暖。如果今生能与他成为好兄弟,能与他一起出生入死,便也无憾了。一旁的叶芷风冷眼看着我,我知道她对我一直没有好感,但我感觉到了,她是个很不错的女孩子,只不过被仇恨包围着。

叶芷风淡淡地说:"你好像很关心韩楚?"

我回首看了她一眼,微微颔首:"他是我第一个认识的朋友,且对我毫无敌意;现在他还是个病人,我自然关心他。倘若他有个不测,我将失去一个值得信赖的好朋友。"

叶芷风突然叹了口气,感觉很幽怨,很无奈。她说道:"我也受伤了,可是却没有人来安慰我。"她的声音微显干涩,让人感觉有些疲惫。听她这么一说,我的心微微一紧,她受伤了?我怎么没觉察到呢?我马上站起身,走到她面前,问道:"你受伤了?伤到了哪里?"

她的眼神空洞，木然地摇摇头，说道："是心里的伤，你看不到的。"她的目光突然变得缥缈起来，仿佛飞回了那个遥远的地方，回到了那个有她梦想和希望的地方。我不知道她想到了谁，也不想问她，这女孩的脾气太过古怪，很容易弄巧成拙。

唉，我松了口气，劝慰她："我还以为你受了伤，吓出了一身汗。倘若你受了伤，我都不曾知道，那我真的惭愧极了。你的心事倘若愿意说出来，便说给我听听。倘若不方便或是不想说的话，我也不勉强，毕竟我是个外人。我也知道，你很想杀我。"

她似乎怔了怔，继而冷笑了一声，说道："你真这么认为吗？呵呵，是的，我是想杀你，为我父亲报仇。但我现在还不能杀你，你我之间的恩怨必须等一切都过去后方才能解决，现在你我是一根藤上的蚂蚱，不能再起内讧了。"

"呵呵，"我笑道，"是呀，只有等灭了幽鬼城后，我们才能解决这些年来的恩怨。"

她沉默了良久，最后似乎下了很大的决心说道："其实你也并不是个很让人讨厌的人。若不是因为那些上辈们的恩怨，或许……我们还能成为很好的朋友。呵呵，唉，这些年我和姐姐两个过得很辛苦……很辛苦。可是我们把所有的苦都藏在了心里，谁都不说。可是，现在，唉，我好想找个人好好地大哭一场。"

我怔了怔，这个女孩遇见了什么伤心的事？"难道现在你已经无法忍受那种煎熬？是不是有种无形的力量压抑得你已经无法承受了？你是不是很想好好地发泄下？"我轻声地问道。

叶芷风抬眼怔怔地看着我问："你怎么知道我的感受？"她的声音飘然如轻风，夹带着几丝少女的哀愁。

我淡淡地笑了笑，说："因为我也曾经有过这种感受，那种感觉压抑得我几乎崩溃。所以，我现在很了解你。其实你只要多和别人说说心里的事，不要藏在心里，这种感觉便会渐渐地消失了。"

叶芷风看着我，问道："你也曾经找人倾诉的吗？"

看着她纯真的眼神，我嘴角微牵，说道："我没有。因为我找不到可以倾诉的人，我一直闷在心里，所以我很痛苦。而你不同，你身边有很多朋友，有你值得信赖的人。你可以去和他们说，把藏在心里的话都说出来。"

叶芷风摇摇头，很无奈地说道："不可能的，虽然我身边很多的朋友，但是我却不能对他们说，并不是所有的朋友都适合做倾诉的对象，哪怕是最好的朋友……不过——"

她停了一停，然后侧目看了看我，继续说道："不过，我可以和你说。"

我看着她天真的面庞，与日前所见迥然不同。但我依旧弄不明白，她为什么会对我说。我和她并不是很熟识，她为何要对一个并不熟识的男人说自己的心事？我不禁有些想入非非起来，连忙问道:"说什么呢?我若能帮到你,一定会效劳。"

她的眼神闪动着几分羞涩,微牵着粉颈,说道:"如果你最亲近的人和你同时喜欢上了一个人,那你会如何?"

为何这么问?我的思绪在脑中飞速地旋转着,难道她是因为浴红衣和恋刀?这么说来,她也喜欢恋刀了?我的心顿时便凉了一截。我说道:"我会继续喜欢,我只做我自己想做的事情。"我刚说完,叶芷风很诧异地看着我说:"可是你喜欢的人,其实并不喜欢你,他喜欢的是你最亲近的那个人,那你又会如何?"

"我还是会继续喜欢,"我看着她,眼神很安静,继续说,"我不会因为对方不喜欢我,而放弃喜欢。我会用尽我的一切去感动他,甚至……我会把她放进我的心里,在心中去爱着她。"

叶芷风看着我,突然笑了起来,良久,她说道:"我没你那么伟大,真的,我真没有你那么伟大。"我突然觉得她的笑有种很沧桑的感觉,与她先前的纯真决然不同,似在一瞬间换了个人似的。

于是,我也笑了起来:"那或许是因为你是个女人吧。"她一听我这话,便很不屑地说:"女人又怎么样?不比你差吧?"说着,她的小鼻子轻声地一哼,又恢复了她原本的清纯。

第七回
下了眉头上心头

[七] 韩楚

我觉得腹中如火烧一般,浑身燥热难当。我轻喘着,睁开眼,眼前蒙蒙的一片,甚是模糊。我使劲地摇摇头,艰难地用手擦去脸上的汗珠,视线方才渐渐地清晰起来。这是哪里?一切都很陌生。

我不是在幽鬼城吗?怎么到了这里?长安,我的长安。我的思绪在飞速地转动着,但仍记不起身在何处。一条绿影入眼,是叶芷风。她端了盆清水进来,见我已醒,忙拧了丝帕将我额上的汗珠拭去。很清凉的感觉,我顿时精神了很多。她说:"韩公子,这水里加了海巫门独门良药海巫草,可以让你燥热的身体感觉到凉爽的。"她笑了笑,"韩公子,九婆婆说你的内力增长了数倍,说你很有造化哩。"

我却无心去想这些,我只希望自己早些好起来,然后去寻找我的长安。我正在思量着,就见霜战扶着一个白发的老婆婆走了进来。我心下暗道,这或许是叶芷风所言的九婆婆了,我知道九婆婆是浴红衣的师傅。

霜战说道:"韩楚,这位便是九婆婆,海巫门的掌门。你的命便是她老人家所救。"

我连忙起身,正欲向九婆婆行礼,却被她制止。她说道:"娃娃,你好好休养。待你身体痊愈后,与你同辈之人中,怕是罕逢对手了。"我只觉得她那浑浊的目光一层又一层地铺在我的身上。

我点点头问道:"婆婆,我想知道如何进得了这幽鬼城?"

九婆婆咳嗽了几声,才说道:"你想去幽鬼城,必须先得到鬼符。只有喝下了鬼符的人,才能进得了幽鬼城。娃娃,你肯定会问,如何才能拿到这鬼符呢?我告诉你,鬼符只有鬼王才会有。"

我打了个冷战,鬼王不是已经被我们杀死了吗?那不就是说,再不会有鬼符了?我心口一痛,一个趔趄,差点摔倒。霜战立刻扶住了我,说道:"韩楚小心!"然后他又转向九婆婆问道:"婆婆,只是鬼王已经被我们杀死,这该如何是好?"

九婆婆微微皱眉:"你说你们杀了鬼王?"

霜战点头,但九婆婆却摇摇头说:"不可能,凭你们几人之力,想要杀死鬼王,是绝对不可能的!这其中必定有些隐情。"霜战等她说完,才解释道:"那时鬼王刚刚逃出封印,功力尚未恢复,故我等得手。"

九婆婆还是摇摇头说:"即便如此,你们还是不能杀死他。想必你们将他击伤了,让他装死逃走,尚有可能。"她说着,又咳嗽了几声,"你们只能伤他的皮肉,却不能动他的根本。他的魂魄可以再换个肉身,没有佛界至高的天音咒,谁也不能置他于死地的。"

我的心开始迷惘起来,鬼王没死,我究竟是喜是忧?就算鬼王仍活,又如何能得到鬼符呢?我看了看九婆婆,问道:"婆婆,可是我们如何能拿到鬼王的鬼符?我们实在是束手无策,尚望婆婆您多多指点。"

九婆婆的眉头皱得如同干树皮,深思良久后她说道:"很多年前,我的师傅曾经说过,天音寺的天音咒可以破除幽鬼城的护城罡气。只是——"

我赶紧问道:"只是什么?"

九婆婆叹道:"只是这天音寺远在昆仑,更何况……这天音咒乃是天音寺的镇寺之宝。你要想从那里学会天音咒,怕是难上又难哪。"

我心又一沉,莫非这世上便没有了如意之事?我无力地坐在地上,心仿佛在一瞬间便已破碎了。霜战说道:"韩楚,不要伤心,我们陪你上昆仑!咱们一定要破了幽鬼城的护城罡气,一定要救出长安姑娘。"

九婆婆看了看他,问道:"怎么,你们进幽鬼城是要寻人?"

我点点头,无限伤感。九婆婆说道:"怎么不早和我老婆子说?我这儿有件宝贝,能现出对方的现状。走,老身带你们前去见识一番。"

她由霜战扶着,转入一间密室之内。就见里面有个拳头大小的蓝色的水晶球,浮在空中,映得整个房间都幽蓝幽蓝的。九婆婆伸出枯瘦的手指,朝那个球招了几下,那球便落入她的手中。她的眼光落在我身上,说道:"娃儿,把手放上去,然后想着你要找的人。"

我依她所说去做,就见球身飞速地旋转着,从球中现出的地点果真是那幽鬼城。接着,我们的视线进入了一间布置豪华的房内,我看见了一个女子,正是长安!此刻,她正安静地睡在一张白玉床上。我在心里狂呼:"长安,我的长安,你怎么了?你能感应到我的呼唤吗?长安——"

九婆婆叹道:"这姑娘果真在幽鬼城内,看来你们是必上昆仑不可了。"

我站起身，坚定地说道："婆婆，这昆仑我是去定了！哪怕是死，我也要将长安从那幽鬼城中救出来！今生今世，长安生，我生！长安亡，我亡！谢谢婆婆您这两天对韩某的照顾。我即刻便去昆仑，告辞！"

霜战点点头说道："韩楚兄弟，好样的，够男人！这昆仑我也陪你去定了。叶子，婆婆身体尚未恢复，你好生照顾！"

我感激地看看他，心中一阵温暖，觉得此生交此好友，值！长安，你要活着，一定要等我来救你出去，一定要！

九婆婆满是皱纹的脸上，挂着几丝很难看的笑容，连连点头说道："娃儿，去吧，婆婆没有白救你——咳咳——"

她又开始剧烈地咳嗽，我很心痛地看着她。若不是救我，我想她的身体该是很好的，对她的尊敬又增了一层。婆婆，他日韩楚若有出息，必不忘记您。我对叶芷风说道："叶子，你好生照顾婆婆，勿要挂念我们。"

叶芷风点点头，有些担忧地说："你们千万小心，万不可莽撞。既是有求于人，自要和气一些。你们要早些回来，免得我们担心。"她说着咬了咬嘴唇，似乎有些失落，有些伤感，那泪珠顺着她的小脸落了下来。想想也是，毕竟我和霜战此去，吉凶难料。

我强颜一笑："傻丫头掉什么泪，又不是去了就不会回来了。"

"呸呸呸！"她一个劲地呸着，"怎么可以说这么不吉利的话？赶紧吐口水，你们两个都要好好地回来，长安在等你们去救她！"

我使劲地点点头，便和霜战化作一青一紫两道光影，冲出了海巫门，朝昆仑山方向飞去。

第八回

昆仑山巅天音寺

[八] 霜战

昆仑乃是百仙之祖,那里金光普照,祥云瑞气缭绕。我与韩楚一刻不停地飞至此处时,已是疲惫不堪,便在山脚处略作休息,寻了些野果充饥。昆仑果真是佛家福地,连山果都与众不同。我们吃了几个后,立刻神清气爽,精力倍增。

天音寺在昆仑最高处,远远望去,就见山巅处隐约有大片的亭台楼阁,周遭云雾缭绕。我看了看韩楚,他正微皱眉头,望着山巅。我说道:"韩楚,我们上去吧。"说完,我便化作一抹紫色,直冲山顶之上。身后韩楚亦化作一片青色的烟霞,紧随着我飞上山顶。

到了山顶之上,方觉宛若仙境,那云朵触手可及,如飞舞的柳絮。韩楚长长地吸了口气,问我:"霜战,我有些紧张。若是他们不肯传授我们天音咒,那该如何是好?"

我知道他救人心切,便劝道:"既来之则安之,我相信我们会成功的。"

我们彼此交流着鼓励的眼神,相视一笑,并肩朝着大殿走去。一个僧人迎面而来,双手一合,"小僧法事,两位施主来天音寺不知所为何事?"但见这僧人一双眼睛精光流动,一看便知其修为颇高,不可小视。我们拱手一拜,正色说道:"大师,我们有事想见方丈大师,烦请通报。"

法事的眼中有两道流光射出,在我们身上扫动,该是佛界的天机眼。曾听爹说过,这种法术能识别对方是人还是妖。法事在我们身上扫过之后,说道:"两位施主还请回吧。"

我们一怔,韩楚立刻问道:"为何?我等千里迢迢而来,为何不予以引见?"

法事面露为难之色,说道:"施主非方丈特许之人,故不能入内。"

韩楚生气了,怒喝道:"莫非这便是天音寺的待客之道?呵呵,今天我是必见方丈不可!"

法事立刻宣了声佛号："若是平日，自当请两位施主入内，但今日确是不可，尚请见谅。"他话刚落音，我便急声问道："为何今日不可？莫非天音寺中有何变故？"此话一出，便连韩楚也怔了怔。法事依旧面上带着为难的神色，回道："小僧不便多言，还请两位施主速速离去。"

韩楚倔强地摇摇头："大师，我不见方丈，是绝对不会走的！大师若不愿通报，请恕我无礼了！"他的神情异常坚定，目中射出的寒光，冰般的冷傲。

"铮——"

剑已出鞘，青色的寒芒环绕于剑身，宛如龙吟。法事一声佛号，面色微红："施主倘若相逼，小僧亦只好无礼了。"就见他僧袍无风自鼓，周身金光缭绕，一股巨大的力道从他的身上散出，仿佛凭空刮起了旋风。

我失声喊道："韩楚小心，是金刚咒！"却见韩楚的剑撩起一片青芒，那道青芒一直在剑尖上转动着，渐渐地膨胀开来，似一张青色的网，罩向法事。青色的剑网与法事身上的金光刚一相触，便被生生地震开了。

剑风骤起，挟着那抹青色，以雷霆之势，卷向法事。而法事此时也驱动了身上的那片金光，如洪水般地冲向了韩楚。我的箫一指，箫影漫天，压了过去。这是我与韩楚的第二次联手，但此次我们并不敢大意,这法事既会金刚咒,料其必是天音寺中的高手。

法事微微退了一步,我喊道:"韩楚,你速进去,此处由我抵挡!"话音一落,便听韩楚喊道:"好!"他身形陡转,已化一抹青色飞向大殿。法事单袖猛地一挥,竟想将韩楚硬留下,但他那一拂之力,却已无力阻挡韩楚的身影。

我的幻影神功幻出满天的紫色,迷乱着他的视线。趁其不备,我紫影尽收,亦向大殿冲了去。就见殿内两旁立着数十个僧人,严阵以待,似临大敌。我落在韩楚身边,将殿内扫了一遍,那高高在上的想必便是天音寺的方丈了凡大师。

就听了凡大师轻宣佛号道:"两位施主硬闯天音寺,所为何事?"

韩楚朗声答道:"晚辈硬闯佛殿一事,尚请大师恕罪,然而韩某确有事相求。晚辈挚爱被鬼王所掳,现困于东海幽鬼城中。我竭尽全力但仍未破除护城罡气,特求大师传授晚辈天音咒,救出挚爱。"

了凡大师蚕眉微动,说道:"此处乃佛门之地,不染红尘之事。施主所求,实让老衲为难。且如今天音寺中将有一场浩劫,还是劝施主速速离去,以免牵涉无辜。"了凡大师的声音略带着嘶哑,此话从他口中发出,便带着种说不出的凄凉。

究竟天音寺将要发生何事?

我有些迷茫地看着了凡大师,也知道韩楚必不会就此罢手,不学会天音咒,估计这小子是不会离开的。果然韩楚说道:"大师,晚辈既来了,便做了最坏的打算。倘若大师不肯传授晚辈天音咒,那晚辈便是死,也要死在天音寺内,绝不离开半步!"

我不由得羡慕起长安来了,没有任何缘由地羡慕着。心中叹道,长安,你真是个幸福的女子,有这么痴心的男子愿与你生死与共。我的眼前竟浮现出了长安那绝美的容颜,或许吧,也只有韩楚这般的人物才配得上她。

了凡大师正待回话,却双目微眯,蚕眉不住地抖动着。而外面,传来了法事的一声惨呼。殿内的众僧皆不由露出惊容,却都立在原处未动。想必,他们所等之人,已到了殿外。

就听一个女子细且尖的笑声,从外面传了进来,便如魔音入耳般的,刺耳之极。我竭力凝住心神,方才将涌起的心血硬生生地压了下去。有几个道行不高的僧人把持不住,七窍流血而亡。

正在惊奇,就见一团白影从殿外飞旋而来,卷起漫天的白光,甚是刺目。

白光散尽,一个极其美艳的女子在空中现出了身形。但见她明眸似水,浅笑盈盈,白衫飘飘,绿鬓如云。白衫与发丝,在空中肆意地飘舞着,宛如烟波浩渺的江上飘舞的仙子一般。她从空中徐徐落下,纤尘不惊,那份幽雅,那份从容,如何也不能让人想到她便是今天让整个天音寺色变之人。

第九回
白绫祭者祭白绫

[九] 唐小宁

当我还在峨眉山缥缈崖的时候，当那里还是人影翩翩，笑声洋溢在漫天的花雨中的时候，当那些共同生活了千年的兄弟姐妹们还在的时候，他们亲切地唤我小宁。是哦，我叫小宁，唐小宁，我是个妖精。他们送我个别号叫：白绫祭者。

我轻轻地落在天音寺的大雄宝殿的时候，了凡那张枯瘦的脸已经相当地苍老了。我冷笑一声："了凡大师，多年不见，没想到你还在人世，难得难得。只是这么多年了，你的那双眼睛有没有治愈？"

了凡和尚白眉抖动着,从他那微微黯淡的目光中,我知道他的眼睛并未治好。果见他宣了声佛号:"百年前,你用九毒寒冰伤了老衲的眼睛。如今老衲虽看不见,但却能听,能听见百步外的蚊声。"

淡淡一笑,我的白绫已在不经意间飞出,如一条长龙,肆意地卷向了凡。立有一小僧飞棍扑来,长长的棍影疾若骤雨,将我的白绫生生地压了下去。那棍法,是天音寺闻名天下的伏虎棍。我冷笑一声,纤指绕柔,就见一片白光飞洒开来,无数的冰片四下飞去。

那个小僧便弃下那根紫藤棍,双手在身上不住地撕扯着,模样痛苦之极。我只是一笑:"小和尚,你中了我的九毒寒冰,不死也会断了半条命,你还是好自为之吧。"说完,不去理会他。我看着了凡说道:"了凡,我今日只想与你了断,并不想伤及无辜。我虽是妖,却不像你们那样赶尽杀绝!"

了凡眼虽看不见,但耳朵却是听得再清楚不过。但见他白眉剧烈地抖动,喝道:"妖孽,你一来便伤了我两名弟子!老衲若不降了你,天音寺的威严何在!"

一名中年僧人怒道:"方丈勿怒,待弟子会她一会!"灰色的身影,如鹤般飞起。他手中化出两片金钹,顿时金光暴射,向我疾射而来。我怎敢大意,这乃是天音寺的四大法宝之一度魂钹,杀妖无数。

白绫再次飞起，漫天的白色，我的身形立刻隐入了白影之中。度魂钹击在白影之上，如陷沼泽。那僧人面色剧变，急忙收回度魂钹。两片钹相撞，金光暴现中，隐隐有雷声传来，竟生生将我的白绫屏障穿了个洞。

九毒寒冰暴射而出，尽数袭向他身。那僧人身形再快亦无法逃脱之时，不想了凡和尚身形乍起，宽大的衣袍只那么一拂，便将那剧毒的九毒寒冰拂向一边。九毒寒冰落在壁上，瞬间便融化。这个老和尚听觉竟果真如此的灵敏，连寒冰在空中的声响他都能分辨得清楚。

不紧不慢，我的白绫收回，在空中划一道优美的白线，卷着漫天的寒冰如一条蛟龙，破空飞出。我身形轻晃，附在白绫之上，如离弦之箭，射向了凡。众僧惊呼，立有数条人影扑来，但都被漫天飞撒的寒冰挡了回去。

就见了凡双袖挥舞，似有牵引之力，将我的寒冰往两边分去。寒冰落了满满的一墙，晶莹刺目。白绫的一端刚近其身，便立刻感到一股压迫之力，随即被其牵引，向一边飞去。我用尽了全力，方才定住白绫不受其牵引，但相当吃力，不由惊赞这了凡道行又深了许多。

白绫撞在了凡的胸前，竟如撞在铜墙铁壁上一般，震得我生生地疼。但见他的僧袍鼓了起来，不断地膨胀着，知他的天相神功即将出手。白绫陡地分作了两片,将他缠住。我的两根手指轻轻伸到他的眼前,毫不留情地插了进去。

"啊——"

就听了凡一声惨呼,目中有血喷出。我知道他的天相神功唯一的罩门便是那双眼睛。只要将他的眼睛刺破,天相神功便给破了。我冷笑着说道:"了凡,你不该练这天相神功,但也不能怪你。你当初习练之时,眼尚未瞎。并且,这世上怕是只有我一人,才知道你的罩门在这里。"

幻出了身形,我看着倒了一地的和尚,心中竟有些酸楚。那些逝去的时光永远也回不来了,那些曾经朝夕相伴的伙伴们,再也看不见了。我犹自神伤,却在这时,身侧传来一声冷哼。我微微侧目,当那两条身影映入我眼帘的时候,我浑身都剧烈地颤动着。

那两个俊美的男子,曾经深深地刻在我心中,甚至时时浮现在我脑海中。此刻,他们竟然站在我的面前。我满脸惊喜地飘身过去,喊道:"韩楚——霜战——"

同样,他们亦是怔住了,满面狐疑地看着我。韩楚的声音竟是如此的冷漠,一如他的脸。他说:"我们认识吗?你怎知晓我的名字?"

他们不认识我了吗?难道他们真的不认识我了吗?莫非——瑶琴仙子她没有骗我?他们全部转世为人了?他们已经完全不记得自

己的前生了吗？我试着问道："你们还记得妖天下吗？还记得峨眉山吗？还记得缥缈崖吗？我是唐小宁呀，我是你们的白绫祭者唐小宁呀！"

霜战一脸的茫然，他看我的眼神，无异于在看一个精神错乱的疯子。我承认我的精神有些失常，自从那场惊天地泣鬼神的一战后，我的精神就已经失常了。连着做了百年的噩梦，我每夜都在不停地告诫自己，不能忘记了那场血战，时刻都在提醒自己要报仇！我早在百年前就已经疯了！

韩楚的面上似乎怔了怔，他问道："你说什么？缥缈崖？"他说着，眼睛有些迷离，似是回到了往事中。那些原本已经远去的记忆，正被他一层层地撕开，而又重新展现在他的眼前。我长笑了一声，青丝漫天飞舞，问道："你想起来了吗？峨眉山的缥缈崖呀！我们妖天下在那里生活了千年，若不是百年前那场该死的仙魔大战，我们妖天下又怎么会惨遭灭门？你记得了吗？我们天天在一起唱歌，在一起舞蹈，我们的歌声穿越云霄，这些你都忘记了吗？"

霜战也陷入了沉思，似乎也在努力地找寻着曾经的记忆。

时间仿佛已经凝住，只有我在不停地笑，不停地问，不停地说着那些只有我才能听懂的话。韩楚和霜战，你们能听懂我在唠叨着什么吗？记起来吧，赶紧恢复前世的记忆吧！我们重新回到峨眉山，回到那个无忧无虑的地方，回到我们曾经的永远。

第十回
遥忆白骨乱蓬蒿

[十] 韩楚

我的思绪被带回了那美丽的桃花溪,回到了那枯燥无味的童年。师傅在临死之前曾告诉我,我出生的地方叫缥缈,那里芳草萋萋,白雾茫茫。缥缈,是不是她说的那个缥缈崖?那么我的身世之谜会不会由此而解开?

她依旧如神经质般地不停诉说着,表情异常激动,双手在胸前不停地比划。透过她妩媚的双眼,我能感觉到她眼底深藏的忧伤。却在这时,我眼角的余光瞥见一丝金色,射向毫无防备的唐小宁。

我轻轻地将她往边上一带,一掌将那丝金光震偏。就见那金光在空中飞旋着落下，幻出一个僧人。那僧人浓眉虎目，单掌立于胸前，食指指尖上有一丝金光闪烁不定。就见那僧人冷声道："小子，你最好不要插手，否则休想离开这天音寺！"

我冷哼一声，冷眼而视："天音寺好歹也是佛界的一大派，怎可如邪魔外道一般？莫非佛界中人亦喜好暗箭伤人？我虽有求于天音寺，但绝不会容忍尔等如此行径。"

那僧人面上的肌肉剧烈地抖动着："此乃是千年妖孽，人人得而诛之。我们杀了她，乃是她的造化。让她早入了轮回，下世为人！你不愿杀她也就作罢，哼，但你也不要插手！"

我仍是冷笑，说道："可是我看来却是相反。你虽口口声声佛长佛短，却在暗中做些手脚，为我所不齿！"我的话音一落，那僧人立刻铁青着脸喝道："难道你要与我一试？"他说着，手指轻弹，那丝金光便飞射而来，拖着长长的金色的尾巴。

唐小宁叫道："韩楚小心，那是天音四宝之一的金焰蛇！"

我淡笑，双手在胸前平着伸开，那青色的剑气便已弥漫开来。剑气旋转着飞出，将那已经幻成了蛇的金光罩在其中。金光突地炸开，飞舞开来，化作了无数细小的蛇样的光圈，四下飞去，如菊瓣，向我笼来。

我挥舞着玄铁剑，青色的剑气弥漫着整个大殿，如缥缈的氤氲。剑气将那些光圈逼得近身不得，有些竟生生地被我的剑气所断。那僧人面色十分难看，豆大的汗珠密密地爬满了他的面颊。但见他双目微闭，口中飞速地念着咒语，左掌猛地推出，一个巨大的"佛"字，挟着耀眼的金光向我压来。

"啊——"

唐小宁虽是千年妖孽，但面对着这个巨大的"佛"字，尚有畏惧。她一声惊呼，身形向旁飘去，贴在霜战的身边。我无暇顾她，手中的剑猛地一挥，正正地朝那个"佛"字劈了过去，生生地劈作了两半。金光尽泯，那个"佛"字便也消失不见了。

那个僧人再也无法支撑，口中喷出一口逆血，殷红的血花在飞舞的金焰蛇中飞洒开来，异常夺目。那宽大的灰色的僧袍，在空中肆意地张扬，便如一只巨大的蝙蝠。

双目一闭，我飞起身形，手中的剑笔直地刺向了金光的末端。便听"噗"的一声，我的剑已刺透金焰蛇的蛇根。只觉得耳畔传来刺耳的尖叫，我睁眼一看，那些原本在空中乱舞的金焰蛇此刻皆纷纷落下，一时间遍地金光，但片刻后消失不见了。

那个僧人面如死灰，直直地倒了下去。那落满了血水的脸，分外的狰狞。我尚未喘息，便又见一蓝一红两道光芒从殿后飞来，停在了殿中。一个声音飘来，"何人胆敢在我天音寺生事！"

唐小宁贴近我身边，悄声说道："这两个乃是天音四宝中最厉害的两个，蓝色的是降魔玉，红色的是镇妖珠。这两件宝贝当年杀我们妖天下数十个兄弟姐妹，若能将其毁去，也算报了当年的血海深仇了！韩楚，什么时候你才能想起你的前世呀？唉——"

她幽幽的一声叹息，眉宇之间爬满忧伤。

那两道光芒在空中一阵飞旋化作了两个老僧，一样的面冷如冰，一样的盛气凌人。我很不习惯于看他们的眼神，带着不屑与傲然。此次天音寺之行，让我对佛界的印象打了大大的折扣，什么光明磊落，什么众生平等，什么悲天悯人，在此处毫无痕迹可寻。

若唐小宁所说属实，我的前世亦是一个妖孽，且与这天音寺有着血海深仇。猛然想起那伴随着我一生的梦，那遍地的尸体、残刀、断刃，血淋淋地出现在我的面前。我突然觉得那便是当年的那场战争，那残酷而血腥的一幕，成了我前世唯一的一点残存的记忆。

那个周身泛着幽蓝色光芒的老僧，冷冷地扫过我的面庞，如霜拂面。他的声音满是愤怒与不屑，"你们几个后生小辈居然敢来天音寺闹事，嫌命长吗？老衲今日便遂了尔等的心愿！超度尔等去西天乐土！"

待他话音落下，霜战淡淡地说道："哦？想杀人便尽管放马过来，不要说得那么冠冕堂皇。"

那老僧气得目中杀光尽现，似恨不得一把将其撕裂，冷笑着说道："你这黄毛后生，也敢在老衲面前口出狂言。今日我便将你挫骨扬灰，让你永世不得超生！"他说着，人已化作了一道蓝光飞出，呈锥形扩散开来。

与此同时，另一个老僧也化作了一道红光，如落日般铺卷而来，拖着长长的血红。我握紧手中的兵刃，猛地挥出。霎时间，青气弥漫了开来。紫影入眼，霜战的紫影神功确实已至炉火纯青的地步，有他出手相助，我便不再有孤身作战之忧。

唐小宁突然兴奋地叫道："你们两个对付这两个老不死的，我来收拾这些虾兵蟹将。"我眼角的余光瞥见了她那苍凉的白色，在大殿中铺开。那些僧人怎是她的对手，一时间便已死伤数人。死的人越多，死状越残忍，唐小宁便越是兴奋。

霜战的身影已经化作了一片紫色，迎向那道血红的光芒。

第十一回
血里珍珠雾里花

[十一] 霜战

那颗镇妖珠发着妖冶的红光,被它镇在体内的妖孽怕是已经不计其数了。既然它是颗珠子,我便也将我的紫玉箫,幻成一个球形。它冉冉升上空中,幽幽的紫色以迅雷不及掩耳之势撞向了镇妖珠。

但见镇妖珠此刻光芒大盛,血红的光芒刺进了幽幽的紫色中,试图层层包裹。我的玉箫乃上古奇器,能变化莫测,十分有灵性。但见那片幽幽的紫色变得缥缈起来,如同朝阳下的雾一般,随着撞击的速度加快,我的玉箫渐渐幻成了另一种形状,似一棵初生的萌芽一般。

镇妖珠上的那抹血红变得异常妖艳刺目,似要生生地滴出血来。接着,周遭的光线变得透亮,那颗镇妖珠便如初生的旭日一般,灿烂夺目。整个大殿在镇妖珠光芒的映照下,显得血红的一片,连那尊金碧辉煌的佛像也镀上一层血色。

紫色的萌芽在急剧地生长,竟如一朵盛开的花,紫光粼粼,转眼间便有碗口大小了。就听唐小宁一声惊呼:"天紫鸢!霜战,你居然修成了天紫鸢!哈哈——"

她突然狂笑起来,这个美丽的女子似曾受过什么刺激,总觉得她的行为举止过于常人,略显得有些神经质,甚至有些疯癫的感觉。我不明白她说的天紫鸢是何物,但我知道一定是很厉害的法宝,且与我的玉箫有关。

她突然止住了笑声,目不转睛地看着我,无瑕的粉面异样地激动,目中闪过一丝悲哀,竟又号啕大哭起来,这情景实在是有些莫名其妙。她边哭边喊道:"你怎么现在才修成天紫鸢呢?你要在前世就修成了,那我们也不至于败得那么惨!你这个长老怎么可以这么没用呢?非要今生才修成,害得我们死了那么多的兄弟姐妹!"

她的哭声尖利,如魔音入耳,完全没有丝毫形象可言。她如一个怨妇,倒是满面的泪痕,能看出她的情真意切,能感到她的楚楚可怜。她不愧是千年的妖孽,我从她方才的出手,已经知道了她的修为已是相当的深厚。她的那条白绫已经隐没在她的袖中，倒与浴红衣的血绫有几分的相似。只不过浴红衣的血绫散出的是火，而她的却是漫天阴冷的冰。

就在这思量之际，那朵唐小宁口中的天紫鸢已变得异常巨大，在空中盛放着，幽幽的紫略显深沉。镇妖珠的光芒竟被天紫鸢悉数收尽，渐渐黯淡了下来，仿佛这天紫鸢便是那镇妖珠的天生克星。

一道金色的光芒从镇妖珠上飞射出来，落在地上，幻出原形，是那个老僧。他的脸色依旧冰冷，只是不见了当初的那股狂傲之气，取而代之的是震惊和愤怒。但见他双手往胸前一合，口中念念有词，便有一道金光从他的掌缘射出，连在了镇妖珠上。

金光在不断地收缩，竟似要将镇妖珠拽回。此时我方才发现，那颗黯淡的镇妖珠已经完全被天紫鸢所控制，正慢慢地被天紫鸢所吸。在金光的阻碍之下，镇妖珠被一点点牵回，离天紫鸢越来越远。唐小宁大声叫道："快制止他，不要让他收回镇妖珠，快制止！"

她叫着，纤手一伸，白绫蛇样飞出。人跟着白绫腾空飞起，刺向那个老僧。那老僧周身金光暴现，竟将那白绫生生地挡住，近身不得。唐小宁一击不中，不由气急，一声尖叫，疯了似的朝那老僧撞去。但被老僧的护体金光所挡，她被震得倒飞出去。但唐小宁并不放弃，立即飞身而起，再次撞去。巨大的冲击力使得那老僧身体微微地颤动着。

这一颤抖，使得牵引镇妖珠的那道金光随之震动。我立刻催动天紫鸢，它在瞬间便又增大了许多，吸引之力也随之增强，便又将那镇妖珠吸附过来。唐小宁继续不停地撞击着，只见她口中有血水溢出，染满白裳。

老僧终于无法抵挡我二人的攻击，天紫鸢也将镇妖珠的灵光尽数吸完。那颗珠子也便现出了原形，原是一颗鸭蛋大小的珍珠，光滑细腻，晶莹剔透。天紫鸢将其吸附在花心处，巨大无比的花瓣便合拢上了，一层又一层。

紫光渐渐地泯去，恢复成箫状。我召回玉箫，但见原本深紫的颜色，此时竟透着淡淡的柔和的光泽。或许是因为天紫鸢收服了镇妖珠，那老僧身上的金光一泄，被唐小宁撞得飞了出去，砸在了墙壁之上，顿时脑浆四溅，其状甚惨。

放眼望去，原先的那些僧人，皆已被唐小宁所杀，一地的尸体，一地的殷红。唯有韩楚仍在与降魔玉拼斗着。他的玄铁剑所发出的青色的剑气与降魔玉的蓝光纠缠在一起，互不相让。唐小宁叫道："霜战快助韩楚灭了降魔玉！哈哈，你这个老妖僧，当年你不是不可一世吗？当年你杀我们妖天下的兄弟姐妹的时候，不是笑得很嚣张吗？现在你还笑呀！你还笑得出来吗？哈哈——"

唐小宁狂笑着，笑得泪流满面，最后竟分不清楚究竟是在哭还是在笑。她继续大声地喊着:"死妖僧,你看看呀,你们天音寺完了,彻底地完了!不要以为你们是佛界就可高人一等,就可目中无人,今天照样被我们这些妖孽灭掉了呀!哈哈——"

她笑的样子实在很不好看,尤其是分不清楚是哭还是笑的时候。但是她并没有停止,仍在边哭边笑边叫着:"死妖僧,你看看呀,看看这一地的死尸。喏,这个就是了凡那个死秃驴。我把他的头切下来煮成一锅粥,然后分给峨眉山上所有的大妖小妖男妖女妖们喝,让了凡这个贼秃驴死了也不能超生!哈哈——"

在她的笑声和怒骂声中,那块降魔玉的光芒逐渐消失了,被韩楚那青色的剑气生生地压了下去。就听见地上传来一声清脆的叮当声,一块深蓝色的玉佩落到地上。接着一个老僧落了下来,胸口有道长长的血痕,血涌如泉。

唐小宁自是不会放过这个好机会。待老僧的身形一现,她的白绫立刻飞了出去,将那老僧的头颅生生地切了下来,喷出的热血溅了一地。

第十二回
青山隐隐人已非

[十二] 韩楚

唐小宁将最后一个僧人也杀死了。我很沮丧,天音寺宣告灭亡了,那么天音咒也便随着天音寺的灭亡而失传了。长安,我的长安,我该拿什么去救你呢?没有了天音咒,我该如何去救你?心被狠狠地震痛,几乎无法呼吸。

霜战看穿了我的心思,他拍拍我的肩,说道:"韩楚,不要难过。我们会有办法的,我们一定会有办法!我们一定可以进得幽鬼城,我们一定救出长安。"

我摇摇头,连说话似乎都已经没有了力气:"谢谢你霜战,不要再安慰我了，我心里清楚的。没有天音咒我们怎么进得去幽鬼城？进不去幽鬼城我们怎么能救长安？"说到这里，我的心又被生生地揪疼了，泪终于落下。我忙将脸别了过去，悄悄擦去泪痕。

唐小宁看着我，问道："我很奇怪，你们怎么会出现在这里？难道知道我今天要来此处寻仇，特意助我？可是你们又是如何知晓的？你们说的什么天音咒？说的什么幽鬼城？哈哈，我知道了，你们说的那个幽鬼城是不是在东海？很多年前，我曾去过东海一次，听说过那里的深海之中有座鬼城，是鬼王的行宫。"

霜战点点头，有些忧伤地说道："是的，正是那里，我们要进去。可是没有天音咒，无法将那护城之气破除。"

唐小宁漆黑而妩媚的双眼，眨了一眨，问道："你们为什么要进去呀？那里可是鬼界的地盘，而我们是妖界的妖孽。"她虽然是千年的妖孽，但是她的容貌依旧如少女般的艳丽，她的眼睛依旧如夜空般的深邃，亦如星星般的明亮。

霜战叹了口气："韩楚的意中人被困在幽鬼城中。"

"啊——"唐小宁一声惊呼，"你们说的那个长安是韩楚的意中人？那怎么办呢？我们要把她救出来。让我想想，让我好好想想……五百年了，我上次去东海是在五百年前。我好像已经想不起来了，怎么办呢？"

她依旧在那里一个人唠叨着，就那样自言自语。我想，她一定是已经习惯了一个人说话。突然,她冲到我的面前,满面的惊喜:"我们不是已经有降魔玉和镇妖珠了吗?这两件都是佛界的宝物。既然已经被你们两个降服,那你们就是它们的主人,可以驱使它们了。有了这两件宝物,我们还愁进不了幽鬼城吗?"

我与霜战皆不解,迷惑地看着她。她看了看我们,然后笑道:"佛界的至宝是能破鬼界的任何护体罡气,自然也能将那幽鬼城的护城之气破除了。你们这一个大护法一个副掌门转世后,怎么变得这般蠢笨了?"

听了她的话,我心中不由升起了些许的希望,心情也好了些,便问道:"什么护法?什么副掌门?你可以说得清楚一些吗?"

唐小宁有些兴奋,连声叫道:"好吧,好吧,我就和你们说说你们前世的事情。咳咳,你们听好了,我们是妖界最大的门派,人称妖天下。我们的总坛设在了峨眉山的缥缈崖,你们可能不记得了吧?那里呀,一年四季都是芳草萋萋,白雾茫茫,宛如人间的仙境一般。"

她的面上洋溢着温暖的笑容,如孩子般的纯真,仿佛回到了她深埋在心里已经很久很久的记忆中。她说的那个缥缈崖竟与师傅临终前所说的一模一样,莫非我的前世真是妖孽?那么又是谁杀了我的师傅?

唐小宁继续唠叨着:"我们的掌门是个绝世的大美人,连艳冠天庭的月神都不及她的半分姿色。而且她的琴声能让天上的飞鸟翩翩起舞,能让湖中的游鱼欢快地跳跃。我们妖天下还有两个副掌门一个叫上官谨枫,一个便是你韩楚。此外,我们还有三个长老和四个护法,霜战便是其中的一个长老,另外还有一些小妖。我们在缥缈崖过着与世无争的幸福生活。我们在一起唱歌,在一起舞蹈,那甜甜的歌声都穿越了云霄。"

她的眼神开始飘忽起来,仿佛回到了那个有歌有舞,回到那白衣胜雪、青衫飘飘的早已远去的年代。突然,她的情绪一下变得激动起来,叫道:"可是,可是有一年,魔界有了野心,企图灭仙界取而代之。而我们妖天下竟被无辜地卷入了其中,并且败得好惨,几乎从七界除名!好在仙界的瑶琴仙子,她悲天悯人。为了弥补仙界犯下的过错,她不惜用她一身的仙力,将妖天下那些死去的妖孽的灵魂度入了轮回,给了你们转生的机会。瑶琴仙子还告诉我你们转世之后会叫什么名字,这样我才能够更容易找到你们,但掌门转世之后叫什么,她并没有来得及告诉我。"

我的心一震,原来上官谨枫竟也是妖天下的副掌门,难怪那感觉似曾相识。我心念一动,那个绝色无双的掌门又是谁呢?长安吗?她的琴声便是人间一绝。我当下问道:"掌门是谁?"

唐小宁长长地吁了口气,尽量平静她激动的情绪,然后说道:"凌眉。"

凌眉？倒是第一次听，莫非真的不是长安？可是我看长安便就真真地觉得似在梦中见过的一般，又为何不是？

唐小宁继续说道："今日见到了你们，我便看见了希望。以后，便不再是我一个人孤身战斗了。那个偌大的缥缈崖也将不会终日死气沉沉，那里的花再也不会寂寞地开、寂寞地谢。我们又会回到从前，又可以在那里开心地唱歌，开心地舞蹈了。那样的日子我等了好多年了，真的已经好多年了，我都快等得疲倦了。我有时甚至会想，当年我要是随你们一起死去，一起坠入了轮回那该多好，至少不用像现在这般备受煎熬。"

我点点头："会的，我们会回去的。等我们救出了长安，我们便回缥缈崖，在那里开心地生活着。你愿意和我们一起去幽鬼城吗？"

"我当然愿意啦！我要和你们在一起，我再也不要一个人生活。我真的很害怕寂寞，我天天自己和自己说话，我都快要疯了。就算你们不让我去，我也会偷偷地跟着去的，哈哈——"

"既然如此，那我们一起去吧！"霜战说着，化作一道紫色，飘上了天空。我亦一笑，摇身变作一抹青霞紧随在霜战的身后。而唐小宁大笑一声，铃铛样的声音在空中荡漾着，如少女般的纯真。她化作一片白纱，跟在我的身后。

长安，我来了，我来救你了。

第十三回
一片伤心画不成

[十三] 唐小宁

我们三人朝着东海的方向飞去。途中,我觉得天竟是如此的蓝,风是如此的轻柔。我穿过那一片片洁白的云朵,那感觉很是惬意,有种说不出的舒适,盈满胸间。韩楚与霜战飞得很快,我知道他们急于赶回东海去救长安。

长安,那该是怎样的女子呢?能让昔日名满天下的韩楚如此魂牵梦萦的女子,该是何等的倾城绝色呀?想起韩楚的前世,我便忍俊不禁。据说无数的女子半夜坐在窗台上等着,只为能见他一面,可是他却从不留香。那些傻女人,她们根本不知道韩楚的心中其实早已有心爱的人。别人不知,却瞒不了我的眼睛,他爱的是我们妖天下的掌门凌眉。

凌眉现在何处呢?生活得好不好?如果她能回到妖天下来,那么我们重现昔日的辉煌便指日可待了。我正在思量着,陡闻天际传来一声清啸,抬眼望去,就见一只五彩的大鸟飞来,速度快得出奇。那真是只美丽的鸟,缤纷的羽毛鲜艳夺目,像极了传说中的九天神鸟凤凰。在那只鸟的背上,居然立着一个男子,素净的白衫,衣袂飘飘。

待我看清他的脸庞时,不由惊喜万分,当下现出身形,连声叫道:"倦尘!倦尘!我是唐小宁呀,我是唐小宁——"

他看了看我,俊美的玉面,不着痕迹,唯有那眉头轻轻地皱起,拉近那两道剑眉间的距离,真是帅极了。或许他也该转世了吧,必是忘记了前生的所有,再也记不起曾经的花前月下,曾经的海誓山盟。他的唇还是如前世般的红艳,饱满而棱角分明。便是这两片美丽的唇,曾经对我说下了几多的甜言蜜语,说下了几多的海誓山盟。便是隔世,我想起这些话,依旧会娇羞万分。

他就那般的微皱眉头,从我身边很不屑地飞了过去,便再也未回头。我的心凉了一凉,即便是不记得前世,也不至于这般擦身而过吧?我立刻朝前面喊了一声:"韩楚、霜战,你们先回东海,我随后赶到!"

也不待他二人回答,我便已经转了身形,匆忙地追着倦尘而去。他见我追了过来,似是微微一怔,眉宇锁得更深了。他将双手很潇洒地负在身后,深似一泓秋水的双目瞟了我一眼,却并未吭声。

我暗自想,这个人怎么一转世就变得如此的冷漠?真是牛得可以了。好呀,你不说话是吧?那我和你说,非让你想起我是谁!一念刚毕,我便靠近了他,秀眉一挑,大声喊道:"喂,倦尘,我是唐小宁。你要完全不记得我了,那你就死定了,我会把你耳朵揪下来泡酒!"

倦尘的眉头拧得更深了,凌厉的眼神射在我的脸上,冷冷的,如刀锋。我抚了下肩头上的一缕发丝,看着他。他的右手伸到了胸前,轻轻地抚摸了下在空中肆意飞舞的发丝。我看见了他的手,修长,纤细,干净。

他的手猛地朝我一指,就见一缕莹莹玉色射向了我。我猛然一惊,他竟然对我出手,还在我毫无防备的情况下。我知道那缕玉色的厉害,身躯立刻一转,但仍被余风所伤,臂上留下了一条血口,染透白衫。他居然用他的玉杀来对付我!心中的痛远远地超过身体上的痛楚。虽然我知道他已经不记得前世的事了,虽然我知道我便是死在他的面前,他也绝对不会落一滴泪,可是,我还是很心痛,仿佛心已在他的玉杀的光芒下碎成了一千片。

我失声大哭起来。泪眼婆娑中,他的面上似闪现出一丝的惊疑,随即丢下一句话,那句话的每个字都深深地刺在我的心里,如针扎——他说:"原来是个疯女人——"

"倦尘,你真的不爱我了吗?"我追上了他,不顾疼痛,我在他身后边哭边喊着,"倦尘,你如果还爱我,就算你再也想不起前世的事情,也不该这样对我呀!你的心里真的一点我的影子都没有了吗?你曾经那么的爱我,难道一点影子都没有了吗?"

他那性感的双唇满是不屑地说:"你是我见过的最无聊的疯子。"他说着,便不再理会我。他的面色越来越苍白,终于忍不住喷出一口血箭。即便如此,他依旧立在那只凤凰之上。我惊叫着:"倦尘,你受伤了,你怎么受了伤?谁伤了你?告诉我倦尘,我帮你报仇!"

他轻轻拭去嘴角的血丝,怒目而视,声音更冷:"谁要你帮我?你快些离去,不然我手下绝情了!"但随即,他又喷出了一口鲜血,原本苍白的面色更加苍白如纸。

一丝异样的风声传来,我抬眼望去,就见三股黑气在空中电般地飞来。倦尘一见这三股黑气,立刻面如死灰,当下发出一声清啸。那只凤凰便立刻加速,箭般向前飞去。莫非是这三股黑气伤了倦尘?

我停在空中,挡住了那三股黑气。空中立刻传来阴森的声音:

"什么人敢挡我灵山三尊的去路？速速滚开！"

原来是灵山三尊那三个老不死的，他们可是魔界蛰伏了多年的老魔头了，不知道倦尘如何会招惹上他们呢？我当下一扬头说道："你们几个老家伙怎么还没死呢？都活了那么多年了！不但不死，反而还从深山里跑出来害人！"

就听那三股黑气中传出几声怒骂，然后各自在空中现出身形，乃是三个身着黑衣、面目狰狞的老魔。我飘动了下手中的白绫，冷笑道："你们三个老不死的从深山之中跑出来做什么？是不是闲得很，憋得慌，跑出来找打？"

一个老魔当下便一声怪叫，手中幻出一根白骨，散着白惨惨的光芒，叫道："你不过一只千年白绫妖孽，竟敢如此口出狂言！今日魔爷定让你魂飞烟灭，永不超生！"

手中的白骨飞出，立感一阵阴风袭来。我不及多想，手中的白绫已经飞出，如大海波涛连绵不绝，将那根飞射而来的白骨生生地撞飞出数丈远。老魔一惊，忙召回法宝，再次发难。就见那白骨瞬间便分出数十个，蝗虫般射了过来。

第十四回

我是人间惆怅客

[十四] 倦尘

如果你见到一个白衫飘飘的男子，立于一只凤凰上，那便是我。我的名字叫倦尘。

我不明白为什么，那个疯女竟然会帮我抵挡灵山三尊。虽然我对她并无好感，但我绝不无故受人恩惠。我强忍着喉头即将喷薄而出的那口逆血，在神鸟彩凤上盘膝而坐。吞服下一颗千年灵芝丹，运气一周，那口逆血便已生生被我压了下去。我又将一颗灵芝丹吞下，顿感舒畅很多。

掉转彩凤，我远远地见到前方的天空黑气弥漫。黑气中隐约可见一道苍凉的白色,在上下翻飞。彩凤一声清啼,响彻云霄。彩凤巨大的翅膀扇出两道风浪,如离弦之箭般冲进了黑气之中。那个自称唐小宁的女子已经身受重创,胸前一片猩红,但她仍顽强地与那三魔斗法。

我从彩凤上飞下,将她托起,飞出了那片黑气,让彩凤暂且抵挡那三个老魔。我将一颗千年灵芝丹纳入了她的口中,却见她的目中突然盈满了泪水,继而又笑了起来,边笑边咳嗽。我示意她不要笑,可她咳出一口血,仍然开口问道:"你为什么要回来?咳咳——我能——抵挡住他们——他们三个老不死的——的——"

我不忍碰碎她那多情的目光,淡淡地问道:"你为何要救我?我们并不相识。"

她的目光突然变得悲哀起来,那两颗蕴藏已久的泪水终于滚落了下来,湿了那两行长长的睫毛。她长长地吸了口气,说:"倦尘,你还记得你的前世吗?"

我摇摇头:"不记得了。"她苦笑着说:"我记得,既然你已忘记了,我也不勉强什么了。该想起的,你自然会想起。"她说着,幽幽地一叹,然后又笑了起来:"你的灵丹还真有用,我感觉好多了,这条老命总算是捡了回来。"

我皱皱眉,她似乎很熟悉我的前世。她不肯说,我也不便问她。我当下问她:"你可以支持住吗?我得去会会那三个老魔。"

她的面色一变，说道："你伤未愈，虽那三个魔头已被我所伤，但你前去绝对不是他们的对手。"

彩凤突然一声惊啼，从那片黑气中飞出，几片缤纷的羽毛在空中飘荡着。

该死！居然敢伤我的彩凤！我一飘身进了那片黑气之中，经唐小宁和彩凤的攻击之后，那三个魔头亦受伤惨重。一个魔头喝道："小贼，居然敢杀你魔爷爷的镇山灵兽，偷我镇山之宝！速将宝物交出，爷爷会念你年幼无知，饶你狗命不死！"

"呸！"我啐了一口，"小爷本无意与尔等拼斗，但尔等竟敢伤我的彩凤，今日非要尔等以命相偿！"

我右手微晃，玉杀随即射出。三点玉色，快速射向那三个魔头。那三人同时发难，一股股黑气喷出，挟着漫天的白骨乱飞。我将右手上的那串玉杀褪下，置于胸前，口中轻诵咒语，便见玉杀顿时霞光万丈，护住我的身形，弹开疾射而来的白骨。

终因伤势过重，我的玉杀并不能支撑太久，我不由恨起灵山那只镇山灵兽。虽然它已经死在我的手中，但也让我受伤惨重。玉杀上的几颗玉珠射出，攻向那三人，这是我最后的杀着。倘若不中，我将必死在其三人之手。

三声惨呼，黑气陡散，但那三人并未因此而退下。那根根白骨从三人手中飞出，尽数袭向了我。我已无力躲闪，只能硬生生地去承受那三人的合击。我知道那样做的后果是，不死也得散失半条命。却在这时，一道白影入眼，扫开那三根白骨，接着彩凤巨大的利爪恶狠狠地抓向那三人。

三人震惊之余，再次催动白骨，尽数射向我的身体。不愧是蛰伏了这许多年的魔头，如百足之虫，死而不僵。只听唐小宁那熟悉的尖叫声响起，接着白影翻飞，那几根白骨被她生生撞断，而她亦从空中落下，洒下一片血雨。

彩凤立刻将她托住，而我已略作调息。玉杀再次飞出几颗玉珠，颗颗击中，那三人便在惨呼声中魂飞魄散了。

我抱起她，坐于彩凤之上，与她各自服食了一颗千年灵芝丸。我避开她的眼睛，看着缥缈的云彩，朝着我们的身后飞去。此时，怀中的她，便如那云彩般的柔软。

"喂，你为什么不看我？"她又开始叫了起来，"等我身体好了我就把你的耳朵拧下来泡酒喝！"我无语地看了看她，这个女人发起疯来，确实相当难缠。我就那样地看着她，毫无表情。她似乎并不满足这般的结果，又叫了起来："你为何要招惹上那几个老魔头？他们为何要追杀你？"

面对着如此神经质般的女子，我只好坦诚相告："我杀了他们的镇山灵兽，偷了他们的宝物血娃。"她对我的回答似乎并不满意，又问我："你为何要偷血娃？既然你法力如此高强，为何开始见他三人时会逃走?"

我只好说道:"我被那只镇山灵兽所伤,自知不是他三人的敌手,故而避开。却不料,你竟如此好惹事。后因他三人伤了我的彩凤,方才与他们交手。"她听我如此一说,似是很失望,语气都有些幽幽的:"原来是为了这只凤凰,我还以为你是为——"

她是个很直率的女子,毫不隐藏内心所想,不过其行为举止实在异于常人。

飞过几座山峦,我们落在一处峰上,那几间房舍便是我的家。我将唐小宁放下,因服食了千年灵芝丹,她的伤势已无大碍。我飞速入了房内,奔到那张雕龙绘凤的床前,颤抖地喊:"燕玲,我终于将血娃夺回,你有救了!"

燕玲安静地躺在那里,苍白的面上不着丝毫痕迹。唐小宁走了过来,问道:"她是谁呀?她怎么了?"我并未理会她,只是做着我的事情。她倒也不再吵闹,只是坐在一旁看着我。

我从怀中小心翼翼地取出一个小小的锦盒,慢慢地打开,将里面那个拇指大小的通体血红的小娃娃取出。唐小宁立刻叫道:"这是什么?很可爱的娃娃呀,它会不会动呢?"

尚未回答,那个娃娃却已经叫了起来:"你想做什么?放开我呀,不要吃我——"

唐小宁用极其恐怖的眼神看着我,她说:"你要把这个娃娃杀了吃掉?"我没有回答她,只是将那个拇指娃娃捏在手中,一边轻轻地将燕玲的嘴捏开。唐小宁已经尖叫起来,疯了似的扑过来企图夺走血娃,而血娃此刻亦是惨呼不已。

但一切都晚了一步,我已经将血娃的头颅捏碎,一道血光从血娃的体内迸出,落在了燕玲的口中。唐小宁抢夺去的,只不过是血娃的一具拇指大小的尸首。

"啊——"

唐小宁痛哭起来,叫道:"你居然如此狠心,这么可爱的娃娃你都要将它活活地捏死!你太残忍了,我还没玩哩!至少你要等我玩够了再捏死它嘛!"

第十五回
断肠声里忆平生

[十五] 倦尘

并非我要残忍地将血娃捏死,而是我必须要救燕玲。顾不得唐小宁的哭闹,我轻轻地抚摸着燕玲的香腮,只觉得触摸的手渐渐地温暖起来。我望着她那熟悉的面容,目中盛放泪花,燕玲终于能活过来了!长达三年原本无望的等待,却在这一刻便化为了现实。

唐小宁在一边满是气愤地说:"你为了这个女人居然一点都不顾我的感受!快说这个女人是谁,要知道在前世我才是你喜欢的女人!"

我叹了口气,没有去看她,只是说:"我已经不记得我的前世。即便是记得,前世的事只能是前世,而不是今生。今生我最爱的人是燕玲。"我话音刚落,唐小宁已经坐在了地上,如孩子般号啕大哭起来。

我摇摇头,对这个女子实在无话可说。此时燕玲已经醒来,那双妩媚生情的双目,透出的眼神却是冰冷如霜。我无限怜惜地看她:"燕玲,你终于活过来了!还记得我吗?我是倦尘。"她只是看着我,并不回答。唐小宁却叫道:"啊呀,那个血娃真的能让死人复活呀?那个叫燕玲的,倦尘和你说话,你怎么能装作听不见呢?他问你话你为什么不回答呢?信不信我用刀子将你的舌头割成一段段的,用盐巴腌了,好下酒!"

燕玲冷冷地瞟了她一眼,然后问我:"你喜欢我?是吗?"

我点点头,无限柔情地回答:"是的,燕玲,今生今世我都只爱你一人。"我牵住她的手,她却毫不犹豫地甩开了,依旧冷冷地说道:"既然如此,你去把这个女人的舌头割成一段段的,用盐巴腌了,下酒!"

我面色苍白如纸,竟怔住了,不知如何开口。燕玲变了,她真的变了,应验了那个古老的可怕的传说。她现在已经不是燕玲了,她的体内完全是另一个灵魂,那个寄生在血娃的体内已有几千年的怨灵。

她见我怔在那里,很是恼怒,随即喝道:"你为何不去?莫非要我亲自动手不成？还是你下不了手？若你因她美艳动人不忍下手，那我可以先将她的容貌毁去！"我尚不及回答，她的手指的关节已经在咔咔作响，便见她手指的指甲突然暴长，如鹰爪般的锋利。

我吃了一惊，正待阻止她，却见眼前一花，接着听到唐小宁一声惊叫。燕玲已经坐在了床边，我方才反应过来，她的动作太快，快得令我无法想象。唐小宁，我第一反应是她现在如何了，该不会真的被燕玲毁容了吧？

唐小宁捂着左边的脸颊，似有血丝沁出。她的目中闪着泪光，眼神无比震惊，惨淡得如雨中残荷。我站起身，走向唐小宁，身后的燕玲在冷冷地笑着。唐小宁退了一步，轻轻地摇头，问道："倦尘，你真的会因她的一句话，而将我的舌头割下吗？"

我摇摇头，惨然一笑："不，我不会割你的舌头，真的，不会。"

燕玲冷哼一声，喝道："你居然不听我的话？若不是念在你给我重生的机会，此刻你已倒下！我不需要你这样不听话的狗！"

燕玲！我满面愤怒，双拳紧握，却又无比心痛地看着她："燕玲，我现在好恨！我真该让你死去，真该让那个无望的等候继续下去，也不愿意看到你这般样子复活！"

不知何时有风吹进，带着一地的落花，零零碎碎，凄凄惨惨，便如我此刻的心,便如那曾经的相思。

燕玲阴冷的笑声,幽幽传来:"可是我已复活,你便是如何后悔均已无济于事。你最好将这个女人的舌头割下,或许我一念仁慈,会饶了她的贱命!"我看着她,目中无比的酸涩,却已无泪。终是将心一狠,玉杀飞出数道玉色的光芒,射向燕玲。

燕玲宽大的衣袖微微一拂,玉色尽泯。她的脸色剧变,喝道:"你居然敢行刺于我!"右手一伸,指甲竟有尺余长,透着幽幽的蓝。白影一晃,她已至近前,阴冷的风拂过我的面门。我匆忙闪退,令其一击落空。

白色的绫幔铺天而来,唐小宁总在我遇险之时奋不顾身。可惜我与她都伤势未愈,能否保命都难说,更别说除掉燕玲。漫天的寒冰与白绫同飞,将燕玲困在其中。然而燕玲的那双手爪却是厉害无比,竟将白绫生生撕裂。那些寒冰竟不能侵入她的体内,刚一触到,便已弹开,亮晶晶落满一地。

燕玲尖啸一声,那原本乌黑油亮的青丝,突然散落开来,如瀑布般疯长。青丝在白影中穿梭着,如一条黑色的蛟龙。我的玉杀再次飞射出数点玉色的光芒,虽断了些许的青丝,却未能伤及根本,余下的青丝更是疯了似的暴长。

"轰——"

房舍终究无法承受两人的法力,而四下飞散了。房舍一除,两人已飞天直上，一黑一白，如两道长虹贯日。我轻踏彩凤，绕至燕玲的身后，三颗玉珠飞出，没入了燕玲的身体。我的口中轻诵咒语，只听到三声轻响，便见燕玲的身体有三处似花盛开，猩红刺目。

"你敢暗算于我！"燕玲狂吼一声，右手向我一挥，那黝黑的指甲竟如树枝般的伸长，瞬间已至我的胸前。彩凤斜地里一飞，同样锋利的凤爪抓向燕玲的指甲，从中间生生抓断，竟有殷红的血喷出。

"啊——"

燕玲惨叫一声，喝道："你这该死的畜生！"话音一落，分出一缕发丝飞向彩凤，蛇样缠住了彩凤的双足。玉杀击出，断了青丝。彩凤一声清啼，飞扑而下，巨大的凤嘴啄向燕玲的头颅。它一旦击中，燕玲非头颅破裂而死不可。

我从彩凤上飘下，落向另一边。我们呈三角将燕玲围在了中间，同时发难。燕玲虽然凶猛无比，但也奈何不了我们的同时攻击。我使出最后绝招，抛出了手腕上的玉杀，重创了她的身体，随即一把抓住她的长发，向后退去。唐小宁的白绫卷着燕玲的双足，亦往另一方向退去，凤嘴已经袭到。

"啊——"

在燕玲的惨叫声中，头颅嘭地炸裂开了，但她那一双锋利无比的手爪却突然断裂，飞射出去，重重地击在唐小宁与我的胸前。虽然伤得惨重，却并不至死。我望着燕玲惨不忍睹的尸身，那种心碎，再次弥漫全身。

唐小宁突然笑得很凄凉，她说："倦尘，你千辛万苦寻到救她的灵药，却又经历九死一生而杀了她，哈哈——"

我看了看她，说道："其实在决定去偷血娃之前，我便已经知晓燕玲会忘记我，但是却不知她竟会变成这样。倘若知道这般的结果，我宁可让她美丽地死去。"

唐小宁看着我，目瞪口呆，良久方才开口说道："你知道她会不认识你，你还会去拼死寻药？你真是太傻了，比我唐小宁还傻。"

我淡淡一笑，满面苍凉，只说了句："谁叫我爱她呢？"

可是，该失去的终究还是失去了，即便我付出任何惨重的代价，也无法改变已经成定局的命运。燕玲，我的燕玲，以后只能在梦中才能再见你那温婉绝美的容颜了。

TAOHUAXUE

下册

玉扇倾城 著

台海出版社

图书在版编目（CIP）数据

桃花雪：全 2 册 / 玉扇倾城著 . -- 北京：台海出版社，2020.5

ISBN 978-7-5168-2569-3

Ⅰ．①桃… Ⅱ．①玉… Ⅲ．①长篇小说－中国－当代 Ⅳ．① I247.5

中国版本图书馆 CIP 数据核字（2020）第 038762 号

桃花雪：下册

著　　者：玉扇倾城	
出 版 人：蔡　旭	责任编辑：俞滟荣

出版发行：台海出版社
地　　址：北京市东城区景山东街 20 号　　邮政编码：100009
电　　话：010-64041652（发行，邮购）
传　　真：010-84045799（总编室）
网　　址：www.taimeng.org.cn/thcbs/default.htm
E － mail：thcbs@126.com

经　　销：全国各地新华书店
印　　刷：三河市金元印装有限公司
本书如有破损、缺页、装订错误，请与本社联系调换

开　　本：880 毫米 ×1230 毫米　　1/32
字　　数：260 千字　　印　　张：14
版　　次：2020 年 5 月第 1 版　　印　　次：2020 年 5 月第 1 次印刷
书　　号：ISBN 978-7-5168-2569-3

定　　价：59.80 元（全 2 册）

版权所有　　翻印必究

第四卷 峨眉妖天下

第一回

人间所事堪惆怅

[一] 韩楚

东海海巫门。

海巫门内一片狼藉，霜战怔了怔，问道："这——发生了什么事——"

我的心提到嗓子眼上，有一种不祥的感觉。叶芷风呢？九婆婆呢？我与霜战离开亦不过数日光景，怎就变成了这般？究竟是谁来过？我大声喊道："叶了——九婆婆—— 你们在哪儿？"

霜战皱着眉头说："我们去九婆婆的卧室看看。"只见卧室的门敞开着，里面传来一股浓浓的血腥味，令人作呕。我失声喊道：

"九婆婆——叶子——"

无人回答，只有一地殷红的血，绚烂刺目。

一根森森的白骨插在墙壁之上，周遭散发着惨淡淡的光芒。霜战失声道："韩楚，白骨令！鬼王的白骨令！"我看着霜战，怔怔地问道："这么说，那鬼王果真没死，并且来过海巫门？那叶子和九婆婆岂不是凶多吉少？"

霜战的面上现出从未有过的沉重与担忧，如漫天密布的乌云，纠缠撕咬着。他说："可能九婆婆与叶子都已经被抓进了幽鬼城中了，也或许，她们已经——"

他没有再说下去，但我已经知道他话中的意思。我突然想起红衣，几乎同时，霜战叫道："鬼王会不会对云荒岛不利？红衣与恋刀是无法抵挡的！"我虽心忧，但仍安慰他："不会的，云荒岛有金佛，鬼王是进不去的。"

霜战的面色苍白得可怕，"可是你不要忘记了一个人，她不惧怕金佛的法力。"我的心顿时透凉，是呀，怎么可以忘记了芥蓝呢？她才是个真正危险并且相当可怕的人物，她完全可以毁了金佛助鬼王入云荒古宅。

霜战一拉我的手，说道："走，我们回云荒岛！"

我们各自幻了身形，风驰电掣般回到云荒岛。只见古宅的上方闪着幽幽的蓝光，如鬼火般的幽怨。霜战说道："云荒流火已经熄灭了，红衣只好用我的天鹰流蓝代替。"只是宅内静悄悄的，并无任何的厮杀声；而那尊巨大的金佛，亦静静而立，并无任何异样。

我们落到浴红衣的卧室之前，便听见里面传出浴红衣与恋刀的说话声。浴红衣说道："恋刀，都这些天了，也不知韩楚他们如何。今天我的心里总是乱乱的，好似只小猫在挠，你说会不会出了什么事呢？"

恋刀说："我看是你太担心他们了，凭他们几人的身手，我们完全可以放心。"

浴红衣叹了口气："我总觉得我们也该跟着去看看才好，不然这心里头呀，总是怪怪的，不得安宁。恋刀，要不我们明天跟着去趟幽鬼城，你说如何？"

又听得恋刀说道："不妥不妥，此刻你最要紧的任务是保卫云荒岛的安全，是要保护整个岛民的安全。这个是你的责任和义务，你不能轻易离开。万一幽鬼城来了，他们岂能活命？"

"唉，"浴红衣又是深深一叹，"若真如此，便是你我同在，亦难抵挡。"话音刚落，便见里面的灯火突地灭了，正在惊疑，便见门猛地被打开，一条红绫已飞了出来。浴红衣冷声喝道："什么人！"

我赶紧答道："是我，韩楚。"

传来浴红衣惊喜的声音："韩楚公子！你回来了！"红绫瞬间

飞回，落入她的手中。此时房内已是灯火摇曳，恋刀立于灯边，面上满是喜悦。浴红衣将我二人迎进房，便朝我们身后看去，似在找寻什么。我微微叹了口气，说道："红衣，对不起，叶子她——"

"她怎么了？"未待我说完，浴红衣已惊叫起来，"她出什么事了？"

霜战看了看她，"我们三人去了幽鬼城，却被幽鬼城外的护城之气所挡，只得暂退至九婆婆处。九婆婆问明原委，只道昆仑天音寺的天音咒可破幽鬼城的护城之气，我二人便赶去了天音寺。不想回来后，却见白骨令重现，海巫门遭变，叶子姑娘与九婆婆皆下落不明。"

"啊——"

浴红衣失声惊呼："婆婆她——她亦不见——海巫门遭了巨变——婆婆——"

她说着，失声痛哭，如海棠着雨，分外哀愁。恋刀忙将她扶至床边坐下，安慰道："你放心，婆婆和叶子一定不会有事的。她们法力高强，鬼王一脉未必能敌过她们。"恋刀说着，转头看向我们，问道："可有别的线索？"

我摇摇头，无语。浴红衣哽咽着，悲愤地说道："明日，我们一起去海巫门，然后杀去幽鬼城，把她们救出来！"恋刀轻轻地拍着她的背："看你，又说胡话，刚劝你的，要以云荒岛岛民的安危为重,怎又说离开云荒岛的话?"

我连忙劝道:"是呀,红衣,现下我们担心的是鬼王会来攻击云荒岛,这也是我们匆匆赶回来的最重要的原因。现在看来只能这样,你和恋刀依旧留守云荒岛,我与霜战攻去幽鬼城。"

霜战接道:"连佛界的天音寺都给我们灭了,还怕它小小的幽鬼城不成?红衣恋刀,你们放心,我们定会将叶子姑娘她们救回!"

恋刀怔怔地问:"你们灭了天音寺?"我只好点点说:"是的,我们灭了天音寺。此行不枉,认清佛界所谓的正直和高尚,看清了那些背地里的虚仁和假意。"恋刀听我如此一说,仍是摇头,无限惋惜地道:"即便如此,你们也不可将其灭门啊。"

浴红衣对此事并无兴趣,便伏在恋刀的怀中,低声啜泣。恋刀说:"你们这几日想必很是劳累,不如先回房休息,明日再去幽鬼城?"

他这一说,我倒真觉得疲倦不堪。这几日,我根本就未曾休息,便回答他:"也好,养好了精神,明日好去攻打幽鬼城,定要将长安她们救出,然后将这个害人之城毁去。"

恋刀因要照顾红衣,我便和霜战回到我的卧室,我二人便将就着和衣而眠。

或许是太过劳累的缘故,我一躺下便沉沉睡去。

醒来的时候，已经翌日中午，恋刀与馥菲早已立在床前。见我醒来，馥菲忙将洗脸水端了来。我问恋刀为何不叫我们，但他只一笑："你们睡得如此之熟，我又怎忍心喊你们起来？况且只是中午而已。"

霜战揉揉惺忪的睡眼，说道："不想一觉睡醒竟已是中午了。韩楚，我们赶紧出发吧，不能再耽搁了。"馥菲忙拦住说道："再急也不急这一刻的工夫，你们随便吃些东西再去吧。"

我点点头说道："那也好。"说完，我便与霜战匆匆抓了两个馒头，吃了起来。

第二回
一指轻弹浑无语

[二] 霜战

　　正与韩楚吃着馒头，便听见外面人声嘈杂。馥菲与恋刀立刻闪身出去，我与韩楚自然也不会不闻不问，当下闪身出了门。一只五彩缤纷的凤凰在院中飞来飞去，引得众岛民纷纷前来观看，浴红衣亦在其中。

　　我看了看韩楚，说："韩楚，你不觉得这只凤凰很眼熟吗？好似在何处见过。"

　　韩楚亦是点头："那日我们从昆仑回来时，便遇见过一只凤凰，其上有一男子。之后唐小宁便追着那男子去了，也不知是否是唐小宁引来此处的。"

他这般一说,我亦想起,便微晃身形,便要落在那只凤凰之上。岂知那凤凰竟异常凶猛,一双利爪恶狠狠地抓了过来。便在这时,一声清啸传来,如龙吟。那凤凰一闻此声,便立刻住了身形。一个白衣飘飘的俊美男子破空而来,立于凤凰之上,双手负后,神情悠然,正是那日所见之人。

我当下问道:"这位兄台,敢问到此何事?"

那人微微一笑,说:"在下倦尘,受一朋友之托,前来相询。不知此处可有朋友名唤韩楚和霜战?"他说着,一双俊美的秀目四下看去。

我一抱拳,说道:"在下便是霜战,不知兄台受何人之托?"

他的脸上淡然如午后不经意的风:"她叫唐小宁。因这古宅有金佛庇护,她无法入内,便由我入宅相问。她此刻正在宅外相候。"

"多谢,"我说着,与红衣恋刀以及馥菲道别,随韩楚一起飞身出了古宅。果见唐小宁独自站在宅外,正在逗一只飞舞的彩蝶。那只彩蝶竟有团扇般大小,周身五彩缤纷,拖着两只长长的蝶尾,实在罕见。见我们几人到来,她便丢下那只彩蝶,飞扑过来,叫道:"韩楚!霜战!可算找到你们了!"

她那原本美丽无瑕的粉面上,竟多了几道暗红色的爪印,足有两寸长。我当下皱皱眉头,关切地问道:"小宁,你的脸——"

唐小宁白了倦尘一眼说:"问他了,被他的小情人打的。"我看了看倦尘,便见他一脸尴尬,默默无言。见他如此,唐小宁忽然又笑了起来:"幸好我有灵药,已经不疼了,过些时日便会长好的,你们也不必为我担心。只是呀,你们住的那个破宅子,我居然进不去。"

韩楚笑了笑问道:"小宁,我们正要赶去幽鬼城,你可愿意同行?"

一听到幽鬼城,唐小宁的眼睛立刻放光,叫道:"好呀,我也要去,我要和你们一起去救长安!"看她如此开心,丝毫未将面上的那些伤痕放在心上。我淡淡一笑,这唐小宁只是激动的时候才会显得有些神经质,平日里除了有些蛮不讲理外,倒也算正常。

倦尘自是要与我们一道,我们飞至幽鬼城的上空。因倦尘的彩凤无法入水,便只得让它留在海面之上。我们四人入了海底,直至幽鬼城的城门之前。那道护城罡气再次发难,唐小宁叫道:"你们用降魔玉和镇妖珠来破了这该死的罡气!"

一道紫光挟着刺目的血红,从我手中飞出,射入那股气流之中。同时,韩楚的剑气卷着一抹幽蓝朝着那股气流切了过去。

"轰——"

一声巨大的响声,震得整个海底都在动摇。巨大的冲击力将我们四人冲到海面之上，低头一看，只见海面上现出一个巨大的漩涡，各色的珊瑚和各种海鱼在其中乱飞。我们立刻潜入了海底，没有了那股气流，我们所行畅通无阻。

幽鬼城终于在我们的面前现出了原形。

唐小宁的白绫飞出，将那扇石门击得粉碎，我们四人飞身而入。城内，到处森森白骨，鬼影重重。只是，海水如铜墙铁壁般护在城外，却不曾涌进城内。远处，数道阴冷的寒光飞射而来，但都被唐小宁的白绫扫得四下飞落。白绫舞处，惨叫之声不绝。那些小鬼全在白绫之下，永不超生。

前面昏暗的空中，一道白色破空而来，是他！鬼王！鬼王的脸阴冷着，立在那条白骨长龙之上。这时，倦尘说道："韩楚和霜战你们负责在城中寻人，这鬼王就交给我与小宁，我的彩凤刚好是他白骨长龙的克星。"

我们三人点了点头，随即分头行动。唐小宁的白绫破空飞出，矫若游龙，与鬼王的那条白骨龙纠缠起来。就听她边笑边说："小小一个鬼王，也敢和我们妖天下过不去，简直不知死活！"待鬼王靠近时，她又尖叫起来，"天啦，他是上官谨枫——"

韩楚接话说道："鬼王附在了上官兄的身体内，他已经完全被鬼王控制住了！"唐小宁疯了般尖叫着："我们不能杀他，上官谨枫的肉身不能毁掉，否则我们即便回到了缥缈崖也无法唤醒你们的记忆！我们不能杀他，否则我们前功尽弃！"

她正哭叫着，却在这时，鬼王的白骨龙已经飞了过来。一股浓烟喷出，恶臭异常。倦尘顾不得唐小宁，冷冷喝道："鬼王，有本事你我天上斗去，在这小小幽鬼城中，算得什么！"

鬼王冷笑着："难道怕你不成？天上地下，唯我独尊！"那条白骨龙一声长嘶，冲出了幽鬼城，倦尘紧随其后。唐小宁犹自疯言疯语，韩楚摇摇头："这小宁，疯病偏偏在此时发作。霜战，你去助倦尘一臂之力，此处交与我便好。"

霜战看了唐小宁一眼，问道："那小宁呢？不能由她这般吧？"

韩楚摇摇头，亦不知如何打算。唐小宁却已经疯了般地扑向城内，韩楚只好说道："你快去吧，倦尘一人怕难以敌过鬼王，我去追小宁！"

说着，他晃身飞奔而去。我立刻幻了身形，冲出幽鬼城。但见海面之上，已如狂风暴雨一般，鬼王的白骨龙与倦尘的那只彩凤正斗在一处。彩凤乃是九天神鸟，上古灵兽；而白骨龙则是无数冤灵所化，凶猛怪异。

倦尘腕上飞出的玉芒，闪着刺目的玉色，挟不可抵挡之势，击向鬼王。鬼王双手在空中轻轻一挥，便幻出了一朵黝黑的莲，正是他为生所用的黑莲。玉色的光芒被这黑莲一收，光华渐泯。

紫色破空，挟一抹血红，以铺天之势压向鬼王。今日之我已非昨日，镇妖珠的能量远非常人所想。镇妖珠正中黑莲，那朵黑色的、以无数冤魂的精华所化的再生之莲，便在其法力之下，化作一蓬黑色的烟雾，随风而散。

　　黑莲被毁，鬼王俊美的脸因愤怒而剧烈地扭曲。但见他大吼一声，双臂猛地张开。那身黑色的袍子从他身上飞了下来，在他的吼声中飘起，竟是见风便长一般，无穷无尽地伸展开来。那件黑色的袍子在空中飞速地旋转起来，不一会儿便现出一朵黑莲的模样，巨大无比。

第三回
梦来还隔一重帘

[三] 慕容长安

一个俊美的男子,剑眉星目,黑色的衣衫在风中飞舞,飘逸而脱尘。他的脸总是冷冷的,只有在看着我的时候,才会莞尔而笑。那一丝轻笑,便如青丝柔蔓,从他的脸上爬到了我的心里,从此便生了根一般。

无论我走到何处,他的声音总飘在我的耳边,温婉而有磁性。我逃不开他那双噙着笑意的眼角。他说:"我叫上官谨枫,今生你已注定是我的女人。"

这般的情景一次又一次地出现。然而有一日,他在我的眼前消失了。我竭力去寻找他,却寻不到他的任何痕迹。于是我只好悠悠地醒来,却发现四周暗无天日,浑浊一片。

这是何处?我摸索着坐了起来,伸手摸去,空空荡荡。只是脑海之中一片空白,从前种种竟似水无痕了。仿佛有一丝极细的光线从遥远的天际射来,一点点地移到我的面前,却是一只眼睛,透着幽怨的蓝色。

"啊——"

我失声惊呼起来,往后退去。可是无论我如何后退,都无法摆脱那只眼睛,它就那样幽怨地看着我。我索性将眼一闭,横竖不过一死,惧之何用?

"唉——"

一声淡淡的幽怨的叹息声,徐徐飘来。它轻得如飘过水面的花朵,带着无限的忧伤,很缥缈地落入我的耳中。我知道,那该是个很年轻很幽怨的女子。我睁开眼睛,就见远处有一团火红,正缓缓地飘来,似火却又不是。

那声幽幽的叹息,便是从那个火球上传来的。

那个火球到我跟前炸了开来,流星似的火蛇四下跳跃着。接着,四周灯火通明。我连忙捂住眼睛,猛然之间尚不及适应。那声幽幽的叹息再次在我耳边响起,是那般的真切。我抬头看去,就见一个明媚如艳阳般的女子,立在我的面前。

我坐在一张宽阔无比的白玉床上，在我面前除了那个明媚的女子外，尚有一只巨大无比的蝎子。先前那透着幽怨的蓝色眼睛，便是生在那高高举起的蝎尾之上。那个女子盯着我看了很久，然后幽幽地问："长安，你还记得我吗？我是芥蓝。"

芥蓝？我努力地去思索着，只可惜，脑海之中已经没有可以搜索之物。我于是轻轻地摇头，很迷惑地看着她。她叹了口气，又独自幽幽说道："他这招可真毒。这玄玉忘忧床，让你忘了从前的种种。呵呵，真的毒。"

我不明白她在说什么，却又不好开口去问她。只是见她目中盈盈，似有一滴清泪落下。她摇摇头，然后看我，似在自言自语："长安，你知道吗？这些日子来，我一直在怀念我们在一起的时光。虽然那时光很短暂，却已经深深地印在了我的脑海中。我现在仍然不知道自己在做什么。我骗了你们，我以怨报德。我一直很愧疚，可是我也没有办法，真的。长安，你虽然不记得了，可是我还是要向你忏悔。"

我犹坠雾中，只是默默地听着，听她诉说。

她轻轻握住我的手，那感觉很温暖，也很熟悉。她继续说着："长安，我不会让他伤害你的。我已经报了他的恩了，我已经不欠他的了，我要让你恢复记忆。长安，这颗明目珍珠，可以替你抵挡这里的黑暗。"

她的手掌轻轻地伸开，在她纤细的掌中有一颗鱼目大小的珍珠，闪烁着莹莹的光芒。她轻轻放在我的手上，说："长安，这颗珍珠整个东海仅有一颗，万分珍贵。你服下后，夜间视物如同白昼。"

　　我点点头，淡淡一笑，说道："谢谢你，芥蓝。"然后，我便将那颗珍珠服下，一股清凉从心里透出，顿时神清气爽了许多。她眼中带着淡淡的笑，轻轻拭去面上的泪痕，说道："我该走了，以后请给我赎罪的机会。这瓶兰若凝露，你好生收藏。它虽不能起死回生，但疗伤还是很有效果的。"

　　她将那个精致的小玉瓶放在我的手中，然后站了起来，双手一伸，原地旋了一圈，那些火便又回到了她的身上。她化作一个火球，朝着远处飘去，那只蝎子也随着她爬走了。我环视四周，竟然空无一物。下了那张白玉床，我朝着芥蓝离去的方向走去，似乎很远，而且百转千回。

　　我如进迷宫般地转了很久，前面传来一丝光线，一颗斗大的夜明珠嵌在上方。这是哪里？我怎么感觉像在一个地底的迷宫之中穿梭？一条黑影在我面前晃动了下，我定睛一看，竟是个尖头的夜叉，手中拿了把三刃叉。它放着绿光的眼睛恶狠狠地盯在我的面上，口中咿呀乱叫。此处怎么会有个怪物挡路？我看着他，问道："为何挡我去路？"

那夜叉突地一声怪叫:"此处不是你来的地方,快快回去!"

一个小夜叉都这般蛮横,我不由对此处更加迷惑起来。朝前面望去,就见铁门紧锁;而另一侧则有条通道,仅容一人通过。我喝道:"我要从这里出去,你为何挡我?快快让开!"

那夜叉见我不肯离去,一只手便抓了过来。我毫无抵挡之力,便被他抓了个正着。不想此时,我项间的那块天香佩却一阵颤动,继而发出一抹瑞气,将那夜叉的手从中间截断。只听得一声惨号,他再不敢碰我,忙幻了身形,从那通道中飞驰而去。

我正待离去,却听见一声虚弱的呻吟声,从那铁门中传出。莫非此处尚有他人?我便轻轻凑近了一看,就见铁门中的地上躺着两个人,一老一少两个女子。方才那夜叉便是看守这俩人的,看那夜叉不似好人,那被他看守之人,想必不坏。

我便将天香佩托在手中,轻轻说道:"天香佩呀天香佩,你若真有灵性,便将这扇铁门打开。"话音刚落,那块天香佩上便又发出一抹瑞气,将那巨大的铁锁断为两截。我推开门,轻轻地走了进去。

我虽然不记得从前的事,但是我一看到这块玉佩,我便知道它叫天香佩,仿佛那个名字早已深深刻在了我的心里。我轻轻扶起那个年轻的女子,她似受了很重的内伤,元神即将消散。我拿出芥蓝留给我的兰若凝露,倒了几滴到她口中,又喂那个老婆婆喝了一些。

随着阵阵沁人心脾的清香，那个年轻的女子微微呻吟了一声，缓缓睁开了眼。我用丝巾轻轻拭去她额上的汗珠，她看了看我，然后惊喜地说："长安——"

难道我与她是旧识？但印象中并无此人。她抓住我的手，艰难地坐了起来，说道："长安，你没事就好，没事就好。"然后她又转眼看见那个老婆婆，"九婆婆，九婆婆——"

我对她说："我给你们喂了些兰若凝露，婆婆她应该不会有事的。只是，我们是旧识吗？"她的眼睛瞪得很大很大，然后惊声问道："长安，你不认识我们了吗？我是叶芷风呀，你不记得了吗？"

第四回

怎忆当年帏帐事

[四]叶芷风

终于在这幽鬼城的地牢中见到了长安,她救了我与九婆婆,只是她似乎已经不记得我是谁了。

我看着她,万般的无奈,心里酸酸的。我问她:"长安,你还记得韩楚吗?"

她还是摇摇头说:"我已经失去记忆了,脑海之中一片空白。"她的面容带着淡淡的忧伤,似飘着轻轻的雾。这时,九婆婆呻吟了一声,也醒了过来。我忙扶住了她,很轻地拍了拍她的后背,问道:"婆婆,你感觉好些了吗?"

九婆婆浑浊的眼睛扫向长安。我忙道:"她便是长安,是她救了我们。"长安淡淡一笑,如轻风拂柳。她问道:"婆婆这里是何处?我们快些出去吧,否则被人发现便来不及离开了。"

我点点头说:"此处该是幽鬼城的地牢。对了,长安你是如何进来的?他们的锁是千年玄铁所制,便是我的法力,都不能将其弄断。你又是如何弄断的?"

长安站起身来说:"我是用天香佩弄断的。这东西很有灵性,仿佛能听懂我说的话。"她说着,将胸前所佩的那块晶莹的玉佩托在了手中,它竟是如此的圣洁和细腻,柔和的光泽仿佛飘着一层细细的雾。

我扶着九婆婆站了起来,我们三人相互搀扶着离开了这间地牢。长安带着我们从那条很狭窄的地道出去,前面是一层青石台阶。我们艰难地上了台阶,便见一扇铁门挡住了去路。我说道:"你们退后些,我来破门。"不想长安却说:"你伤势刚愈,不可再费心神,还是我来吧。"

她托起那块天香佩,轻轻地诉说着:"天香佩呀天香佩,你若有法力,便将这门打开,好让我们逃出去。"说来真是不可置信,就见天香佩上发出一抹淡淡的祥瑞之气,飘落到那扇铁门之上,竟将那铁门生生地划出一道小门来。

外面杀声震天,鬼火四起。我好生奇怪,莫非幽鬼城有大敌入侵?九婆婆说道:"算算韩楚他们也该回来了,不知是不是他二人杀了进来。"看看婆婆,我点了点头说:"或许是吧,只是韩楚若见到长安这般，又不知会伤心成什么样子了。"

长安不解地看着我们，问道："我和韩楚很熟吗？我怎么不记得呢？"

我无语，不忍心再去伤害她。她若忘记了，便让韩楚来唤醒她的记忆。一个小鬼不知怎的蹿到了我们的跟前，我弹出一朵飞花，定住他的身形，问道："外面发生了什么事？"

那个小鬼浑身哆嗦地说："有人来攻城，鬼王陛下亲自迎战去了。来人很是凶猛，不仅破了护城罡气，便连三大护法都被他们给活活地劈作了两半。"

见他那副模样，我心中微微一震，已有几分猜想到是韩楚他们。但凭他二人的实力似乎又不大可能，莫非姐姐和恋刀他们也来到了此处？便问道："来的都是些什么人？有何目的？快说，不然一掌劈了你！"

那小鬼吓得面无鬼色，慌忙说道："来的是三男一女，此刻在城中四处烧杀的是一男一女。那女的好生凶猛，见鬼就杀，一条白绫凶狠无比，取鬼之头，如囊中取物般的利索。那男的一把剑势如破竹，连劈了三大护法！"

看样子似乎又不像是韩楚等人，我正在犹豫之中，便见一条白色破空而来，宛如一条白龙，更与姐姐的血绫十分的相似。那条白绫来势太过凶猛，我三人险险地躲过，那个小鬼却被从中间横切为两半。

果真是手段残忍。我弹出一串飞花,卷起一片霞光,击向那条白绫,便听见一声惊呼,一个女子银铃样的声音传来:"叶芷风!花妖妹妹,我是唐小宁!"

她居然喊出我的姓名,或许是位故人,我便收回了"日落苍华",问道:"你是何人?怎知我名号?"我看清了来人的容貌,不由吃了一惊,那原本该是张细腻绝美的脸,却不知为何留下了数道爪痕,将那绝美的容颜毁了去。

唐小宁兴奋地拉住了我的手,叫道:"花妖妹妹,果真是你呀!"她说着看向我身边的长安,那笑容便僵在了脸上。随后,她大叫一声,那眼泪便滚落了下来,冲了过去,紧紧地抓住了长安的手,疯了似的叫了起来:"凌眉姐姐,我终于找到你了!啊啊,凌眉姐姐,你总该记得我的是吧?我是唐小宁,白绫祭者,你们的宁丫头呀!"

只是长安并不记得她。长安茫然道:"我叫凌眉?可是他们都唤我长安。"

"啊啊——"

唐小宁再次叫了起来。这个女子似乎天生喜欢尖叫,如魔音入耳一般:"你是长安?慕容长安?啊,天啦——怎么会这样子呢?老天——"

她的异常举动令我三人茫然失措,不知如何是好,只得立在原地,怔怔地看她。唐小宁似是疯够了,突然停了下来,又开始放声地大笑,边叫道:"太好了,韩楚爱的还是凌眉,他们今生终于还是一对美眷,没有拆散!啊啊——太好啦——"

我问道:"小宁姑娘——"

话未说完,她已打断了我,叫道:"叶子,你还是喊我宁丫头好了!小宁姑娘,小宁姑娘,听着就那么生疏,还是叫我宁丫头好了!"

"呃——"

我无语,只得耸耸肩,问道:"宁丫头,韩楚来了?在何处?我姐姐红衣和恋刀,来了没有?"提到恋刀,我的心突然轻轻地疼了起来。

唐小宁答道:"红衣与恋刀也在此处?啊啊,我太兴奋了,啊啊,怎么办,我的心今天太兴奋了!"听她所言,红衣与恋刀并未来幽鬼城,那么他们此刻该是依偎在一处吧?花前月下,海誓山盟,他们几曾想过我一人,对月空叹,顾影自怜?

几片黑云从上空飘过,无风,却飘得异常之快。唐小宁突然间不疯了,叫道:"哪里逃!"她手腕一翻,那条白绫顿时抖得笔直,箭般射了出去。那几片黑云,立刻被白绫所阻。那白绫如飞龙般凶猛,在空中上下翻飞,片刻已将那几片云翻搅得四下飞散,化作了烟雾散尽。

唐小宁收回白绫,叫道:"这点小把戏也敢在我面前瞒天过海!"

第五回
人到情深情转薄

[五] 慕容长安

　　唐小宁的白绫异常凶猛，怕是连叶芷风也不及她。

　　突地，一阵尖利的叫声传来，异常嘈杂。我抬眼望去，就见数十个小鬼朝着这边蜂拥而来，小鬼的身后一片青光飞洒。唐小宁一见小鬼立刻显得格外兴奋，单手一挥，便见那条白绫如离弦之箭般地飞了出去。而她也飞起身形，紧随着白绫飞去。

　　白影漫天，盘旋环绕，将那些小鬼困在当中，一阵寒冰飞洒，惨号之声不绝。唐小宁收起白绫之时，那片飞洒的青光业已赶到。就听唐小宁喊道："韩楚，以你的速度，那些小鬼早逃得一个不剩了,哈哈——"

"韩楚?"莫非来的便是他们口中所说的韩楚?我悄悄抬眼望去,那是个绝世俊美的男子,如玉的面上波澜不惊,优雅从容。韩楚见到了我,面上微微一怔,随即转为兴奋,扑了过来,将我紧紧抱住,口中喊道:"长安,我的长安,你好吗?"

我的眼前浮现出另一张脸,同样的俊美无双,同样的风华绝代。我推开他,羞红了脸,说道:"我并不认识你,你岂能如此的轻薄于我?"他便怔住了,就听叶芷风说道:"韩楚,长安她失去了记忆,已经记不起任何人、任何事了。"

我看了看韩楚,他的脸上茫然一片,那种感觉我竟似曾相识一般。可是,我能记起的只有上官谨枫,我清楚地记得他在我的梦中对我说,我是他的女人。可是世上真有上官谨枫么?我甚至不相信那只是场梦,梦又怎么会记得如此真切?

叶芷风劝慰韩楚:"你急也不是办法,长安会好起来的,你一定可以让她恢复记忆。"

韩楚看着我,那眼神如雨中哀愁的花,让人无限心痛。只是我一看他的眼睛,我的眼前便浮现出了上官谨枫的模样,毫无缘由。我何时这般迷恋一个梦中人?他竟然在不经意间占据了我脆弱的芳心。

唐小宁突然叫道:"糟糕!霜战呢?"

韩楚说道:"他与倦尘联手对付鬼王去了。小宁,你保护她们,我去助霜战一臂之力!"

唐小宁叫道:"不,我要去,我不能让你们伤了他的肉身。"说着,人已随着那条白绫消失不见。韩楚刚想开口,却发现唐小宁早已离去,只得闭嘴。他看了看九婆婆,关切地问道:"婆婆,你还好吗?让您受惊了。"

九婆婆笑了笑:"我这把老骨头,还死不了。你们回来得正是时候。要知道,再过两天,天象大变,任你法力再强也休想灭了这幽鬼城!"

韩楚立刻问道:"晚辈愚钝,请婆婆明言。"九婆婆点点头,深深一叹:"我已观过天象,后日会有一道地气冲日。那时百鬼可借天地灵气大减之时得道,那时你若想灭这幽鬼城……哼哼,怕是没这么便当了。韩楚,那鬼王因被封千年,又被你们重伤一次,元气尚未完全恢复,其他小鬼亦是如此;加之你们突然袭击,破了他们赖以生存的护城罡气,才能这般顺利。"

原来如此,不知那鬼王究竟是个怎样的怪物?是否三头六臂七口八耳?我正独自思量,便见韩楚谢道:"婆婆见多识广,可知晓长安为何失去了记忆?"

九婆婆那双浑浊的眼睛扫过我的面庞,摇摇头说道:"这个……婆婆还真不知何故。凡事总有个定数,这其中的缘由,日后自会知晓。"韩楚的目中便又现出那抹忧伤的神色。我连忙将脸别开,因为上官谨枫那略带着冷傲的面庞,又现在我的面前。

一声巨大的声响,整个幽鬼城都在颤抖。接着一条黑色从空中坠落而下,重重地摔在地上,地面顿时四分五裂。白影闪动,唐小宁如一只鸿雁般地落下,叫道:"叫你们下手轻些,你们偏偏下这么重的手。若是摔坏了他的肉身,我们便辜负了瑶琴仙子的心意了!"

她说着扶起那落下的黑衣人。只是那人伤势太重,一口逆血喷出,满脸惨状。见唐小宁如此一说,我便走了过去。韩楚立刻叫道:"长安,不要靠近他!他是鬼王,他会伤着你!"

他已拉住我的手,不让我前去。我将他的手甩开,说道:"他伤得那么重,你们怎么忍心见他就这样死去呢?"于是,我不顾他的阻止,来到鬼王的身边。韩楚担心我,便也紧紧地跟在我身后,以随时保护我。

我忙取出芥蓝送我的灵药,倒了些到他口中,护住他的元神,尔后便又用丝巾将他面上的血迹轻轻拭去。一张俊美的脸出现在我的眼前,竟是如此的熟悉!原来竟是他,那个出现在我梦中的上官谨枫!万没料到,他居然会是鬼王!

一抹黑色从上官谨枫的体内飞出,如无主孤魂。

"鬼王——"

一个男子暴喝一声,他手中的紫箫化一片幽幽的紫色,将那个魂魄罩住。从箫的底端射出一道血红,击在那个魂魄之上。一声巨响,那个魂魄已如风般的了无痕迹。我知道,那个附在上官谨枫身上的鬼王已经死了。我看着怀里的上官谨枫,喊着他的名字:"上官谨枫,上官谨枫,你醒醒,是我呀!"

心猛得生疼,泪便那么无助地落下,我说:"你不会死的,因为我还没有做你的女人。你不可以死,我要做你的女人!"

我似乎能感觉到韩楚心碎的声音。他说:"长安,你说什么?你要做他的女人?那我呢?你为何不记得我,却能记得他?慕容长安,你听着,你要做我的女人,并不是他!"

我并不去看他,只是淡淡地说:"我并不认识你,我的梦中只有他。他是我梦中见过的唯一的一个人,他说要我做他的女人。"

待我说完,韩楚已经愤怒地吼道:"你不过是在做场梦,而我呢?我现在就在你面前让你做我的女人!你居然去相信一个梦!慕容长安,你太可笑了!哈哈,哈哈——"

他突然如唐小宁般地笑了起来,笑声之中满是凄凉,满是沧桑,满是心痛,满是忧伤。可是我相信自己的感觉,我相信上官谨枫才是我这一生需要等待的人!而韩楚,不管以前种种如何,但我知道,他只能是我今生的一个过客。

上官谨枫依旧晕迷着,而韩楚却已经大笑着离去。

第六回
前尘如梦水东流

[六] 叶芷风

　　一切的变故,如在梦中,我还未来得及细想,便已结束。韩楚那苍凉的笑容背后,我知道他隐藏着几多的伤和痛。或许长安已经记不起来,可是我还记得,韩楚对长安的爱天地可鉴,日月可表。我望着韩楚那略显沧桑的背影,就那样地消失在视线里。
　　"韩楚——"
　　霜战用带着恨意的眼神地看了一眼长安,然后朝着韩楚离去的方向飞快地追去。
　　长安,你为何变成这般?

九婆婆叹了口气道:"冤孽,叶子,这幽鬼城也算是毁了,你们回云荒岛吧。"我看着九婆婆,问她:"婆婆,那您呢?您伤势未愈,还是同我们一道回云荒岛吧,我与姐姐照顾您。"九婆婆想了想,终于点点头。

唐小宁苦着脸说道:"我不要去你们那个宅院,我也进不去!"

我淡淡地说:"既然如此,那我们就去云荒古宅外的望天楼。"唐小宁听我如此一说,立刻嬉笑地说道:"那好呀,只要不去那什么宅子里就可以了。倦尘,你背着上官谨枫,我们这就走了。在这海底待了这么久,我的头都有些晕晕的。"

我们各自幻了身形,向着云荒岛的方向飞去。红衣与恋刀以及馥菲早已在岛边相候,见我们归来,他们都喜上眉梢,姐姐更是抱着九婆婆亲昵不已。而馥菲早已拉住了长安的手,泪眼蒙眬。恋刀突然问:"韩楚和霜战呢?"

一阵缄默,红衣收起笑容,寒声问道:"韩楚他们——就算是战死,也该有个尸首——"

我摇摇头说:"他们没死,而是走了。"红衣目光四下一扫,落在了上官谨枫的身上,微微一怔:"上官谨枫!"继而又落在长安身上,问道:"既然长安和上官谨枫都已回来,他们两个为何又要离开呢?叶子,你告诉我,究竟发生了什么事?"

我叹了口气,说:"姐姐,你别问了,我们回望天楼吧。有什么事回去再说。"

望天楼在云荒岛的南面,是父亲当年所建。我和红衣将众人的房间安排妥当,便将经过私下里告诉了红衣。红衣很是震惊,但事已至此,亦是无能为力。只盼着长安能尽快恢复记忆。我俩正说着,恋刀突然进来了,他说:"红衣,你们快看,谁来了!"

莫非韩楚回来了?

我和红衣立刻飞身下了楼,就见楼前的繁花丛中立着一个娇媚的女子,一头长发在风中飞舞,与飘起的衣袂相映,如一只翩翩的蝴蝶。她,竟是芥蓝!

红衣怔了怔,但还是一笑:"我们似乎有些时日未见了,真没想到,你会不辞而别。还真以为你是个手无缚鸡之力的小女孩,不想——"

芥蓝嘴角一牵,反问道:"不想我竟是个身怀绝技的仙子?红衣,这些日子我一直在深深的愧疚之中。我所做的一切,都非我自己所愿,却又无奈,希望你不要怪我。"她的面上满是哀愁,深深一叹,铅华落尽,眼前的她又让人无限的爱怜。

红衣问道:"芥蓝,你能说说你为什么这么做吗?莫非我们对你不够好?"

"不不不,"芥蓝立刻解释道,"如果你们对我不够好,我也不会如此自责。红衣,我其实是传说中的兰若仙子,当年东海魔君垂涎于我,甚至不惜水漫兰若寺。我虽是仙子,却只能被一个魔王凌辱,呼天不应,喊地不灵。绝望之余我只得逃往海底深处,竟在无意之中遇见被云荒封印所封的鬼王,我便得到他的庇护,从而躲过了东海魔君的魔爪。"

我怔怔地问她:"鬼王不是被我们的云荒封印给封住了吗?如何救你?"

芥蓝一笑,眼光渐渐缥缈,说道:"百足之虫,死而不僵,何况是千年的鬼王?东海魔君最终被鬼王困死在他的黑莲之中,而我,为了感激他的救命之恩,便留在他的身边,希望能报答他的恩情。"

我问:"那后来呢?"

"后来?"芥蓝嘴角淡淡一笑,"我也不知道过了多少年,直到不久之前,十星连珠之时,他冲破了云荒封印,方才重获自由。因他无法进得这云荒古宅,便让我偷你们的火种,毁了金佛,他便乘机报复于你们。我自是无法推脱,便只好——"

我恨恨地说道:"原来真是你偷了我们的火种,快快还给我们!"

芥蓝看了我一眼,说道:"我这次来就是为了将火种还给你们的。"她说着,伸出左手,一缕鲜红的流光从她的手中飞出。红衣立刻伸手一招,将那缕鲜红吸了过来,说道:"芥蓝,你能将火种还给我，我还是很感激你的。"

芥蓝深深一声叹息，然后接着说道："我真后悔当初杀了冷蝶，其实她可以不死的。"

恋刀面色很难看："原来冷蝶兄弟是你杀死的！"

芥蓝无限忧伤地看了他一眼："冷蝶是个女子，她只是乔装成男子罢了。我一直在内疚这件事，只是，我悔之晚矣。"

恋刀又问她："那上官之所以会得失心疯，莫非也是拜你所赐？"

芥蓝点点头，幽幽地答道："是的。对了，还有件事，我要告诉你们，长安是被鬼王的玄玉忘忧床所控，忘记了从前种种。但这并不是没有办法恢复的，或许有天她便会突然记起了。"

我叹了口气："芥蓝，现在长安的心里只有上官谨枫，她已经忘记韩楚了。她把韩楚气走了，或许韩楚再也不会回来了。"

芥蓝怔了怔，说道："这么说，长安记得上官谨枫？他居然对长安下了痴情咒！这样长安便只能由其摆布，长安的心中便真的就只能容下他了。这痴情咒是最狠毒的咒语，连我也不知如何才能解除。若解不了，恐怕长安这一生都只会喜欢上官谨枫了。"

我不由得又为长安担心起来，当然，更为韩楚担忧。

芥蓝幽幽地说道："但愿他们命中少些坎坷吧。"说着，她抬头看了看我们，"我要走了，你们保重。"她说着，将左右的食指含在口中，轻轻地吹了下，便见从花丛之中爬出一只巨大的蝎子。那蝎尾之上居然有一只眼睛，透着莹莹的光芒。

这便是传说中兰若仙子的坐骑，千年灵兽兰若神蝎。

红衣问道："你要去哪里？"

"呵呵，"芥蓝一笑，"当然是回到大海，海底便是我的栖身之处。"芥蓝说着，轻轻地飘起身形，落在蝎子背上。那纤弱的身影，真个叫人疼。但见那只蝎子竟升上了天空，向着大海的方向飞去，渐渐地沉入了海底。

芥蓝早已消失不见，而我们三人，却久久而立。

第七回
一注情深深几许

[七] 上官谨枫

恍如隔世，一梦醒来，不知身在何处。一丝清凉入体，我睁眼一看，坐在我身边的竟然是长安表妹。她那依旧如花的粉面，略显消瘦。我轻声地唤着："表妹。"

"表妹？"她怔了一怔问道，"我是你的表妹？"

见她如此反应，我倒是更怔住了，问道："难道你不记得了？我是你的表哥上官谨枫呀。"她看着我，淡淡一笑，如雨后春风，沁人心脾。她说："我失去记忆了，从前种种已经似水无痕。"她说着，低头一笑，俏颜生春，"我只记得，你说要我做你的女人。"

我怔住,我喜欢表妹,可是我一直都将这份情感深藏于心,对她一直只有仰慕之情,并不敢做非分之想。可是现在长安表妹她,居然自己说了出来。看她的模样儿,似已应允。我将信将疑地问:"表妹,你真愿意与我白头偕老?"

她粉面含羞点了点头,说道:"执子之手,与子偕老。"

我虽内心狂喜,但随即便回过了神,她若嫁与我,那韩楚呢?她内心所爱之人明明是韩楚。我便试探地问道:"表妹,不知韩楚他——"

她秀眉微皱,说道:"我只知道我要嫁给你,其他的便随它去吧。"

莫非她与韩楚之间出现了矛盾?又或是她的记忆尚未恢复?一时间我竟迷惘了,不知该如何是好。却在这时,一个极其冰冷的声音飘进我的耳中,似幽灵一般,他说:"你若喜欢她,便该毫不犹豫,不计一切后果地娶了她。何况这是她自愿的,又不是你逼迫她,你还犹豫什么?这是你最后的机会,你若放弃了,以后,哼哼,怕是后悔都已晚了!"

我吃了一惊,失声问道:"谁?"

除了因我突然发问而怔住的长安表妹外,四周并没有人,但是方才我明明听见有人在我耳边说话。我问:"表妹,你可曾听见有人说话？"

她摇摇头，回答道："没有。这间房里就你和我，并无他人呀。还有，我不喜欢你喊我表妹，我希望你能和他们一样喊我长安。"

我点点头，心里却在细细地回味着方才那人所说的话，又看了看长安那绝美的容颜，心头不禁起了一丝涟漪。长安，你是我的，我终于做了这个决定，以后是什么，以后再说吧。我笑了一笑，将她那洁白的皓腕握在手中。她的手轻轻动了一下，似要抽回，却被我紧紧握住，只得作罢。

我心中一荡，说道："长安，答应我，不管以后发生了什么事，你都不要离开我，你都不要恨我，好吗？"

她只是一笑，淡淡地说道："只要你不做对不起我的事，我又怎么会恨你呢？你现在感觉好些了吗？你功力深厚，又得灵药，身体该是恢复得很快的。"

我笑了笑："感觉好多了，都要谢谢你的细心照顾。"其实，我真的好希望这一刻能停住，就这般握着她的手，便已天荒地老。

一条白色的身影，推开了门，冲了进来。我并不相识，长安赶紧缩回了手，说道："唐小宁，你为何如此匆忙？莫非有什么急事？"

唐小宁小嘴一撇，说道："眉姐姐，都说了，叫你们还是喊我宁丫头,我几百年前就听习惯了。"

长安一笑,说道:"那我也希望你喊我长安,我比较喜欢听你们这样喊我。"

唐小宁叫道:"好好好好,长安长安长安,这回总该可以了吧?"看她那副模样,我与长安都不禁一笑。唐小宁继续说道:"我决定了,与其在这云荒岛,不如让你们随我一起去峨眉山的缥缈崖,让我们妖天下早日重现当年的辉煌!"

我怔了怔,问道:"宁丫头,你方才说,缥缈崖?"

唐小宁点点头:"是的,那是我们从前生活过的地方,那里芳草萋萋白雾茫茫。"听她这一说,我想起了慕容飘,想起他对我说过的话:他去的地方叫缥缈崖,那里芳草萋萋,白雾茫茫。于是我问:"你知道慕容飘吗?"

"啊啊啊,"唐小宁突然兴奋地叫了起来,"飘哥哥,上官你认识他?他在哪里?他现在好不好?我已经有很多很多年没见过他了,他在哪里?我要去找他!"

心中一疼,我忍住那撕裂的疼,说道:"飘已经死了,死了好几年了。"

"啊——"

唐小宁怔了怔,随即大叫起来:"不会的,他怎么可以死呢?他不会死的,他还没教我离魂箫呢,他怎么可以死?"她的面上满是悲戚，终于忍不住失声痛哭起来，边哭边问我："他是怎么死的？"

我努力用平静的语调回答道："是被人杀死的。究竟是谁，我也不得而知了。他一直带着前生的记忆，所以他活得很痛苦，死对他来说或许是种解脱。"唐小宁看着我，突然停止了哭泣，问道："他带着前世的记忆？他能记得前世？啊啊啊，我知道了，我知道是谁杀了他！"

"是谁？"我立刻问道，"告诉我，我要替飘报仇！"

唐小宁抹了抹眼泪，狠狠地说道："是魔王！飘一定是去找魔王报仇，才被魔王杀死了！"

我怔怔地问："魔王又是谁？"

唐小宁看着我，答道："明天我带你们回峨眉山，在那里我会给你们好好说说你们的前世。我看你的伤也好得差不多了，明天就走。我去通知红衣和叶子，让她们两个也随我们一起去，她们可是妖天下的四大护法。"

我问："妖天下都有些什么人？"

唐小宁白了我一眼说道："多着呢！不过只要我们这些掌门长老护法同心协力，便可开启缥缈崖上的万妖石，让千年玄水流入洗妖湖。你们下去洗一洗，便能想起前世来了。这些可是当年的瑶琴仙子告诉我的，可不是我在这里胡编乱造的。"

她说着便跑出了房间，想必前去通知红衣他们。

长安也站了起来，说道："既然你的身体已无大碍，那我也要去休息了，养足了精神明儿好和你们一起回峨眉山。"我很舍不得她走，便又拉住她的手。可是她轻轻一笑，还是走了。临出门前，她回过头来淡淡地一笑，脸上飞满红霞，很轻很轻地说道："今生今世，我的手只给你一个人牵。"说着，她便匆忙离去。

她说她的手只给我牵，多么令人想入非非的话语。我微笑着闭上双眼，可是内心的激动却让我无法入睡。

第八回

残月落花烟已重

[八] 慕容长安

翌日，我、上官谨枫、唐小宁、倦尘、浴红衣、叶芷风、恋刀以及馥菲一行人浩浩荡荡地向着峨眉山的方向飞驰而去。我虽不会飞行之术，但是有上官谨枫在，他用他的法力托起了我，那种感觉似是依偎于他的怀中。

将近峨眉山之时，突然电闪雷鸣，天降大雨，我们一行人只得从空中落下。馥菲散出她的紫金花，替我们遮住风雨。幸好前面有家客栈，我们狼狈而入。掌柜的是个三十多岁的妇人，身材窈窕，美目如画。

"哟，几位客官，打哪儿来呀？啧啧，瞧这天，刚才还晴空万里的，这会子偏又下了这么大的雨来，瞧瞧这身上湿。"掌柜的很会说话，看样子挺会做买卖的，她说着，又朝里面喊了嗓子，"来顺——赶紧准备热水，几位客官沐浴！"

里面立刻忙成了一团。

店内原本便坐了不少的客人，见我们进来，一个个的便将眼睛停在我们的身上。掌柜的将我们带上了二楼，找了几间相连的客房，说道："你们赶紧进屋歇会儿，这热水马上便来了。洗个热水澡，免得病了。我就在楼下，有个什么事的，就招呼声，就喊我九娘好了。"

九娘说着，笑眯眯地下了楼。

洗了个热水澡真是舒坦。等我们都沐浴更衣之后，九娘便上楼来。她笑着问道："客官们，晚上吃点啥？我这就让人准备去。"

唐小宁已经说道："当然是你们这儿最好的了，别以为我们给不起银子。"

九娘立刻笑了起来："哟哟哟，这说哪儿的话？我呀，这就去准备去。"虽然这九娘笑容可掬，殷勤和善，可是我看着她的时候，总会不经意地从心底泛起一丝丝的寒意。

晚膳准备得果真很丰富，山珍海味摆满一桌。只是我胃口全无，只吃了一点馒头。席间，九娘殷勤献酒，我与叶芷风还有红衣三人是滴酒不沾，只随便吃了一点，便各自回房去了。闲着无事，便与红衣和叶芷风在房中闲谈。

我知道红衣很想让我恢复记忆，便说了许多关于我从前的事。我们谈了很久，可是我仿佛只是在听故事一般，关于从前，竟还是一丁点的印象都不曾有。正说着，外面传来一声异样的清啼，竟是神鸟凤凰所发出的，紧接着楼下传来一片嘈杂之声。

红衣怔了一怔，说道："莫非出了什么事情？彩凤的叫声不对，我们赶快下去看看！"她说着，已飞身下了楼。叶芷风牵住我的手，随后下去。

楼下的厅内一片混乱，上官谨枫几人却已不在，只有九娘与几个伙计在那里与彩凤打斗。巨大的凤翅与坚硬似铁的利爪，令九娘几人有些招架不住。定是出了什么事了，红衣的血绫立刻飞出，将九娘等人逼退，随即厉声喝问："你们是何人？我的朋友呢？"

九娘脸色一变："哟哟哟，这是怎么的？你的朋友要走，我可拦不住的。脚长在他们身上，又不是长在我的身上。你们来得正好，这只死鸟是不是你们的？是的话，赶紧给我弄走，别在这里飞来飞去，还怎么做生意呀？"

红衣眉头一皱，说道："这就奇怪了，人住在你店里，这黑灯瞎火的，能去哪里？而且又不是丢了一个两个，那么多的人能一起出去吗？哼，你休要狡辩，快将人交出来，不然姑奶奶今天就拆了你这家黑店！"

九娘冷笑道："哟哟，笑话，你们要怎样就怎样？这店还是你开的？"

叶芷风早已按捺不住，怒道："姐姐，不要和这婆娘说理，先把这房子拆了！"她说着，双臂一挥，两道金光闪现，偌大的房子便在金光中四下飞散了。九娘气愤难当，原本风情万种的脸变得铁青，面上的肌肉剧烈地扭曲着，叫道："贱婢！敢毁我客栈！"

但见她右手一挥，从她的手中飞出五点寒光。寒光旋转开来，每一个都有碗口大小。叶芷风立刻伸指轻弹，一串飞花，拖着绚烂的长尾，如一串流星划过暗沉的夜空。

"铮——"

叶芷风的飞花将那五朵寒光扫落，却是五朵冰菊花，闪着冰冷白光。红衣失声道："九菊娘子！"从红衣的口气中我能肯定这是个相当难缠的角色，叶芷风却已经冷笑一声，说道："管你什么九菊十菊的，不将人交出来，我们今天便将此处血洗了！"

九娘冷笑道："哼哼，从来只有老娘血洗别人，却从未听说过，谁敢来血洗老娘的地盘！"

叶芷风也不答话，曲指轻弹，两串白花从她手中飞出，源源不断地向着九娘的方向飞去。九娘自不是省油的灯，双手一伸，亦是寒光飞舞，漫天的冰菊，亮若水晶，发出炫目的白光。两人的法宝撞在了一处，各不相让。

剩下的那几人各自幻出兵器，向我与红衣袭来。红衣冷笑一声，单臂一挥，血绫飞出，烈火熊熊，那几人便如鬼号一般四下逃窜。彩凤发出五彩霞光，凤翅一挥便已将一人的头颅削去。它飞行速度之快，令人咂舌，转眼之间，那几人便已被彩凤消灭干净了。

红衣的血绫从空中陡转，袭向九娘的后背。此时，九娘正与叶芷风斗得吃紧，猛见后面火光缭绕，自是震惊，当下退转了身形，却被扑来的彩凤阻住去路。红衣的红绫暴长，血色漫天，将九娘紧紧束缚住。红衣冷声喝问："你究竟把他们藏哪里去了？"

九娘冷笑着："他们已经被送到了魔界的总坛了，你能奈我何？哈哈——"

"魔界总坛？"红衣问道，"你说你已经将他们送到了青城玄冥谷？你竟然是魔界之人！妖魔不两立，今日便将你除去，让你看看我究竟能不能奈你何！"红衣说着，口中轻诵咒语，那原本紧紧缠在九娘身上的血绫便再次燃起熊熊之火。

九娘惨叫之声不绝于耳，渐渐化为了一阵青烟，飘散而尽。

叶芷风问道："姐姐，那我们现在又该如何？青城山玄冥谷在何处？"

第九回

花影妖娆各占春

[九] 浴红衣

　　叶芷风问我玄冥谷在何处,我只知道在青城山中,并不曾去过。我一时间竟不知如何作答,怔在那里。叶芷风又问道:"莫非姐姐也不知晓?那我们如何去救他们?"

　　正在犹豫之时,长安突然说道:"我有办法了,这只神鸟凤凰乃是倦尘的坐骑,让它带路去寻找它的主人,想必最合适不过了。凤凰,你带我们去找你家倦尘公子,好吗?"

　　那只彩凤似是能听懂她的话,清啼一声,立刻展翅向前飞去。我伸手牵住长安的手,也飞身而起,紧随在彩凤身后。也不知飞了几个山头，前面一片悬崖峭壁，彩凤立于一块巨石之上向着一处白雾苍茫的山谷鸣叫不已。

长安说道："这里，一定是这里了。红衣、叶子，一定是这里。"

我看了看下面，不由皱眉。下面云雾缥缈，深不可测。我们贸然下去，极易中魔王的暗算。我正在思量，彩凤一声清啼，落入那白雾苍茫之中。长安说道："我们也下去吧。"

我看着她，有些担忧，问她："我与叶子倒是可以，可是你——倘若遇到强敌，你该如何？"见我如此一问，她一笑："我你就不用担心了，有天香佩的庇护，想伤我，怕是很难。"我半信半疑地看着她，问道："真的可以吗？那我们现在便入玄冥谷。"

见她点点头，我与叶芷风便牵住她的手，三人一起朝着谷底飞射而下。耳畔风声呼呼作响，云雾轻柔，拂着飘逸的长发。越过了那片云雾，山谷之中竟是十分的明亮。我们落下，朝前行去。不多远，便见一面巨石，上面写着："玄冥谷"。边上有扇巨大的石门，上写："魔宫"。彩凤在魔宫之前飞上飞下，焦急鸣啼。

叶芷风说道："姐姐，就是这里了！我们杀进去，遇魔杀魔，遇鬼斩鬼！"

我细细一想，如今也只能这样了。我左手一挥，血绫破空飞出，重重地击中那扇石门。只听得一声巨响，石门四分五裂。我一把牵住长安,飞起身形,进入魔宫之中。只觉得里面黑漆漆一片,血绫燃起熊熊火焰,我们方能视物。

蓦然间,灯火通明。我抬眼一看,如进入一座地底迷宫一般。我们落下身形,这魔宫大殿异常的宽阔。边上怪石嶙峋,如一只只蛰伏其间的怪兽。

"哈哈——"

突然一声怪笑传来,接着四周腾起无数的魔焰,怪笑之声亦开始不绝于耳。偌大的大殿中,片刻之间黑压压地立满了魔怪。如唐小宁所说,仙魔大战之后,魔界已经渐渐恢复过来,羽翼已丰。

叶芷风双臂自胸前划一道圆圈,便见她幻出的白花便呈一个圆圈,向四周飞去,带起巨大的气浪。圆圈所到之处,不断有魔怪的惨号之声传来。这些虾兵蟹将自不是叶芷风的对手,却不知为何魔王还未现身?

一声尖利的怪啸传来,但见数条黑影,鬼魅般地在大殿之上飞过。黑影所过之处,带过的气流竟将叶芷风的白花击落了。那几条黑影落到大殿的魔王座前,幻出身形,却是几个魔怪。而在此时,一团蓝色的光球不知从何处呼啸而来,巨大的气流令众魔无法立足,纷纷跌倒于地。霎时间,群魔齐呼:"魔王万岁!"

这便是传说中的魔王?当年几乎让妖天下万劫不复的罪魁祸首?

那个蓝色光球,落到魔王之位上,化作一个男子。男子高大魁梧,蓝色的衣衫闪着刺目的磷光,面上戴一张黝黑的玄铁面具。透过那张面具,可见他的双目烁烁逼人。

我冷声喝问:"你便是魔王?"

"哈哈——"

他突然放声一笑,说道:"不错,正是本王!"他的声音浑厚却很年轻。

我问:"你为何要将我的朋友们掳来?"听我如此一问,他便再次大笑:"因为本王要灭了妖天下,而你们则是妖天下的支柱。只要灭了你们,哼哼,妖天下便永远在七界之中除名!"

我恨恨地问道:"你与妖天下有何深仇大恨,非要令妖天下万劫不复?"

他的目光更加烁烁逼人,一字一字地说道:"因为本王要一统七界!"他的话音刚落,四周的那些魔怪立刻纷纷喊道:"魔王万岁,一统七界!"

我嗤之以鼻,冷笑道:"做你的千秋大梦,就凭你还妄想一统七界,取仙界而代之,真是痴人说梦!奉劝你还是放下你那高高在上的虚荣,忘记你那蠢蠢欲动的野心,安心做你的魔王!想成为七界之主,凭你还不配!"

被我如此一说,他的目光渐渐转为愤怒。他双拳紧握,猛地一拳击出，一道蓝光破空袭来，如一只猛虎。我自是不惧怕他，单手一伸，血绫亦是破空而出，挟漫天血色，与那道蓝光相撞，各自震偏。我急忙召回血绫，心中暗暗吃惊，不想他的法力竟是如此之高，更在我之上。

他亦是震惊，说道："不想一个妖天下的护法，修为便是如此之高，算我走眼了。不过今日尔等休想踏出这魔宫一步！"说着，他双拳猛地挥出，两道蓝光射出。我的血绫自是不甘落后，宛如离弦之箭般射出，挟熊熊之火。

几乎同时，叶芷风弹出一串白花，阻向另一道蓝光。凭我二人之力，那魔王依旧能轻松应付。而我则觉得心口处一阵疼痛，热血沸腾，那一口逆血几乎喷薄而出。魔王不愧是魔王，一人力敌妖天下两大护法，居然能如此自如。

我与叶芷风再次出手，一时间整个大殿火光与飞花并舞。魔王的双拳齐出，其势更猛。三股劲气相交，在大殿之中相互纠缠。彩凤一声清啼，巨大的凤翅横扫开去，将那些小魔怪扫得一个个如滚地葫芦一般。

魔王身侧的那几个黑衣魔头立刻飞出，一人口中喊道："孽畜！休得放肆！"

黑色的网从空中拉开，透着暗红的光芒，如一张蜘蛛网，朝着凤凰飞射过去。我与叶芷风正全力抵挡魔王，哪曾分神相救？

第十回
轻风吹得心成灰

[十] 慕容长安

透着暗红的黑色丝网罩住了彩凤,虽然彩凤竭力地挣扎,但仍无济于事。黑网在不停地收缩,转眼间已将彩凤牢牢束缚住。

一个黑衣人朝我飞蹿而来,但见他的手臂突然暴长,抓向我的肩头。却在这时,天香佩一阵颤动,那抹玉色飞出,将即将触到我的那双暴长的手臂生生切下。又一抹玉色飞出,将那黑衣人的头颅击得炸裂开来。

剩下的黑衣人都不由怔住,各自停住身形。立有数人飞扑而来,在他们手中又有一张网,速度之快令人咂舌。炫目的暗红色,笼罩住我的全身,竟如冰般的凉。我只觉得身体渐渐地透明起来,化成一抹玄玉之色,从那网的缝隙之中穿过。

天香佩突然剧烈地颤动起来,原本很柔和的玉色,渐渐地变得强烈起来。最后,它竟形成巨大的玉色光柱,直冲向大殿的顶端。整个大殿都弥漫在这抹玉色之中,连魔王及红衣等人也不由停住了手,被这一幕惊得目瞪口呆。

我在这玉色中冉冉升起,一阵抽筋换髓般的疼痛,弥漫了我的全身。

"啊——"

我撕心裂肺地喊出了一声,意识开始渐渐地模糊起来,但是我却能真实地看见一张脸。头剧烈地疼痛着,一些往事的片段在我脑中闪过:那漫天飞舞的桃红,那随着桃红旋转的白色的身影,都一一在我的脑海中闪过。

我竟然奇迹般地恢复了我的记忆!我看见的那张脸是我的娘。我看见她站在我的面前,那素净的面上,淡淡的,没有欢喜,没有哀愁。她只是看着我,用她那平静的眼神。

"娘——"我竭力地喊了一声。可是娘却没有理会我,只是那般平和地说:"长安,娘要走了。以后,你要靠你自己来完成你的使命。记得你是妖天下的掌门,你的使命是光大妖天下。"

我喊道:"娘,你究竟是谁?这一切究竟是不是你安排的?从和亲到现在,所有的一切究竟是不是你安排的?"

娘看着我说:"是的,是我安排的。娘是仙界的瑶琴仙子,而你便是妖界的妖主。当年为了弥补仙界的过错,我便与你一起转入轮回,让你做了我的女儿。如今,娘离开凡间的时候已到。长安,你独自一人一定要小心谨慎,让妖天下重现昔日的辉煌。只有这样,娘在九天之上才会安心。"

"娘——"我喊道,"女儿不要你走!"可是娘还是平静地转过了身,渐渐地远去了。仿佛从很远处,传来娘的声音:"长安,娘已助你恢复了功力。只需等到千年玄水重过缥缈崖、冷月琴重见天日之时,妖天下便可重回七界之中。"

声音渐渐远去,终于没有了一丝的回音。我的意识渐渐地清醒,天空之中的玉色亦是渐渐地散去了。我缓缓落下,只觉得有些飘飘然,就听魔王道:"你便是妖天下的掌门凌眉?"

我冷冷地看他,说道:"不错,但是我现在是慕容长安。"

魔王看着我,忽然哈哈一笑,说道:"即便你有天大的神通,没有冷月琴,你岂奈我何?况且你的法力刚刚恢复,你不是我的对手!"他虽这么说,可我却从他的目光中读到了他的不自信,相信他在多年前一定见识过我的法力。

我依旧冷冷地说道:"能否胜你,不是用嘴说的,是要看彼此的真本领!"

"好!"他喝了一声,一挥拳,一道蓝光化成猛虎,咆哮着向我袭来。我将天香佩取下,掷向那只猛虎,就见天香佩在空中划了一道极淡的玉色光芒,重重地撞在那只猛虎之上。地动山摇,蓝光渐泯,而玉色依旧。

魔王大怔,连挥数拳,便有数只猛虎狂奔而来,口中喷出蓝色的火焰。我纤指轻捻,天香佩便飞回到我的手上,急速地旋转着,似一只展翅欲飞的青蛾。我曲指一弹,那只青蛾便从我指尖飞出,青色在瞬间蔓延,化作无数个青色的飞蛾,闪着盈盈的玉色。

如一张网,将那几只蓝色的猛虎尽数罩住。蓝色的火焰在玉色的网中蔓延燃烧,却无济于事。眼见着那几只猛虎被青蛾销蚀将尽,魔王虽怒,但亦是无计可施。我冷笑道:"你的蓝焰十虎,已经被我的蚀骨青蛾灭了五只。剩下的那五只,是否还要放出来一试高低?"

魔王的目中怒火中烧,双臂暴长,抓了数个小魔怪,长长的黝黑的魔爪陷入小魔怪的身体之中。在小魔怪的惨叫声中,黑色的血液喷射而出,似一场黑色的雨。这魔王果真是心狠手辣,对自己人亦是如此。

那几个小魔怪被他抛了出来,撞在了青蛾编织的玉色的网上。紧接着魔王那巨大的衣袖破空而来,如两只巨大的风筒。风盈满那两只巨大的衣袖,将那些小魔怪吸了进去,但随即又从衣袖中飞射而出，力道迅猛。

我知道，他是想用这些小妖的尸体来破了我的青蛾织的网。果然在他剧烈的摧压下，青蛾的荧光渐渐泯灭。就在荧光灭去之时，一双巨大的手从那袖子里伸出，奇快地抓住了我的手臂。我的天香佩仍飘在空中，虽有玉色不断射出，但射至袖上之后，便消失得毫无影踪。

一切的变故发生得太过突然。红衣与叶子震惊之余，各自飞出法宝，从两侧攻击魔王。在我与魔王斗法之时，她二人已经将那几个法力很强的黑衣人消灭了，并将彩凤救出。那些小魔怪已经被魔王吸进了那巨大的衣袖，只有森森白骨飞出，活着的，已经所剩无几。

我被他举至空中，那双眼睛射出无比兴奋的光芒，如火烧在我身。他喊道："哈哈，我终于将你制服了！即便是相隔这么多年后，我终于还是得到了你！今晚你便是我的魔后！以后妖天下便在七界彻底除名，只有我魔界一统天上地下！哈哈——"

红衣和叶子的法宝击在他的身上，他竟毫无感觉，依旧仰天长笑，沉醉于他的梦中。红衣发出的血绫燃着熊熊烈焰，在他周身缠绕，却不知为何那熊熊之焰竟不能燃着他那身黑色的衣衫。莫非，我命休矣？

第十一回
枕边泪共帘前雨

[十一] 慕容长安

我怒视着他,大声喊道:"想要我做你的魔后,休想!"召回天香佩,我紧紧地握在手中,但却无法击杀魔王。魔王得意地笑道:"你的天香佩对我已经失去了作用,因为你根本就不是它的主人,你无法将它的威力发挥到极致!你就不要再做垂死的挣扎了,你认命吧!"

"如果你敢碰我,我就立刻去死!"我看着他,愤怒地说着。

魔王看着我,很不屑地说:"死?哈哈,你还不能死。即便是再大的侮辱,你也不能死。你有你的责任,你若死了,谁来拯救濒临灭亡的妖天下？当年瑶琴仙子的一番苦心岂非白费？想必此刻在九天之上的她也不会同意你这么做的！"

我心欲碎——生不如死，却不能死，我该如何？

"啊——啊——"

两声惊呼，眼见着红衣与叶子的身体飞了出去，撞在那坚硬的墙壁之上，我却无能为力。他狞笑着，口中说道："你看看你的那些兄弟姐妹的现状吧！"

我的视线透过他那双烁烁逼人的眼睛，看见了一个牢房，里面流着的是殷红的血。上官谨枫他们被浸泡在那鲜红的血液之中，如一具具僵硬的浮尸。眼见此景，我心如刀绞，却已无泪。他们都是我的好朋友，都如亲人一般，如今竟然落得如此惨状。

他看着我，突然笑了起来，笑声中满是得意与自豪："你看见了吧？他们中了我的暗夜迷香，现在又被上古魔兽七爪龙的血液所浸泡。哈哈，用不了多久，他们将会彻底魂飞魄散，尸骨无存！"

我自然是知道他们的结局，那便是永不超生！我回过头，看了看躺在地上的红衣与叶子，终于冷静了下紊乱的思维，说道："你说吧，是不是我和你成亲，你便放过他们？"

他的声音中满是兴奋，连语气也变得抑扬顿挫："只要你和我成亲，我便放过他们。你是我的魔后，而他们便是我魔界中最得力的悍将！"

"好——"我幽幽地说了一声,脑中一片空白。我将眼移开,不再去看他的双目,亦不忍心再去看上官谨枫他们的惨状。只有一个微微的声音在我心中幽幽地诉说:"答应他吧,别让他们再如此的痛苦。"

头晕,目眩,我已无力支撑自己,就那般倒在他的怀中,软软的,便如我的心,不着边际。依稀中,我似被轻轻托起,轻飘飘的,如在云端。

一阵清凉,我微微睁眼,四周一片沉沉的黑色。唯有一颗拳般大小的夜明珠,独自妖娆,伴着沉沉的夜。

"呃——"

我被身边坐着的那个黑色的身影微微地一惊,是他——魔王。见我已醒,他便摆摆手,立即有一个侍女进来将那盆冰水端了出去。他的眼光总是那般烁烁逼人,他的声音并不冷,但我听来,却是极其反感。

"你是第一个睡在我床上的女人,你该满足了。"他说着,将那锦缎丝被往我身上拉了拉,又说道:"或许你将是唯一一个睡在我床上的女人,因为只有你才配。"

我悄悄地别过头去,并不去理会他。岂知他仍是喋喋不休,继续说道:"明日我们便大婚,我要让所有的人魔鬼怪都来参加我们的婚礼。我要办一场七界中最繁华盛大的婚礼,我绝不让你感到半点的委屈!"

"你自己看着办吧,我没有任何的意见。你说怎么着,就怎么着好了。"我终于忍无可忍,淡淡说着。他便继续说道:"也好,我相信你一定会做得很好。七界之后这个位置,舍你与谁?"他握住我的手,干燥而温暖。可是我的心中却不由泛起阵阵的寒意,那感觉竟是如此的熟悉。

韩楚,我的韩楚,你在哪儿?请原谅我失忆后所做的一切,在我心中,真的只有你一人。我在心中深深一叹,即便韩楚原谅了我,那又如何?明日我便是他的魔后了,而韩楚便真真地成为我生命中的一个过客了。

恍惚中,那原本已经远去的桃林,再次真切地出现在我的眼前。那漫天飞舞的桃红,以及那桃红中矫若游龙的身影,竟是那般的清晰。

滑一颗泪落入丝枕,心便碎成一片片的。他的声音突然变得很柔软:"你怎么哭了?放心,我以后再也不会让你哭。"他说着,轻轻拭去我面上的泪痕。他的动作很轻很柔,可是每一下都似一把刀在狠狠地刺着我的心。

我真想立刻死去,却又不忍心红衣他们无辜惨死,而永世不得超生。他又说道:"你知道吗,早在一千年前,在七界大会上一瞥你的芳容后,我便再也无法将你忘记了。"

我抬眼看了看他,说道:"千年前的大会上我们见过吗?我怎么没有一点印象?"

"是呀,"他的声音突然黯淡了,叹道,"那时的你连仙界的嫦娥都自叹不如,你的眼中怎么会看见我呢?我只是默默地在一边看着你。那时我便开始发誓,我一定要成为七界之主!然后,我要你投入我的怀抱,我要永远拥有你。"

心凉凉的,我说道:"于是你就不断地挑起与仙界的战争,既而让我妖界卷入其中,几乎覆灭,不得超生!这一切的一切都是你一手造成的!"

他还在握着我的手,目中的光芒更盛,说道:"是的,我不惜一切代价就是为了能得到你!在你魂飞魄散的那一刻,我几乎绝望了,几乎也想随你一起从七界消失,岂料瑶琴仙子竟助你重新轮回,哈哈——"

我冷眼看他,看他放肆地笑,竟有种很熟悉的感觉。

他的目光变得有些怜惜,说道:"你好好休息,我去准备明日大婚所需之物。"他说着,微微俯身,在我额上轻轻一点。我很真切地看见他的眼睛,他那深邃的眸子满是爱怜,那眼神竟真的如此熟悉,却又记不起。

他起身走了,虽是有些不舍,但终究还是走了。我微微起身,外面不知何时下起了雨,那点点滴滴的雨仿佛落在了我的心上,荡起道道的涟漪。

韩楚,你永远是我最爱的人。不管以后发生什么事,你都永远在我的心中,我爱的人永远都只有你。韩楚,你能听见吗?

泪眼蒙眬,跳跃着的,依旧是那漫天的桃红和那矫健的身影。

第十二回
雨送黄昏花易落

[十二] 魔王

等待了千年,我终于等到了这一天。

不管她是凌眉或是慕容长安,在我心中永远都是千年之前那个美艳无双的女子。夜虽已深,我却毫无睡意。明日的大婚所需之物已备妥,望着满堂的红艳艳,我心中有种说不出的喜悦。

犹记得那年,她身着一袭白衫,三千青丝被轻轻绾起,别着一朵娇艳的牡丹。那绝美的容颜,黯淡了七界大会上所有的莺莺燕燕。接下来的一曲《凤求凰》,更是使得天上千鸟齐鸣,地上百花齐放。我的魂便在那幽雅的琴声中,被她那恬静的笑容生生地勾走了。

看了看天色，灰蒙蒙的，而雨却越下越大。那些小魔怪出去散请帖，尚未归来。我轻轻来到卧室，长安犹自熟睡，脸上铺满泪痕。

门轻轻地开了，进来一个老年妇人，是魔婆，她的任务是负责长安今日的梳洗与礼仪。她刚想出声，便被我轻轻地阻止，摆了摆手，示意她不要惊醒了长安。魔婆会意地立在了一旁，我看见她的脸上带着浅浅的笑意。

我就那般地坐在那里，看她，再看她，却怎也看不够。

不知过了多久，她方才醒来。见我坐在床边，面上微微一怔，随即泯了所有的神情。魔婆立刻过来看了一眼，然后在门边拍了拍手。门外立即进来十多个小魔女，个个手托喜气的物品，将这原本毫无生气的房间装扮得喜气洋洋。

我对这些并不是很懂，便在一旁看着，略提些意见。大殿之中乱哄哄的，想必各处的魔怪都已到达。我便站起身，对长安说道："我出去应酬。"

大殿中已经聚集了很多的魔怪，怪叫声不绝于耳。我方出现，众魔便已围拢了来，纷纷祝贺。我摆了摆手，说道："今日本王大喜之日，各位可尽兴狂欢。"

又一阵惊天动地的怪叫之声。

我被她们换上大红的衣裳,胸前挂一朵花。刚刚穿着完毕,魔婆便已走了过来,说道:"大王,吉时已到。"

众魔怪叫起来:"拜堂了!拜堂了!看魔后!看魔后!"

一身大红的长安在两个小魔女的搀扶之下,款款而来,血红的玛瑙珠帘遮住她的粉面。魔婆示意我牵住她手中的那条红锦带,然后与她一起拜了天地。若不是事先魔婆说了这天地是一定要拜,我还真将这个过程省了去。我是将来的七界之主,拜什么天地。

魔婆说不拜天地会对魔后不利,为了长安,我姑且忍耐一次。

拜完了天地,我便与长安进了新房之中。这里被她们布置一新,满眼皆是喜气的红。我问:"长安,你喜欢吗?你看这里布置得多美。"红艳艳的,一如我此刻的心情。

我伸手将她面上的那个凤冠摘了去,映入我眼帘的是张毫无瑕疵的粉面。薄施了脂粉后的她,比素面之时更娇艳更动人。

她明亮的眸子看着我,终于说道:"你今夜也要戴面具吗?"

我一笑,说道:"当然不,今夜是你我大喜之日,我怎么可以戴面具呢?"我说着,轻轻地将面上的那张金属面具摘了下来。意料之中,她惊呼了一声:"慕容飘——"

我看着她,不禁笑了笑,说道:"不错,是我,慕容飘。"

她满面的震怒,原来你是魔王!原来是你一直在挑起战争,枉我如此信任你!

我轻轻托起她的粉面:"我为了得到你,不惜委身入了妖天下,探了你们的虚实。甚至我不惜与你们一起坠入了轮回,不过我没有忘记前世的记忆罢了。万万没想到烟轻寒那老匹夫竟将我的身份识破,并且与我同归于尽。哼哼,我于是回到这玄冥谷,继续图我的大业。我本想去查那匹夫的老巢,这样可以顺手将韩楚除掉,我知道当年是他救走了刚刚轮回的韩楚。只有韩楚死了才能灭了我的心头之忧,但却没有达到目的。"

她看着我,依旧不解地问:"那你为何会出生在慕容世家?"

我淡淡一笑:"因为你在慕容世家。"见她怔了怔,我继续说道,"没料到,瑶琴仙子竟将你偷偷带走,让我与你一直不得相见。"

她又问道:"那上官谨枫呢?你为何对他那般的好?他常在我面前提及你。"

我自然知道上官谨枫的前世,所以我才会好好地待他。要知道他在妖天下的时候号称刀妖,我却偏偏教他练剑。这样,他前世的潜能便被埋藏起来,再也不会被激发出来。否则凭他的实力,绝不止这点成就。

她目中隐隐现出愤怒,问道:"那你为何不杀了他?"

我嘴角微扬:"杀他?那时他没有武功,人又单纯,我对他倒真有些爱怜,便不舍得去伤害他的性命。更何况当初在妖天下之时,我与他的交情尚可以。"

她似乎在嘲笑我:"我们都是生在慕容家,算起来你也该是我的哥哥。你若娶了我,那岂不是兄妹乱伦么?"

"乱伦?哈哈,我的身体流的是魔界的血,那个生在慕容世家的慕容飘早已死了。现在在你面前的是魔王慕容飘,和慕容世家毫无瓜葛。"

她只是冷笑,并未再言语。

我笑着看她,说道:"今夜是我们大喜的日子,说这些做啥?"我说着,倒了两杯酒,递一杯给她,说道:"喝了这杯交杯酒,你便是我的人了。从今往后,你就是我的魔后。"

她接过我递给她的酒,淡淡地说道:"你要知道,我并非心甘情愿地喝你这杯酒。"我只一笑,回答道:"我知道,但我已满足。"轻挽她的手臂,我将酒饮尽。看了一眼她,只见两颗清泪从她的粉腮划过,留两条透亮的痕迹。

我说:"你现在是我的魔后,接下来你该怎么做,想必你很清楚。"她的面上苍白一片,即便是那淡淡的胭脂也无法掩盖住。但她终究还是点点头,并未说什么。

褪去宽大的衣袍,我将她拥入怀中。千年了,就为这一刻,我付了何止千倍的代价,但我不悔。轻轻地吻过她细嫩的肌肤,那柔软得如黑缎子般的秀发,轻轻地将我挑逗着,诱惑着我迫不及待地进入她的身体。我需要释放那原始的欲望。

那一刻，我看见身下的她满面的痛楚，一种征服的快感弥漫我的全身。而她便如雨中被摧残的花朵，那般的无助与悲哀。

我停了下来，因为我听见她在喊一个名字，韩楚。一股屈辱与愤怒盈满我的胸膛，于是我更加放肆地摧残着她。我要让她知道，此刻和她在一起肌肤相亲的是我魔王慕容飘，而不是他韩楚！

第十三回
繁华事散逐香尘

[十三] 慕容长安

那阵阵撕裂的疼痛让我近乎晕迷,而慕容飘依旧疯狂地摧残着我的身体。我的意识渐渐地模糊起来,唯有韩楚那忧郁的眼神清晰地映在我的脑海中。

不知多久,我悠悠醒来。天色已亮,雨已停。我看了看身边尚在熟睡中的慕容飘,他那俊美的面上带着满足。我幻出紫金钗,毫不犹豫地刺向他的咽喉。金光闪动,紫金钗击在他的咽喉之上,竟仅有一串金光飞出,而他的咽喉却是完好无损。

我不由震惊,又怕将其惊醒,后果不堪设想。他只是微微地动了动,便又翻身睡去了。我偷眼查看,暗暗吁了口气,将金钗别在头上。我起身立在窗边,望着窗外的一切。天仍是灰蒙蒙的,昨夜的那场雨,使得外面树倒花残。

我心头一痛,此时的我不也是如这些花一样吗?既然没有本事杀他,那我从此后便要受他要挟,听命于他了。怎么也无法将以前在妖天下的那个慕容飘,与眼前的魔王联系在一起。我竟十分怀念起那个妖天下时的慕容飘,他是那般的文质彬彬,常常独自坐在石上吹着箫。那孑然的身影被夕阳的余晖拖得长长的,带着几许的落寞,却又让人着迷。

正在思量着,只觉身上一紧,我吃了一惊。原是慕容飘已经醒来,从背后轻轻地抱住了我。他将头放在我的肩上,在我耳边轻轻地呢喃:"怎么起得那么早?起来了也不喊我一声,独自站在窗边做什么呢?小心受了凉。"

我双手握在一起,紧紧的,任由他那般地抱着我,我却默默无语。就这般地抱了良久,我开口说道:"你该履行你的承诺,放了他们了。"

"好,"他说着放开了我,回答道,"我这便去血池将他们释放出来。"

我轻轻回首,看着他修长挺拔的身材而不去看他的眼睛。我说:"我随你一起吧。"便与他一前一后走出卧室。

我们从侧门而出,行至一山谷中。此处十分僻静,有几个尖头魔怪把守。见我们到来,那几人立刻下跪。但他并不予理会,径自步入其中。

地牢中点着几盏长明灯,光线却是异常的明亮。

前面是一方巨大的水池,池中满是鲜血,冒着腾腾的雾气,我知道那是上古魔兽七爪龙的血液。透过蒙蒙的雾气,我看见了上官谨枫他们静静地躺在池中,连彩凤、红衣、叶子都在其中。

我急急地喊道:"快将他们释放出来!"

他看着我,眼神古怪得难以琢磨,似有话说,却终究未说出口。但见他双臂微张,口中默诵咒语,那血池中的血水便开始膨胀,涌起了巨大的水柱,将他们托到了空中。我忙弹出几缕劲风,将他们带离血池。

他们依旧静静地躺在地上,如死去了一般。慕容飘走了过来,说道:"他们中了暗夜迷香,很快便会醒来。"他说着,伸出左手,并拢食、中二指,在他们的眉心处一一点过。

"呃——"

呻吟之声不绝,众人也都渐渐醒来。我知道,凭我们现下的实力实在不是慕容飘的对手,与其白白送死,倒不如委曲求全,待时机成熟,再将他除去亦不迟。

上官谨枫和唐小宁奔了过来,喊道:"慕容飘!"

众人中唯独他二人知道慕容飘。上官谨枫兴奋地道:"飘,你居然还活着,我以为你已经死了,你还记得我吗?我是枫。"

唐小宁叽叽喳喳地叫着:"慕容飘哥哥,你说过要教我离魂箫的,你可要说话算话。"

慕容飘的面上微露出淡淡的笑容,那神情仿佛又回到了当初的缥缈崖。我说:"上官和小宁,这位慕容飘真正的身份是魔王。"

"啊——"

两人惊呼着,立刻退后数尺。唐小宁的面色苍白,叫道:"长安姐姐,你说什么?他是魔王?他便是那个挑起仙魔大战并且几乎让妖天下全军覆没的魔王?"

上官谨枫迷惑地道:"飘,是真的吗?你真的是魔王?那你为何会是妖天下的人?"

我知道唐小宁的乌鸦嘴早已将前世之事弄得群妖皆知了。

慕容飘淡淡说道:"我所做的一切都只为了一个人,那便是慕容长安。只要能得到她,我所做的一切都是值得的。现在,我恢复了我魔王的身份,而慕容长安,便是我最美丽的魔后。"

又是一阵骚动,上官谨枫说道:"不会的,长安不会嫁给你的!一定是你相逼,长安才会这样答应你,你速速放我们离去,否则我们拆了你的魔宫!"

我的目中闪过一丝悲哀,继而笑道:"不,是我自愿嫁给飘的,他并没有要挟我。以后我们便要听命于他,不得不敬。"

红衣看着我,只是看着,我却已经读懂了她的眼神。而叶子却已经叫了起来:"虽然我们不是他的对手,但我们也不能这样的卑躬屈膝!"她的话刚一出口,便已被红衣所制止。

我继续说道:"如果你们还当我是你们的姐姐,就必须听我的,以后要忠心于魔王,妖魔本是一家。"他们面上的表情各有不同,而我心中的痛,又岂是他们所能感觉到的?

慕容飘满面喜色,轻轻地将我挽在怀中,说道:"今日便请众位把酒狂欢!"

他就那般地拥着我出了地牢,身后满是惊疑的众人。我无力再去与他们解释些什么,迟早有天他们会明白的。

这般在玄冥谷中住了几日,慕容飘对我倒是柔情深种,分外的体贴。经过这几日的调养,上官他们亦已恢复。我便对慕容飘说道:"我想要回妖天下的缥缈崖,去那里看看,你是否愿同往?"

慕容飘似是早已料到,只是淡淡一笑,回答道:"好,我与你们同去。我准备将妖天下改为玄冥谷的分舵,你意下如何?"

我避开他热切的眼神,转过身去,淡淡地道:"随便你了,实际上妖天下已经不存在了。"

他的声音有些奇怪,说道:"其实我与妖天下还是很有感情的,甚至在我轮回之后,每每想起那场惨烈的浩劫,我的心中都会痛。可是为了得到你,我始终都没有后悔过,我愿意去承担一切的后果。长安,妖天下成为玄冥谷的分舵后,他们还是可以在缥缈崖像以前一样地生活,还如那般无忧无虑。"

我只是淡淡地一笑,说道:"那好吧,明天我们一起去缥缈崖。"

第十四回
此情可待成追忆

[十四] 上官谨枫

我们终于回到了缥缈崖。

虽然我已经记不起前世的一切，但是我还是能感觉到这里似曾相识。我的眼前总是浮现出一群人在艳丽的阳光下，在那长着蒹葭的如祖母绿般的水边，一起欢乐地歌唱和舞蹈。

远处，唐小宁和长安正在说着什么。慕容飘站在离她们不远的地方看着她们，那眼神里满是微笑。飘竟然会是魔王，这让我心似寒冰。我至今仍清楚地记得他当年抱着我在空中捕捉那飞舞的彩蝶，那时我们的笑声是多么的纯净。

看见长安那恬静的面容绰约的身影，我便忍不住心痛。虽然我知道她当初非我不嫁是因为失去了记忆，可是我还是忍不住会心痛。现在的长安不但恢复了记忆，也恢复了法力，并且已经是魔后。我知道她在委曲求全，她绝不会轻易地将当年的那段仇恨抹去。

"哈哈——"

传来了唐小宁欢快的笑声，她已经拉着长安一起，跑到倦尘的身边。她对着倦尘喊道："倦尘，我和长安要骑你的凤凰在天上飞一下，你可不要小气呀！不然，我把你的耳朵拧下来泡酒！"

唐小宁真是个天真的女孩子，单纯得如那湖里的水。

倦尘笑了笑，吹了声口哨，那只凤凰便从天而降，落在了唐小宁和长安的身边。她们二人轻轻地坐了上去，凤凰展翅冲向了天空，于是空中便荡漾着唐小宁那银铃样的笑声。

慕容飘走到我身边，轻轻笑了笑，问道："枫，我不在的那些日子，过得好吗？"

他那原本十分熟悉的笑容，看在我的眼中却是如此陌生。我说："还好吧，只是经历了很多罢了，心也倦了。唉——"

我长长地叹了口气，眼光落在四周那青翠的树木上，继续说道："真的好想在这里过安静的生活。这里的山，这里的水，都仿佛和我有着特殊的感情。"

慕容飘淡淡地说道:"若是你们恢复了前世的记忆,想必你们会更加喜爱这里。"

我用眼角的余光看了看他,笑了笑问道:"是吗,魔王大人?"

他似是顿了一下,然后有些尴尬地说道:"不错,我确实很对不起你们。但是为了得到长安,我别无选择。现在我将这缥缈崖改成玄冥谷的分舵,就是让你们能重新在这里生活,继续着前世的快乐。"

我只是笑了一笑,并没有多说什么。

唐小宁和长安已经乘着凤凰从天而降,卷起一地轻尘。唐小宁边弹去长安身上的薄尘,边笑道:"长安姐姐,这骑上凤凰就是比自己飞起来有趣多了。难怪倦尘从来舍不得给别人骑,生怕虐待了这只鸟。"

倦尘立刻答道:"什么鸟,是凤凰好不好?"

唐小宁撇撇嘴,嘟囔道:"就算是只凤凰,它也是鸟。"

见两人这般的模样,长安的面上很难得地现出了笑意。我看见在慕容飘望着长安的时候,他的眼神很是痴迷。

这里的宅院都已破旧,唐小宁生活的这些年,也无心打理。长安看着那些废墟,目中闪动着一丝淡淡的惆怅,继而双臂微扬,身形转动起来。一道五彩的霞光从她的身上散出,渐渐地弥漫开来,将那些废墟笼罩起来。在霞光散尽后,展现于我们眼前的,是崭新的红墙碧瓦。

晚饭时分,我们点燃篝火,野兔被烤熟了的香味弥漫于整个空中。唐小宁不知从何处弄来了一坛酒,也不知是何年何月就已藏于地下了,芬芳扑鼻。倦尘烤的野味实在是香,尤其是在浸了些陈年老酒之后,那味道真是堪称绝味。

他们在一起围着篝火跳舞,边跳边唱起那甜甜的歌谣:

掠影逐浮光 白雾茫茫
冷月琴声扬 剑啸四方
妖天下 与世无争的地方

玄水万年长 蒹葭苍苍
轻抚逍遥扇 谁敢张狂
妖天下 侠义豪情共天长

古夜悲歌 人倚阑珊
英雄翠衫 凤卷仓皇
冷风吹肝胆 连绵昆仑长

半生浮华 飞短流长

一曲锦灰 恩尽怨散

头上有日月 我心坦荡荡

在这歌声中,我的思绪飘了很远很远,似乎要回到那遥远的前世。我看见慕容飘的眼神,仿佛飘着蒙蒙的雾,难以捉摸。

夜间,突然电闪雷鸣起来,狂风肆虐,暴雨倾盆。如蛛网般的雷电在缥缈崖的上空纠缠撕咬着,暗红的闪电撕裂了层层的云,透着恐怖与狰狞。长安告诉我,那是电母在警告或惩罚那些猥劣小人。

慕容飘的面色极其难看,他凶狠地瞪着那狰狞的夜空。一声剧烈的炸响后,一条金龙在空中现出了身形。那是天帝的化身。看来天帝对当年的仙魔之争,仍没有放松警惕。对于仍做魔王的慕容飘,他定是时时监视,丝毫不敢松懈。

如今的慕容飘野心再次膨胀,且其魔力业已恢复。但慕容飘此时羽翼尚未完全丰满,凭他现在的实力想对抗天帝尚不够。但对他心存余悸的天帝,又岂会等到他羽翼丰满?必会在慕容飘重演当年悲剧之前,便将其除掉,以绝后患。

若仙魔再次相争,对妖天下来说,必是个大好的机会。现下妖天下的实力虽已渐渐庞大,但若与先前相比,大打折扣。没有冷月琴的长安,法力并不比我等强多少,何况其他的妖精功力亦尚未达到前世的境界。"

那条金龙在空中盘旋着,巨大的龙爪猛地击出。一道金光闪动,震山撼岳。慕容飘脸上剧烈地扭曲着,黑色的披风陡地飞起。披风在空中急剧地盘旋,瞬间便已伸展得漫无边际,遮在整个峨眉山的上空。

天,黑压压一片。

蓦地,那黑色的屏障被一道金色的光芒生生地撕裂。继而,金光如八爪鱼般地从那条裂缝中渗入,绚烂而妖娆,在空中放肆地蔓延着。

慕容飘身形暴长,人已如离弦之箭,从金光和撕破的披风之间的缝隙中钻入。漫天的黑色渐渐地收敛,只剩那无数的金光继续蔓延着。

一声炸雷响彻夜空,慕容飘的身形剧烈地膨胀起来。转眼间,他已幻作了一个无比庞大的巨人,在空中飘浮着。他已经变回了他的原形,此时的他面目狰狞,那原本灿若莲花的面庞早已不存在了。

第十五回
只是当时已惘然

[十五] 上官谨枫

金龙的利爪撕开暗沉的夜空,道道金光在空中肆意地飞舞,相互纠缠着。慕容飘那庞大的身躯在空中快速地飞动,他的离魂箫在他手中化作了一条赤红的锁链,如刚从烈火中锤炼出来一般。

慕容飘的声音在空中回荡着:"天帝,你为何还要苦苦相逼?莫非你果真要赶尽杀绝?"

天帝依旧化作金龙的模样,声音虽不苍老却也不再年轻。他冷笑了一声:"魔王,自你转世未服下忘忧花那刻起,我便派人监视你的一举一动。你不但转世后仍记得你的前世,你的野心更是激发你欲望膨胀的动力。我若不除你,怕你终有一天会重演那年的悲剧!"

慕容飘一声长笑,说道:"天帝,你果真狠!你若再给我一年的时间,我便打上你的灵霄殿。只要我除掉了仙界和佛界,那七界之中还有谁敢和我魔界相争?可恨!可恨!"

天帝冷冷地说道:"你若恨就只能恨你自己为何狼子野心!七界相处本平安无事,自你接任魔王以来,杀戮不断,搅得七界乌烟瘴气,更使妖界几乎从七界之中除名!今日若不除你,何以服众?"

慕容飘一声长笑:"呸!七界之中一直以你仙界为首,为何就不能唯我魔界马首是瞻?你仙界横行七界已有数千年,风水轮流转,也该转到我魔界了!"

天帝冷笑道:"仙界一直承蒙各界看重,被奉为七界之首;但仙界从未有过任何无谓的杀戮,对各界亦是竭力相助。而你魔界除了四处挑拨,妄图占山为王之外,有何公德?你以何服众?本帝认同你是个旷世奇才,修为胜过以往各任魔王,但可惜你杀心太重,功名之欲太盛。可惜!可惜!"

慕容飘冷冷地"哼"了一声,说道:"本王不需要你故作善心!想要本王臣服,你还不配!你有金龙护体又如何?"他叫嚣着,将手中的赤红火链扔出。那炙热的索链划破黑暗的夜空,呈一道鲜明的弧形飞向天帝。

天帝冷笑道："不要以为你练成了缚龙索就可以与我的金龙分庭抗礼！"天帝的话音一落，一股金色的琼浆从金龙的口中喷薄而出，如一条绚烂的金色的瀑布，将那条缚龙索淹没其中。金色的瀑布与缚龙索相接触，立刻腾起一片火焰。

金龙的身躯突然暴增，龙爪探出，挟雷霆之势，足以排山倒海。金色的瀑布渐渐将那根缚龙索熔化，继而再次卷起，袭向了慕容飘。慕容飘似是万分震怒，仰天狂吼，巨大的声浪使得四周的树木纷纷折断。

两抹绿色光芒从他那两只巨大的眼睛中射出，并在空中交汇成一股强烈的绿光。绿光与金光相触，顿时四下飞散，接着便如山洪般倾泻而下。那两股光芒所到之处，山石横飞，树木燃起熊熊烈焰。这般下去，不出片刻，整个峨眉山都将被熊熊大火所吞噬。

长安突然飞起身形，那一袭素净的云裳在蒙眬的夜空中渐渐地模糊起来。空中响起她愤怒的声音："当年你们的千军万马踏平了峨眉山，今天你二人又在此处厮杀，火烧峨眉。你们是否不将峨眉山夷为平地，便誓不甘休？"

天帝的声音传来："凌眉，你且休怒。"

他说完便一声长啸，空中顿时电闪雷鸣起来，瓢泼大雨倾泻而下。火势渐渐变小，最终渐渐熄灭。慕容飘说道："长安，你先退下,看我如何取而代之!"

长安见大火已灭,便不再去理会二人。她从空中落下,轻声对我说:"上官,我们先静观其变,或许今夜便是我们的转机。"

我问道:"长安,我们是否要助天帝一臂之力?"

长安摇了摇头,回答道:"不必,当年的仇恨,天帝也有份。不过念在其尚有悔恨之意,以及瑶琴仙子的再生之恩,我不予以追究罢了。但若要我助其灭了魔王,我是万万不肯的。"

因有叶芷风五彩花团幻成的花伞的庇护,我们皆免去淋雨之苦。

那一金一绿两股光芒仍在空中纠缠苦斗着,天帝与慕容飘亦各自施法增强那两股光芒的强度。是时,又一股血红色的光芒,从慕容飘的口中喷出,绕过那片金色,径自袭向金龙那庞大的身躯。这股红色的光芒,力道甚是威猛,大有将山岳夷为平地、将大海煮沸之势。

长安似是一怔,说道:"慕容飘终于使出了他最后的杀着——魔血沸腾了!"

我问道:"长安,你说他们此番争斗,究竟会鹿死谁手?"

长安回答说:"倘若只是他们二人相争,鹿死谁手尚不敢定论。但魔界现下魔心不一,且原本跟随慕容飘的那一干魔怪或已死于我们之手,或被其吸尽精元而亡,故而他只能孤身奋战。但天帝却与他不同，仙界经过这些年，已经渐渐恢复了元气。今日虽只有天帝一人出战，但并不否认他有帮手在暗中观战。"

我有些好奇，问道："会有哪些帮手？"

长安看了看我，说道："你记忆尚未恢复，或许不知道仙界尚有四个法力无边的四大天王吧？这四人被称为仙界的四大守护神。若不是这四人，那年的仙魔之争，魔界就已经取而代之了。"

说话间，便听见天帝一声怒吼，原来那股红光竟成功地击中了天帝。那原本硕大无比的金龙在顷刻间剧烈地萎缩，那原本不可抵挡的金色光芒，也渐渐地黯淡了下去。慕容飘一声长笑，满是得意地说道："天帝，今日便是你的死期！"

说话间，那抹红色更甚。却在这时，空中现出一把伞。那把伞在空中急剧地旋转，慕容飘发出的那一绿一红两股光芒竟被这把伞尽数吸去。又一阵琵琶声仿佛来自遥远的天际，却又有着无比的诱惑。诱惑之后便是无形的杀戮，听者心脉膨胀，血管爆裂，除了满眼数不尽的金花外，所见无物。

长安喊道："快塞住耳朵！四大天王到了！"

果见四道金光在空中现出，同时杀向庞大的慕容飘。

"嗷——"

一声狂嗷，慕容飘那巨大的身躯被那几道金光所包围。那几道金光上下在穿梭着，不一会儿便编织成了一张网，将慕容飘紧紧束缚其中。金色的网在急剧地收缩着，慕容飘拼命挣扎却无力挣破。不消片刻后，只剩拳头般大小的一点金光停在了空中。

天帝已现出真身，是个身着华服道貌岸然的中年男子。只见他伸手一招，那一点金光便向他飞来，停在他的掌心。天帝向长安说道："凌眉，今日给峨眉山带来的创伤，他日我定当补偿。"说罢，他竟俯首一拜，继而对我说道："上官谨枫你上前来。"

我微微一怔，飘身上前，道："天帝，何事？"

天帝淡淡一笑，说道："鬼王的元神虽然已经除去，但他仍有一魂一魄残存于你体内。虽然不能再危害人间，但星星之火足以燎原。本帝将这玉环赠予你，便可克制于他。"

他的手掌微扬，一抹淡淡的玉色便落到我的项间。那是一个小巧的玉指环，由一根细细的红丝线拴着，隐隐透着一抹瑞气。

天帝与四大天王化作几道金光消失在夜色中。

此时的夜空月朗星稀，一弯残月斜吊天边。红衣弹出一道红色的流火，天地间顿时明亮了许多。长安望着满目的凄凉，不由再次神伤起来。望着她那忧伤的面容，我的心便开始痛起来，往事一幕幕，重上心头。

长安说道："妖天下现在只剩我们几人。现下让你们恢复前世的记忆及法力只有一个办法，那便是瑶琴仙子所言的，千年玄水重过缥缈崖，冷月琴重见天日。到时，你们便可在我的那曲《锦灰》

中想起前世的种种。"

红衣问道:"但是千年玄水在何处?冷月琴又在何处?"

长安说:"千年玄水和冷月琴都在缥缈崖顶部的冷月洞中。但若要进得冷月洞,非得集妖天下一位掌门,两位副掌门,三位长老,四位护法之力不可。但是,现在副掌门韩楚及长老霜战下落不明,所以我们根本无法开启冷月洞门。"

唐小宁说道:"这也正是我当初为何拼死不让你们毁去上官谨枫肉身的缘故。我们中任何一人有闪失,这冷月洞的洞门便无法开启,冷月琴和千年玄水便再无重见天日的一天了。"

叶芷凤说道:"那我们赶紧去将韩楚和霜战寻回。"

长安叹了口气说道:"当时我中了鬼王的咒语,气走了韩楚。现在又到何处去寻他?"

红衣突然说:"我有办法,定能将他们寻回来。"

第五卷 风飘白衣瘦

第一回
岭君何事到天涯

[一] 韩楚

不知飞行了多久,只觉得前面是一片金黄色的沙漠。后面的霜战赶了上来对我说:"韩楚,这里好像是大漠了。据说大漠里的落日格外美丽,我们要不要在这里停下来住上几日?"

我们落下身形,四处看了看,果真是处在沙漠之中。正待说话,便见前面一阵尘土飞扬,数十匹马朝着我们奔来。最前面的是一匹白色的马,马上是一个年轻的女子。女子的身后是一群彪形大汉,淫词秽语夹着笑骂声传了过来。

霜战说道:"看样子是大漠里的响马,前面那个女子定是他们追逐的猎物。"

我摇摇头："一群男人欺负一个女子，实在可恶。"听我说完，霜战笑了起来，我问其缘由，他笑道："这群人遇见了我们，看样子也不会很好受的。"

转眼间那些人已至近前。那女子满面的尘土，却依旧掩盖不了其原本的花容月貌，一双乌黑的大眼睛带着恐惧与忧伤。

那女子见我们挡住了前面，连声叫道："闪开！快闪开！"

霜战笑道："不闪，我们偏偏不闪开！"说着不但不躲闪，反而将那女子拉下了马。后面的马队已经赶到，将我们三人紧紧地围在了中间。一个粗鲁的大汉笑道："哈哈，本来只有一只肥羊，不想竟又出现了两只。老三刚好喜欢这样英俊的后生，哈哈——"

霜战双手往胸前一抱，问道："你们是这里的响马？"

那大汉答道："爷爷们正是，你小子还是乖乖地随爷们回太岁寨！否则，嘿嘿……爷们这刀子可是不长眼的！"

霜战不屑地笑道："别拿把刀子就说自己是屠户，这青天白日的你也敢杀人？莫非就没有王法了？"

"王法？哈哈——"那汉子大笑起来，连同其他的响马也跟着大笑。笑罢，那汉子说道："在这里我王老四就是王法，要你生你就生，要你死你就得死！"

霜战仍问道："如果我不死呢？"

那汉子白了他一眼,说:"老子叫你死你就得死,没得商量!"那汉子说着,将手中的大环刀往上一抢,雪亮的刀刃在阳光下分外的刺目。霜战似是明白了:"原来你用刀子杀我?那不算什么本领的。用刀子杀人,小孩子都会。"

"那你说该怎么个杀法?"说话的不是那个大汉,却是那个年轻的女子。

霜战看了看她,笑了笑:"什么都不用。"那女子很是好奇地看着他,似乎已经忘记了周围的危险,问道:"你会杀人?并且都不用刀?"

"你不信吗?"霜战玩心顿起,"我数三下那个大胖子就会从马上摔下来,并且会死。"

那个女子嗤之以鼻,哼道:"就你?本公——本姑娘才不信呢!"

"一——二——三——"

霜战数了三声,果见那大汉从马上坠落下来,毫无声息地便死了。余下的众响马纷纷怔住,不敢再说话,但也不散去。那女子叫道:"哎呀,你好厉害耶!你是怎么杀死他的呢?"

那女子说着,似是突然醒悟了一般,叫道:"哦,我知道了,你呀,一定金巫国的人!据说金巫国的人个个都会巫咒,凡是得罪了金巫国的人,都会莫名其妙地死去。我看你呀,就是金巫国的人！"

"金巫国"三个字一从她的嘴里说出，周围的那些响马个个面露惊恐之色，似是极其的惧怕。

霜战只是笑而不语，我也暗自好笑，凭霜战的法术，杀个凡人还需要什么巫咒吗？这女子也是可爱之极。霜战说道："你猜对了，我呀，正是金巫国的大法师。"

"你真是金巫国的大法师？"那女子说着，满脸的激动，然后又说道，"那你快将这些坏人全部杀死，不要让他们再祸害别人。"

她的话音刚落，那些响马立刻掉转马头，狂奔而去。霜战只是扬了扬手，一抹紫色从他手中飞出，在空中划过一道弧线。只听惨叫声连连，数十个响马悉数死去。

那女子再次欢呼："你好厉害！对了，你要去哪里？"

霜战耸耸肩说："我四处云游，居无定所。"

那女子叫道："那不如你们跟我走吧！我带你们去一个非常美丽的地方，那里可是人间仙境。保证你们去了呀，一定不想再离开。"

霜战故意很惊奇地问道："哦？有这么好的地方？"

那女子说："是呀，跟我去便可以了。"

霜战看了看我，我只是轻轻地笑了笑，没有意见。于是我们三人一人一匹马,那女子掉转马头又往回走,仍好奇地问:"我叫蝎子,你们叫什么名字呢?"

这个女子问题真是不少,却也天真可爱。霜战答道:"我叫霜战,他叫韩楚。"蝎子于是又问我:"你也是金巫国的人吗?你也会巫咒吗?"

我尚未回答,霜战已经接话说道:"我们是兄弟,他是我弟弟。"

"哦,原来是这样的。"她边说边看着我,若有所思地垂下头去。

我们随她一起策马扬鞭,约莫走了几个时辰,天已黑透,终于可见前面有点点灯火。蝎子欢喜地叫道:"你们看,前面就是了。我们先在这里留宿一夜,明天一早我再带你们去。"

霜战故意很吃惊地看着她问:"到底什么地方呢?没有你说的那么好的话,我可是要离开的哦。"一听到离开两个字,蝎子立刻说:"不会,绝对不会!你就安心地住一晚,明日一早我便带你们前去。"

我笑了笑,这霜战一看见漂亮的女子便忍不住逗上一逗。就这样,我们便在这个不知名的小镇上找了家旅店住了下来。蝎子似是对这里很熟悉,不消片刻便已让店里的伙计弄了些食物来,有烤羊腿和卤牛肉,味道很是不错,只是酒的味道太烈。

蝎子边吃边说:"今天你们就先将就着吃点,明天我再带你们去吃更好吃的。"她的吃相很是不雅,弄得一嘴都是油乎乎的,又用袖子擦了擦。

蝎子边吃边问着些问题,真不懂她的问题怎么就那么多。不知吃了多久,蝎子终于回房休息去了,我与霜战也和衣而眠。霜战躺在我的身边,一双大眼看着我,然后开始笑。我问其为何发笑,他却说:"你比女人还要好看。"

幸好没有喝水,否则非给呛死不可。

第二回
沧海月明珠有泪

[二] 韩楚

我们便在这家小店住了一夜,翌日清晨蝎子便冲进了我们的房间。她将我们从床上拉了起来,并且发出震耳欲聋的吼叫声:"太阳晒屁股啦——还不起床——"

天可以作证,当时尚未完全亮透,至于太阳晒屁股,那更是一个时辰之后才会发生的事。我们只得慑于她的"淫威",赶紧下床梳洗完毕。匆匆啃了个又硬又毫无味道的馒头后,我们便随着蝎子一起离开了客栈。

我们行了几个时辰,前面突然变得一片繁华。蝎子说道:"就这里了，马上就到了。"

霜战问道："你家住这里吗？好像很繁华的。"

蝎子立刻答道："那当然了，你们跟着我呀，那算是你们的福气了。"我暗自好笑，这蝎子说话半点不谦虚，看样子这大漠的女子性情都这般的豪爽，毫不拘束。

霜战看了看前面的笑闹声特别清脆、特别集中之处，只见那里有着江南水乡般的楼阁，有几个巨大的灯笼，上面题字："江南女儿春"。门前立着十几个女子，也如中原人打扮，手中拿着条手绢，正对着来往的路人卖弄风姿。

霜战从未离开过天鹰岛，自然不知此处乃是妓院。而我也是在雁门关做副将之时，从士兵处得知的。这些女子日日在此贱卖着自己的青春，其实她们的命运一般都是很凄凉的。她们卖的是皮肉是青春，而终有一日，红颜会老。

蝎子白了他一眼，说道："看什么看呀，这里都是些很肮脏的地方，里面的那些女人也都不是什么好女人。你看中间那个穿黄衣服的，至少也有五十岁了。脸上的粉涂了一层又一层，但又怎么能掩盖得了脸上那密密麻麻的皱纹？这么老了居然还在这里卖笑，实在可笑又可怜。"

前面来了一队人马，为首的是一个官爷模样的年轻人。四周的摊贩纷纷避让，有些稍微迟了些的，立刻被士兵砸了摊子，有些还被扔了出去。蝎子冷面罩霜,往路的中间一站。她双手抱在胸前,斜眼冷观。

"让开——"

立刻有士兵上前来吆喝,但蝎子充耳未闻,依旧立在那里。那士兵企图将其扔出去,但很快被霜战制服。那队人马立刻停住,马上之人满面愤怒地喝道:"你们是什么人?居然敢挡当朝国舅的去路,想死吗?快滚开!"

蝎子冷笑着说道:"你就是容妃的哥哥?呵呵,都说'一人富贵,鸡犬升天',看来还真不假。容妃也不过是区区一个妃子,其家人竟也如此仗势,实在是可笑!"

那人立刻面如猪肝,叫道:"大胆贱人,居然敢辱骂当今国王的宠妃!哼,来人,将这个贱人关进牢房,本国舅要亲自定她的罪!"

蝎子亦是愤怒,冷笑着:"一群狗仗人势的奴才!霜战,给我全部杀了!我看容妃能奈我何!杀杀杀,一个都不要留!落日国不需要这样的奴才,也正是这样的恶狗,才使得金轮国欺到了落日国的城下!"

霜战亦是十分憎恨这些仗势欺人之辈,当下一声叫好,双指一扫,破天指已挟着一缕劲气,袭向众人。便听见惨呼声声,那些人个个都如滚地葫芦。那个国舅此时再也不敢威风,面如死灰,从马上滚落下来,躲在马后,不敢上前来。

蝎子走上前去,用脚踢踢他问道:"国舅爷,刚才你还不是威风八面吗?怎么成这副模样了?哼,你平日里如此欺压百姓,不杀你不足以平民愤!"

刀光闪动,那个国舅的头便与身子分了家。街上的人见此情景,不由欢呼。

蝎子把刀一扔,叫道:"我们走!"

我们随着蝎子继续前行,前面竟是这个落日国的皇宫!我不由问蝎子:"这是哪里?落日国的皇宫?你究竟是什么人?"

蝎子很天真地一笑,说道:"你们跟我走,很快就知道了。"

我们半信半疑地跟着她来至宫殿之前,那些护卫见到她,立刻将宫门打开。蝎子理也未理,径自往宫内走去。这情景不由让我对她的身份更加起了疑心。

几个宫女迎面而来,见到她立刻下跪,她微微伸手,口中叫道:"免了。"

在早朝,国王高高在上,下面是臣子。

蝎子的到来让众位大臣都窃窃私语,蝎子跪下说道:"见过父王。"

原来蝎子竟是这落日国的公主!国王似是又怜又爱地问道:"你怎么一声不吭地走了?可知道这几日父王茶饭不思,你若不愿意嫁去金轮国,也大可不必逃婚。"

蝎子站起身说:"父王,蝎子没有逃婚,只不过去寻找人罢了。"然后她指着我们,"父王,您看,这两位便是金巫国的法师,我特意去将他们请了来。只要父王能重任他们,定能将金轮国的人赶出落日国的边界!"

我一脸茫然,不知蝎子是何用意。

国王似是很惊奇,问道:"你们是金巫国的法师?只要两位法师能助我国击退金轮国的军队,本王重重有赏!"

蝎子冲我使了个眼色。我因不知其中缘故,便说:"陛下,此乃大事,而我等又是一介草民,这带军打仗之事,不宜如此轻率。"

蝎子对我们说:"只要你们肯答应的话,任何条件我都尽力帮你满足。"

看着蝎子那可爱的模样,我竟不忍心去说些拒绝的话。我只好点点头:"好吧,任由你处理就好了。"我在说这番话的时候,其实心中已有打算。我先前从军之时,入营一月便击败了西夏王,对付区区金轮国该不在话下。

落日国王惊喜地说道:"好!本王便命你二人为先锋将军,统领三军。即日起赶往落日国的边陲云猛镇,定要将金轮国的兵马赶出落日国界!"

这时一个千娇百媚的女子从殿外走了进来。国王一见此女子立刻问道:"爱妃来此有何事?"

那女子一张俏脸此时却是罩霜,眼神冷冷地扫过我与霜战,向着国王盈盈一拜:"陛下,据说公主从外面找来了两个自称是金巫国的巫师,不知是真是假?"

蝎子已经冷笑道:"容妃娘娘,此乃朝政大事,你乃是后宫的妃子,大殿之上岂有你说话的份?你还是回你的寝宫好好地沐浴熏香,等着父王宠幸吧。"

岂料那容妃亦非省油的灯,只是冷笑一声:"公主此言,容儿觉得不妥。既然朝中之事我一个妃子不得过问,那公主此刻为何站在这大殿之上?"

蝎子接道:"我乃是为父王分忧,也是关系我的终身幸福!"

容妃一笑,说道:"容儿亦是为陛下分忧,倘若陛下终日忧心,那容儿又岂有幸福可言?"

第三回
金戈铁马黄昏路

[三] 霜战

这容妃看似来者不善,想必已知我杀死了其弟,此番前来找麻烦了。果见蝎子被其说得一时语塞,怔在当场。我心中一气,说道:"蝎子公主为国王担忧,并不是靠嘴巴说出来的,而是用实际的行动。而容妃你又为国王做了些什么呢?"

容妃冷笑着看了我一眼:"你不过是金巫国的一个法师,竟敢对本娘娘这般口气!"

想我乃是天鹰岛的岛主,她不过一个小妃子罢了,竟敢这般自大起来。一股无名怒火冲上头顶,我狠狠地说道:"你便是千军万马,我霜战也照样不放在眼中!"

"好!"容妃冷笑着,对国王说,"陛下,既然霜战法师能力敌千军万马,何不让其表演一番?如其真能以一人之力,将金轮国的镇云将军的首级取来,那便是真正的大英雄,也是公主慧眼识才,陛下您意下如何?"

果真是个很阴险的女人!

国王哈哈一笑,说道:"先锋大将军竟能以一敌千军万马,实在是不可得之才。本王很想见识下你高超的武功,今夜你便去将镇云将军的人头取了来。如果做得到,本王重重有赏!"

蝎子忙说道:"不可!且不说镇云将军武功高强,便是那些士兵,也皆是金轮国的精英,霜战岂可一人前往?那必定是送死!"

容妃恶狠狠地说:"这可是他亲口所言,这殿上的所有人都亲耳所闻。男子说话字字千金,岂能信口雌黄?且陛下也已下了命令,岂能容人阻止?"

国王连忙点头哄道:"爱妃说的极是,大将军今夜务必要将镇云的人头取来!"

难怪落日国会被人欺压,如此懦弱无能且又听信奸妃之言的国王,有何能耐治理国家?他国破乃是常理之中。韩楚说:"陛下,在下与霜战同称先锋将军,这取镇云人头一事,本就该是我二人共同前往。今夜,末将愿给霜战将军做个配手!"

国王点点头说道:"也好,今夜便看两位先锋将军的能耐了。本王许诺,只要成功便会重重犒赏两位将军。"

韩楚淡淡地说:"我们愿意帮助陛下,实则因为蝎子。功名利禄如过眼云烟,我们并不稀罕。今夜我与霜战定会将镇云的人头取来!"

在容妃的冷笑和蝎子担忧的目光中,我们退出大殿。蝎子跟了来,说道:"你们暂且住在我的宫中,实在是很不好意思,让你们为难了。虽然我对你们很有信心,但总感觉很过意不去,总感觉我很自私——"

未待她说完,韩楚便说:"这没什么的。霜战既然开口说了,他便一定能做到。何况,还有我帮他,你安心便是了。再者,我们当你是朋友,才会愿意帮你的,并不是在乎什么高官厚禄。"

蝎子赶紧说道:"这点我知道的,你们岂是那种重名利之人?"

我们便在蝎子的宫中住了下来。小寐了片刻,我便与韩楚一起商量起晚上的行动事宜。是时,一个长发垂髫的小宫女走了进来,端了些糕点,甜甜地笑道:"两位将军,公主让奴婢端些精致的糕点来,说是让两位将军尝尝鲜。"

我见这个小宫女甚是机灵可爱,便笑了笑问道:"小妹妹叫什么名字?多大了?"

那宫女立刻惶恐起来，毕恭毕敬地回复道："奴婢名叫舞阳，今年十六岁。将军直呼奴婢之名便可。"

我尝了块糕点，果真香脆可口，便问道："这是什么点心？怎如此美味？"说着，拿了一块递与韩楚。

舞阳立刻笑着答道："这个是酥花糕，是落日国的一绝。"

我点点头，觉得相当不错，便又多吃了一块，然后继续与韩楚讨论今夜的事宜。

大漠的夜间风很大，已经散去了热度的沙子在风中横行肆虐。我与韩楚隐了身形，向着镇云的军队飞掠而去。到了云猛镇，才发现这个镇上已经没有落日国的居民，居住于此的基本都是金轮国的士兵。有数间房舍中传出男子的笑声，夹杂着女人的啼哭声，想必是那些金轮国的士兵正在蹂躏被他们强行抢去的落日国女子吧。

今夜是无暇顾及这些，还是先取了镇云的人头，乱了他的军心才是正经。据说金轮国能如此强盛，靠的便是这位神勇的镇云将军。也正是如此，落日国的国王才会让蝎子嫁去金轮国，做已经六十岁的金轮国国王的妃子。

我们进了中间最高大的宅院，根据韩楚的经验及落日国部下所言，镇云便居住于此。

如此高大的宅院，唯有一间房舍之内闪着微弱的灯光。我们飘进一看，只见一个中年男子坐在灯下看着一卷书，其神情专注，似是已经入神。我们走到近前，因是隐了身形，他并未发现，依旧在看着书。但见他浓眉虎目，眉宇之间带着飒飒英姿。

想必此人便是镇云了。

我看了韩楚一眼，正待说话，就听镇云开口说道："两位朋友远道而来，何不现身一见？"

我与韩楚皆吃了一惊，他竟能看见我们！想必他也并非凡人。当下幻出了身形，韩楚淡淡一笑："阁下是否是镇云将军？"

那人头也未抬："不错，正是本将。两位又是何方高人，来云某居处又为了何事？"

韩楚仍是淡淡地说道："呵呵，真人面前不说假话，我们此番前来是要取你的首级。"

"哦？"镇云抬头看了看我们，便又低头看书，"也好，很久没有人有这份胆量了。我看你们也非凡夫俗子，该是很不错的对手。既然如此，那就不必再浪费时间，动手吧。"

他居然似一个一直在等待着失败的孤独者。

"好！"韩楚说着，幻出他的玄铁剑，闪着青幽幽的光芒。而我，已将紫箫擒在了手中。镇云说道："屋内甚是狭隘，出去斗个痛快！"话音一落，人已飞起，箭一般移至门外，卷起一地的风沙。

我与韩楚也飞身而起，停至半空之中。镇云抖出一条悠长的链子刀，"哗啦啦"一阵乱响，银白色的光芒顿时映亮了半空。
　　那银白色的链子刀在空中划一道长长的白影，朝着我与韩楚袭击过来。

第四回
昨夜星辰昨夜风

[四] 韩楚

我的玄铁剑青芒暴射，向着那条链子刀飞射过去。只听"叮"的一声，剑尖与刀尖相撞，白色与青色的光芒便暴涨开来。巨大的冲击力波及四周，顿时飞沙更猛。我与他亦被这两股光芒所伤，双方均飘后数丈远，方才定住了身形。

霜战见我受伤，立刻飞身而起。破天指将漫天的风沙卷起，成一条飞龙，向着镇云倾泻而下，将其迫下空中。同时，霜战抛出那竿紫玉箫，带着紫红色的光芒向镇云发出重重的一击。隐约中，我听见镇云发出微微的一声呻吟。

飞沙落下，很快便成了一座小山，将那镇云埋在下面。我与霜战对望一眼，两人同时出手，两道劲风扬起，将那原本已经堆积成山的沙丘震得四下飞散。沙子飞尽，却已不见镇云。我们正在思索之时，猛瞥见白光闪动。镇云的链子刀从地下飞出，苍白的刀刃划过霜战的腰际。

我一掌挥出，将那链子刀震偏。那抹苍白的余威扫过了霜战的大腿，血光迸射。

"啊——"

霜战一声惨呼，身躯斜斜地栽倒。

镇云再次发难，链子刀如一钩弯月，洒出漫天清凉的余晖，连风沙似乎都已被其光芒所掩盖。此时，我方才相信金轮国所以能横行大漠数国，不是没有道理的。就凭镇云如此高超的武功，便足以强过千军万马。

霜战倒在地上痛苦地抽搐着。我看见殷红的血从他的膝间冒出，甚至隐约可见森森的白骨。但此时我已无暇顾他，手中的玄铁剑脱手飞出，青芒之中闪烁着幽幽的蓝色。降魔玉并非凡品，只是我尚不知如何将其潜能彻底发挥出来。

在与那月白色的链子刀相触之际，蓝光大放，甚至有盖过青芒之势。渐渐蓝光和青芒相融，更能借彼此之势扩张，刹那间便将链子刀的势头压了下去。镇云大急，忙撤回链子刀，但为时已晚。链子刀已被我的玄铁剑及降魔玉完全牵制住。

一声暴喝，镇云左掌一伸，卷起一股黄沙，袭向空中正在纠缠的那三股光芒。在黄沙即将击中之时，凭空多出一股紫红之色，硬生生地将黄沙挡住。只见霜战独脚立在风沙之中，那紫红之色正是他的紫玉箫和镇妖珠所发出的。

镇云自是凶猛无比，但面对这四件亘古奇兵，还是无力抵挡。他当下喝道："小子，去死吧！"左掌一转，那股沙流便被其牵引，尽数朝着霜战倾泻而下。霜战本已受重伤，且兵器已脱手，那沙流又来势凶猛，匆忙之中只得运起破天指，勉强抵挡。

我箭般飞射而下，一把抓起霜战，冲向空中。那股沙流失去阻挡之力，顿时如洪水般泛滥开来，瞬间便堆积如山。我不忍心将受伤的霜战扔在黄沙之上，便将他抱在怀中。那镇云却如冤魂一般不散，卷起沙流紧随我二人。

幸好此时，镇云的链子刀已被那四件至宝所吞噬。因为玄铁剑在手，我便不再惧怕他。玄铁剑在空中急剧飞旋着，而霜战的紫玉箫竟渐渐地与玄铁剑融合在一起。这四件宝贝在空中相互纠缠，最后竟形成了一个巨大的光芒四绕的光球。

那个巨大的光球拖着长长的彩色的尾巴，如流星般地射向镇云。巨大的冲击力使得由镇云所操纵的沙流失去了原先的方向，而倒射回去。巨大的光球将镇云渐渐地吞没，那倒飞回去的沙流刚好将光球所掩盖,形成了一个沙丘。

我抱着霜战,为他止了血。他的面色苍白得可怕,似是失血过多。他惨然一笑:"这是我唯一一次受伤。我会记住这个教训,今后我不会再如此轻敌。"我一笑,他本不该受伤,更不该伤得如此之重,他的确是因为太过轻敌。

"轰隆——"

一声巨大的响声,黄沙四下飞散,光芒四射,映亮夜空,却已经不见了镇云。唯有几片盔甲从空中落下,但转瞬便已被黄沙所掩埋。我与霜战收回各自的兵刃,虽然未能将镇云的人头取下,但终究是将其杀死了。

我抬眼望去,透过那漫天飞舞的风沙,依稀可见有一钩弯月,横在夜空,心不由得伤感起来。霜战突然问道:"韩楚,我们会不会分开?"

我不知道他为何会这般问,只觉得他的眼神带着些难以捉摸的东西。我淡淡一笑:"为何这般问我?"我边说着边飘动身形,向着王宫飞去。

"我们不要分开好不好?"他的面上现出些许的伤感,"我很害怕有一天你会不再理我,那样我会很孤独。我会孤独地面对没有你的每一天。"

不明白他何时变得如此伤感起来,而他的话,却让我听着很不是滋味，感觉有些怪怪的。那不该是一个男子对另一个男子说的，那番话，正是我当年很想对长安说，却又不敢说的话。我的嘴唇轻轻地抖动了一下，却无力说出些什么，却看见一滴泪轻轻地划过了他的面庞。

我们就这般安静地回到王宫之中，蝎子一直在我们的房中守候着。直到我们现出了身形，她方才高兴地喊道："你们终于回来了！我一直在担心你们，霜战怎么受伤了？我去喊御医！"

"慢着，"我喊住她，"不用喊御医，我能治好他的伤。"听我这般一说，她便停住了身形，但难掩饰面上的焦急，"霜战伤得重吗？我看他的面色怎么这般难看？"

霜战勉强一笑："我没事的，放心吧，还死不了。"

我轻轻地拭去他面上豆大的冷汗，安慰他："有我在，你还想死吗？"然后对蝎子说道："蝎子，你去端盆干净的冷水来，还要些粗布。"

"好的。"蝎子连忙出去，片刻后，便又与舞阳端了盆水并拿着一些干净的布走了进来。我说道："这里交给我就好了，你们出去吧。"她们点了点头，转身出去了。我轻轻地将霜战的衣衫褪下，那一刀划得很深，几乎废了他的腿。

我轻轻地擦净他身上的血污，从怀中掏出一瓶灵药，这瓶药是师傅珍藏了很多年才传给我的。我倒出一粒药丸，轻轻地捏成粉末撒在了他的伤口上。

"啊——"

霜战一声惨呼，面上露出痛苦之极的神色。我说："霜战，忍一忍。痛过了这一时，明天你的腿就会好的。"我共撒了四粒药丸的粉末，方才将伤口撒实，然后用粗布包裹起来。我又将一粒药丸纳入他的口中，方才说道："好了，明天你便可以走路了，这药很灵的。"

这时，我又看见了他目中的泪光。

第五回
恼乱横波秋一寸

[五] 霜战

我安静地躺在床上,虽然伤口似被火烧一般的疼痛,我都忍住了,不想让韩楚看见我脆弱的模样。对于韩楚,我有种说不出的感觉,那种感觉让我很痛苦。唯有与他一起时,我才不会感到孤独和空虚,也只有和他在一起的时候,我的生活才会感觉到充实。

韩楚静静地坐在我的身边,用淡淡却又很温暖的目光看着我。那感觉暖洋洋的,像冬日里的阳光,心中泛起一阵涟漪。我从小在孤独中长大,除了母亲的鞭子,实在很难找到什么。直到我遇见了韩楚,他是第一个真正关心我的人。在心中他一直是我的依靠,就像一个哥哥。

韩楚突然说道："我知道你此刻睡不着,那种疼痛我是知道的。你能忍这么久,我已经很佩服你了。"他说着,又替我擦了擦额上的冷汗,接着说,"你的脸色很难看,是失血过多的缘故。明天让蝎子给你煮些补血的膳食。"

此刻,只有感激和温暖盈满我的胸间,这些便足以驱散身体上的痛楚。在痛楚渐渐散去之时,我便沉沉地睡去。

醒来已是翌日的中午,睡了一觉,精神充足。起床的时候,我惊奇地发现我的腿竟已经痊愈了。看来韩楚的药还真是很有效果的。我四下一看,没有韩楚的身影,不知道他去了哪里。刚好舞阳进来,便问道:"舞阳,可曾见到韩楚?"

舞阳立刻答道:"韩楚将军去金殿了,蝎子公主也去了。他们临走的时候,吩咐奴婢好生伺候将军您。奴婢这就去给将军准备早餐。"

我忙喊住了她,说道:"不必了,我去金殿找他们。"说着,我立刻展开身形,向着金殿飞奔而去。因为没有取回镇云的人头,那奸妃定会咄咄相逼,从中挑刺。

到了大殿之上一看,果见那奸妃正在国王面前无中生有地挑拨。见我到来,韩楚和蝎子的面上似是一怔。那奸妃冷笑道:"霜战将军健步如飞,半点受伤的痕迹都看不出来。"

我立刻冷笑相还:"不错,韩将军的灵药的确非常见效,一夜之间,末将的伤便痊愈了。陛下,霜战虽未能将镇云的人头带回,但镇云的确已死。我们将金轮国赶出云猛镇只在朝夕,陛下大可放心。"

那奸妃又立刻接道:"哟,陛下,既然镇云已死,那对方的阵营之中定是群蛇无首。此时让韩楚和霜战两位将军前往围剿,定能大功告成。"

国王面带微笑,不住地点头:"爱妃说的极是。传令,命韩楚和霜战两位将军明日率领军队将金轮国的人赶出落日国的边陲,并占对方国界十里。"

这个命令相当苛刻,但王命已下,且又有奸妃从中作梗,怕只能领命了。好在镇云已死,那些士兵并不足以为惧,我当下与韩楚领命退出了金殿。蝎子亦回到她的寝宫,我能感觉她心中深深的担忧和愧疚,对她笑着说:"放心,我们会平安回来的。"

蝎子一笑:"我相信你们会平安回来的,你们连金轮国的第一勇士镇云都能杀死,其他的人自然不在话下。只是,我觉得将你们骗到这里,没有让你们吃好住好,却让你们去上阵杀敌,我感觉自己很自私。其实父王让我去和亲,我一气之下离家出走,却遇见了响马。你们救了我,我却给你们带来这么大的麻烦,实在是过意不去。"

韩楚笑了笑说道:"没关系的,我本来就是个军人,对于行军打仗我还是很习惯的。"

蝎子两眼放光,问道:"你本来就是军人?不像哦!你最大的战绩是什么呢?"

韩楚说:"我打败了西夏王。"

"你居然将西夏王打败了!"蝎子一脸的激动,洋溢着仰慕的目光,继续道,"我听说西夏王手下有四大金刚,个个异常威猛,法术高强哦!"

韩楚仍是很淡地一笑:"四大金刚三死一伤。"

蝎子兴奋地喊道:"太好了,西夏这几年已经开始向大漠数国发起进攻,企图控制大漠。你毁了他的四大金刚,等于砍掉他的一只臂膀,实在是太好了!"

下午时分,我们便开始整顿三军。韩楚的确是个军事奇才,在他的带领下,落日国的士兵异常勇猛。不消一日,便已将金轮国的军队击得一败涂地,并攻下了对方的金辕城。国王大喜,对韩楚赞赏不已。

凯旋之日,国王亲自设宴。酒至酣时,国王突然放声长笑,随即要将蝎子许配于韩楚。我与韩楚都不由怔住,唯见蝎子竟难得地低头不语,脉脉含笑。

我看着韩楚,竟然感觉到自己此时的目光如此悲凉。韩楚站起身回答道:"陛下,金轮国之事已了,我与霜战也该离去了。成亲之事实难从命。"

蝎子的面色剧变,气愤地站起身:"父王,他不愿娶女儿,女儿还不愿意嫁哩!"她说着转身飞速地离去,气氛顿时尴尬起来。我连忙站起身,说道:"陛下,末将兄弟先行告辞。"说着便与韩楚退出宴会殿。

蝎子的寝宫已经一片狼藉,到处都是被蝎子打碎的饰品的碎片。一地的残红,而击碎之声依旧不绝于耳。

韩楚皱皱眉,朝着蝎子寝宫的方向走去,我紧随在他的身后。蝎子将一个双耳的陶瓷花瓶扔出了数尺远后,正准备对下一个花瓶下手。韩楚立刻制止:"蝎子,不要这样。"

蝎子此时已是满面的泪痕,大声叫道:"不要你管!我爱砸你管不到我!"她叫着,想着甩脱韩楚的手,却怎么也甩不开,干脆扑到了韩楚的怀中,放声大哭起来。韩楚一时间怔住了,不知如何是好。

一颗青色的小球飞了进来,停在了空中。紧接着,一个白色的身影现出了身形,将那颗小球托在掌中。待她看清韩楚与蝎子拥抱在一起时,不由花容剧变,面上的神色渐渐忧伤起来。然后,她将那颗青色的珠子弹出,那颗珠子便向着外面飞起,而她幻作一缕白气随着珠子朝外面飞去。

韩楚立刻推开蝎子,喊道:"长安!"

第六回
红烛落泪替人垂

[六] 慕容长安

　　红衣从九婆婆处要来了追情珠，我们几人便随着它来到了大漠。红衣告诉我，她透过追情珠看见了韩楚此刻正在王宫之中。我便安排他们在一家名为月落的客栈住了下来，而我依旧随着追情珠追寻着韩楚。
　　我终于见到了韩楚，同时也见到了他拥抱的那个女子。原来这些日子不见，他已经找到了他喜爱之人。也罢，这样我也死心了。回到客栈之中，上官谨枫问我："长安，发生了什么事？你的脸色如此难看。"

红衣也问道:"是呀,长安,找到韩楚没有呢?"

我惨然一笑,摇摇头。见我如此,他们便不再询问,各自回房去了。我独坐在床边,思绪万千。或许吧,那个陪着我一天天长大的少年的影子,真的该模糊了。我突然很想去看看那片美丽的桃花林,很想再去那株流动着青春气息的垂柳之下抚一次琴,或许那样我的心便可以真的死了。

门轻轻开了,红衣和馥菲在我身边坐下,馥菲轻轻地问:"长安,你还好吧?"

我抬头看她,只觉得有些泪眼蒙眬。我说:"我没事的。"

馥菲握住我的手,说道:"长安,不管发生了什么事情,我们都会在你的身边。我们是好姐妹,我们不离不弃。告诉我,你是不是看见了韩楚?他是不是不原谅你?"

我只是摇头,再摇头,那泪儿便如断线的珠子,落满衣襟。

红衣有些急了,拉住我的手,劝道:"长安,你说是不是韩楚他不肯原谅你?若是如此,我去找他理论。嫁给慕容飘又不是你心甘情愿,甚至当初气走他,也是因为你失去了记忆。从始至终你都是受害者,谁也没有理由责怪你!"

我抬起头,她一语惊醒梦中人,我已经嫁给了慕容飘了,如今我已经是残花败柳,怎能配上他韩楚呢?心终于在这一刻彻底地死了,没有一丝生机。我说:"红衣,你去将他们全部叫进来,我有话说。"

"好的。"红衣起身出去,将他们都喊了进来。我轻拭去泪痕,说道:"从今天起,在韩楚走后所发生的一切,你们谁也不许再提起。尤其是我嫁给慕容飘一事,谁也不得再提!"

他们个个面面相觑,但我已经不想再说什么。我只是吩咐道:"你们都出去吧,上官你留下。"

上官谨枫站在我面前,问道:"长安,你要对我说些什么?"

我抬眼看他,对他说:"上官,我有个事需要你帮我,你能答应吗?"

上官谨枫很是诧异地看我,说道:"有什么话就请说,我们之间何时变得这么拘束起来了?这样我会很不习惯。"

我长长地吁了口气,说道:"上官,我希望你能在韩楚面前扮作我的情人,便如当初我尚未恢复记忆时一般。"我说完,上官谨枫怔怔地看着我,良久才说:"长安,我不明白你为什么要这么做,你明明喜欢韩楚。"

我摇摇头,叹了口气说:"我与韩楚已经只能是回忆。失去的永远都只能失去,我便是竭力地挽回些什么,又有何意义呢?何况韩楚他已经有了心爱的人,而我,也不再是从前的慕容长安。我与他的缘分到了今生,已经尽了。"

上官谨枫用一种异样的眼神看我,我从未见过他这般的眼神,但只是一瞬,他的眼睛又恢复了他原来那清如水的神采。他说:"长安,我答应你。"

我很感激地看了看他,说道:"上官,只是在韩楚的面前演场戏。我对你没有非分之想,你可也不能多想。"

上官谨枫答应着退了下去。

我静静地躺在了床上,我终究是要面对韩楚的。即便我与他缘分已经尽了,但是为了妖天下,我不能这般半途放弃。毕竟我们走到今天,付出了太多太多。

不觉间,夜已深。

一蜡如豆,烛泪滚滚,心已成灰。

再次见到韩楚的时候,依旧是在那个叫蝎子的公主的寝宫中。

这次我看他看得很真切,他憔悴了很多,唯有目光依旧深情地铺在我的身上。他看着我,嘴唇微微动了动:"长安。"

我尽力地让自己冷静,一如当初他去从军来与我告别时一般。我说:"韩楚,此次前来,我们有事找你,关于整个妖天下的存亡。我希望你和霜战能随我们一起回峨眉山的缥缈崖,开启冷月洞门,让千年玄水重过缥缈崖,让冷月琴重见天日。"

韩楚深情的目光渐渐变得淡然,问道:"你找我就只为了这个?"

这时，一个女子的声音传了来："哟，怎么来了客人吗？"

是蝎子公主的声音，她便是韩楚喜欢的人。我赶紧微微行了一礼："长安见过公主。"

蝎子似是很爽朗的人，当下摆了摆手说："和我说话不用这么拘束。既然你是韩楚的朋友，那也就是我的朋友了，以后我们就是好姐妹了。"

我面上带着很温和的笑容，心却是凉凉的，冰冰的。我说："那我就喊你一声妹妹了。我希望韩楚能回一趟峨眉山。妹妹放心，他回峨眉山办完事就立刻回来，姐姐我绝不多留他。"

"峨眉山？"蝎子似是很惊奇地问道，"那是什么地方？有没有大漠的夕阳那般的美丽？"

我只是一笑，回答道："比大漠的夕阳美得多了，那里芳草萋萋，白雾茫茫，有祖母绿般的河水，还有那青翠的山峦。"

蝎子笑道："姐姐这么一说，那峨眉山便如仙境一般了？不行，我也要去，我要和你们一起去。我从小到大就没有离开过大漠，这大漠之外的地方，我都不知道是什么样子的。"

我看了看她，她是如此的单纯，如此的天真，便说道："只要韩楚同意，姐姐我自然没有任何意见。"

她便去缠韩楚，看她那般模样，我的心一阵阵地疼，却又不敢显露出来。

韩楚满面局促，对于这个刁蛮的公主，他似乎也是无计可施，只得答应让她一同前往。蝎子欢天喜地地跑去和她父王辞别去了。

我看着韩楚，幽幽地说："韩楚，谢谢你愿意帮我们，蝎子是个很好的女孩子，你要珍惜。"

他猛地抬头看着我，那目光把我的心再次深深地刺疼了。

第七回
白虹贯日异象生

［七］慕容长安

我强忍着心中的伤痛，对着他温柔一笑，然后避开了他的目光，故作轻松地道："其实上官对我也像蝎子对你一般的好。他很会照顾我，也很懂我的心，很多事我都不用自己操心的。其实我觉得蝎子也一定很幸福，因为你会好好地照顾着她。"

"长安——"

他喊着我的名字，然后托起我的脸，让我直视着他的眼睛，于是我的心更痛。他的声音有些愤怒："长安，你为什么要这么做？你知道那样对我是怎样的伤害！"

我轻轻摇摇头,然后将他的手轻轻地移开,淡淡一笑:"韩楚,那就算我伤害了你好了,因为我不想让上官和蝎子都受到伤害。"

他露出从未有过的愤怒,吼道:"不要再在我面前提蝎子,她和我并不是你所想的那种关系!"

我摇摇头说道:"我和你,再也不可能回到以前了,我们今生的缘分早在前世就已经尽了。你既然愿意去峨眉山,那就请明日一早去月落客栈找我们。"

说着,我便匆忙地幻了身形,飞也似的离开了王宫。因为我已经快要把持不住了,我害怕自己一个情不自禁就扑到了他的怀里,放声痛哭。

韩楚,我真的很爱你,可是,我不得不将这份爱深藏起来。

翌日一早,韩楚便与蝎子一起来到了月落客栈。蝎子很是活泼,很快便与众人熟识了。因蝎子不会飞行之术,必须有一人带她飞行。我本想将此任交给韩楚,无奈蝎子对倦尘的彩凤情有独钟,只得由倦尘带她立于彩凤之上。

一路上我们都能听见蝎子的尖叫和无忧无虑的笑声,她这个年纪真好,如溪水般的清澈明亮。我看着她,在心中深深一叹,或许吧,韩楚和她在一起会很轻松,至少蝎子胸无城府,比我单纯。

突然唐小宁叫道:"你们快看那边!"

顺她所指,只见一道白气冲上天空,贯入旭日之中。红衣惊道:"那股白气决然不是好兆头,地气冲天,乃是大凶之兆!"

正说着,就见一条灰影从我们身后飞掠而来,如一只灰鹤。到了近前,方才看清是一个道人,须发皆白,立在一把古剑之上,长衫飘飘,仙风道骨。

那道人我认识,乃是道界尊师古剑门的古剑道人,昔日七界大会上曾有一面之缘。古剑道人在我们身边立住,对我颔首一笑,问道:"凌掌门可否见到方才的白虹贯日?"

我亦回礼,答道:"道长知道这其中的缘故?"

古剑道人抚了抚胡须,说道:"贫道昨夜夜观天象,已料到此事,故今日便从苍山赶来,前往一探究竟。凡事出必有因,天有异样,必有异物出世。只是不知谁是有缘人。"

唐小宁听他一说,立刻叫道:"我们去看看吧,或许真有些什么稀奇古怪的东西出现哩。"

我正犹豫着,上官谨枫说道:"此处离地气冲日之处并不远,我们去看看亦不会耽搁很久。"听上官谨枫所言,我只得点了点头:"那好吧,我们便与古剑道长一同前往,探个究竟。"

我们便由古剑道人引路,一行人朝着事发之地风驰电掣般掠去。行不多久,我们就看到前方一片茂密的丛林,方圆数百里,似是一个极大的原始森林。在森林的正中间有一个圆形的湖泊,大小不过丈许,从空中看去,却如一面镜子,隐隐透着夺目的光芒。

古剑道人停住身形说道:"该是此处了。"说罢,他落下身去,立在湖边。我们纷纷落下,围在了湖的四周。但见此湖水异常清澈,却深不见底;再看湖边亦是寸草不生,更不要说湖中有游鱼及浮萍了。

古剑道人掐指一算,说道:"不错,据星象所观,确是此处无疑。"

上官谨枫问道:"道长,莫非所说的异物便在这湖中?"

古剑道人点了点头,上官谨枫不由笑道:"道长,这湖不过巴掌大小。纵有异物,那岂不只有手指大小了?哈哈——"

其他之人也跟着笑了起来。

古剑道人不慌不忙,从背上取下一把尺子。尺子为纯金所制,阳光下,熠熠生辉。只见他将那尺子往空中抛去,金光闪烁,那尺子竟越变越长,一端没入了水中,另一端仍停在空中。约莫过了半炷香的工夫,一道金光从水下射出。古剑道人看了看尺子说道:"此湖水深五百六十三尺。"

我们不由吃了一惊,万没料到,小小一个湖,里面竟是大有乾坤。

突然间,原本平静的湖面竟出现了道道的涟漪,且涟漪越来越密集。古剑道人立刻收起了金尺道:"不好,这水下的异物被量天尺的金光所动,或许就要出世了!我们速上空中!"

说着,他展开身形,如惊鹤腾空。在我们上了天空后,那个湖水之中突然冒起巨大的水泡，接着整湖的湖水似沸腾了一般形成一个巨大的漩涡。接着，漩涡之中喷出一股巨大的水柱，直冲上半空，既而便如下了一场雨。

古剑道人面色剧变："此湖之中必有一只上古奇兽！"说罢他伸手掐指一算，进而将这片森林仔细地观察了一番，惊道："凌掌门，你可曾听过这样的一个传说？"

我怔了一怔，问道："道长，什么传说？"

古剑道人目光渐渐严肃起来，讲道："传说盘古老祖先牺牲了自己开辟了天地。不想天塌了一块，善良的女娲娘娘便采来了七彩石，熔后补了天。"

我点点头说道："这个传说我听过的，但是与这里又有何关联？"

古剑道人继续说："女娲娘娘补了天地之后，便从此消失了。说她的坐骑飞天蛟被留在熔石之处。据贫道推算，此处便是当初女娲娘娘的炼石之地，这个湖便是当初炼石所留下的洞穴。在这个湖底定还残存着女娲娘娘未用完的七彩石浆，故而从空中望去，隐隐可见湖水透着七彩的光芒。"

我怔了怔："道长之意是这湖中的异物便是女娲娘娘的坐骑飞天蛟？"

古剑道人点点头："正是。只是贫道思量不透，这飞天蛟为何会在此时突然想要出世？"

第八回
几回魂梦几回重

[八] 慕容长安

飞天蛟突然现世,连古剑道人都不知是何缘故。那股水柱约莫持续了盏茶工夫,方才落了下去。那清澈的湖水中,竟隐隐可见有个东西在晃动。唐小宁惊呼起来:"你们看啦,那里真的有个东西在动!"

古剑道人面色凝重,叹道:"定是方才量天尺惊动了它,看来它此刻真的要现世了!"

一语刚毕,就见一个几乎与湖面一般大小的头颅伸出了水面,这个头颅竟与麒麟有几分的相似。它的身躯便如大树般的伸展出来，竟有几十丈长，在身体的前端与后端各有两个巨大的爪子。它不断地扭动着那巨大的身躯，以至于湖边的土石都被它掀起，甚至有些树都被它连根拔起。湖面便在瞬间扩增一倍以上，原来下面竟是一个坛子一般，上窄下宽。

飞天蛟不断地往上腾起，巨大的尾巴横扫出去，竟将那片森林扫得一片狼藉。唐小宁再次尖叫道："天啊，它竟朝着我们来了，快，快跑！"

果见那只飞天蛟朝着我们所在的方向飞驰而来，在它的周遭有数朵祥云缭绕。古剑道人手持那把古剑，喊道："此物来势汹汹，我们暂且避一避！"

说着，他将手中的古剑在空中急速地画了一个八卦形状的图形，画完后，那个八卦立刻金光缭绕，慢慢地在空中蔓延开来，片刻间已经形成一个巨大的屏障。我急声说道："道长，此物威猛无比，若不降伏，怕会为祸人间！"

古剑道人说道："此物乃是女娲娘娘的坐骑，并非你我之力所能降伏。且它是女娲娘娘的坐骑，集天地之灵气，定不会祸乱人间！"

说话间，飞天蛟已经到了近前，正在剧烈地撞击着那个八卦屏障。情势所迫，我们只得飞身撤退，匆忙回到峨眉山，而古剑道人业已返回古剑门。将蝎子和彩凤安排在山腰的妖月亭后，我便领着众人立刻赶到缥缈崖崖顶的冷月洞。按照掌门、副掌门、护法、长老的顺序,我们依次站好,各自发功。但见这些各色的光芒融会到一处,形成一道七彩光柱,击向冷月洞门。

"轰隆——"

一声巨响,冷月洞四分五裂。我们踏步入洞,里面有一颗夜明珠发出莹莹的白光。洞很大,却很空,除了那颗夜明珠,还有一具琴浮在空中。除此之外,洞中再无他物。我走近那具古琴,它平静地浮在那里。乌黑的琴身散发着淡淡的幽香,上面的琴弦有着七种不同的颜色,分外鲜艳。

它似乎已经等待了很久,我能感觉到它骨子里透着的期盼。它一直在等待着这一天,我终于来了。

取下冷月琴,我席地而坐,而他们也在我面前席地坐下。我轻轻地拨弄了下琴弦,那声音宛如凤鸣,清脆悦耳,果然不是凡品。我十指轻弹,一曲《锦灰》袅袅而来。在我的琴声中,他们微微地闭上双目,前世的种种便在他们的脑海中一一回映。

但见他们的身躯缓缓地上升,便是我自己,也浮在了空中。一道清澈无比的泉水从空中落下,继而从冷月洞中流出,这便是千年玄水。只要它流过缥缈崖,便是妖天下重回七界之时。

一曲已毕,他们睁开双眼,个个面上露出惊奇的神色。红衣道:"原来我们的前世早已在我们的梦中出现过,只是我们都以为是个梦罢了。"

馥菲惊叹道:"长安,你还记得我以前和你说过的话吗?我说在我很小的时候便有个梦一直追随着我,那里面有青青的山峦,有祖母绿般的溪水,还有很多年轻的男女在欢快地歌唱,你还记得吗?原来这一切都是真的,并不是我单纯地在做梦!"

他们纷纷诉说着,原来在他们的内心深处并没有忘记。前世那快乐的时光总是在他们的梦中出现,可见前世的一切在他们心中早已根深蒂固。

蓦地——

洞外传来一声清啼,彩凤已经振翅飞来,上面坐着惊慌失措的蝎子。我忙问道:"出了何事?"

蝎子面色苍白地说道:"蛇——我从未见过——那么大的——蛇——"

蛇?我立刻想到了飞天蛟。蝎子自幼生在大漠,将飞天蛟当作了蛇也是情有可原。我当下一飞身,出了洞外,众人紧随我身后。我们出了洞一看,果见一个巨大的头颅昂然在群山之中,那正是飞天蛟。

唐小宁惊道:"那只怪物居然找到峨眉山来了!长安,我们怎么办?"

我面色凝重地说道:"现在我们已经恢复了前世的记忆,法力也已恢复，又有冷月琴在手，降伏这只飞天蛟该不是难事。"我口中虽这般说，心里却是没有底。它比一般的魔怪要凶猛得多，且是女娲娘娘的坐骑，其灵性与法力可想而知。

上官谨枫说道："长安，我们联手灭了它吧！"

他本是妖天下的刀妖，那把青龙刀能幻出数条巨大的青龙，威力无穷。

那只飞天蛟见我们出来，当下一声嘶吼，腾起那巨大的身躯，径自朝我们飞来。情势所迫，我只得喊道："大家准备联手！"

一语刚出，空中无数光环闪烁，流光溢彩，甚是缤纷。他们已将各自的法宝幻出，并迎向了飞天蛟。上官谨枫的那几条巨大的青龙在空中飞舞，喷出一股股淡青色的光焰，甚是霸道。但飞天蛟更为凶猛，那巨大的尾巴能扫平整座小山，且不时地发出震耳欲聋的嘶吼。

虽然他们各尽所能与飞天蛟拼斗，但由于飞天蛟实在太过庞大，且异常凶猛，所以他们不久后便败下阵来。我轻抚琴弦，端坐于云端，再奏起那曲《锦灰》。琴声虽是淡淡，如山涧清泉，却蕴含着巨大的压力。一股股琴浪向飞天蛟压了过去，而上官谨枫等人早已飞身落到我的身后。

飞天蛟上下翻飞，似是极其痛苦。那巨大的尾巴扫得山石横飞，但并不离去，仍是在我面前翻腾。一曲已毕，但见它落在地上,那巨大的头颅微微昂起,一双灯笼般大小的眼睛盯着我。良久,那双目中竟滴下泪来。

我的心似被无情的大手拨弄了一般,针刺一般的疼。莫非这只飞天蛟与我亦有些渊源?为何我并没有任何印象?我看着它那双眼泪汪汪的大眼,在它那巨大的瞳孔中,我似乎看见了一个女子,人首蛇身,周身七彩霞光。那面容竟是如此的熟悉,如在梦中见过一般。

第九回

一枝红艳临窗瘦

[九] 慕容长安

飞天蛟在我的面前竟是如此的温顺，令我有些不忍心去伤害它。我叹了口气："你这畜生，还不尽快回去？不得再到这世间来祸害百姓，我便不伤你！"

它依旧很温顺地伏在我的面前，并不离去，只是目中的泪水更加泛滥。它的身躯突然间急剧地萎缩，只有丈许长，渐渐地蜷缩着盘在了一起。我从空中徐徐落下，它便飞了过来，横在我的身下，但对我并无不利。

我的心中突然有一种很奇妙的想法，莫非这飞天蛟想要做我的坐骑？于是我问它："你要做我的坐骑？"

它竟点点头，明亮的双目中竟能微微看到些兴奋的光芒。

我不禁哑然失笑，原来它对我们并无恶意，一路追随却也只是因为想做我的坐骑。我轻轻地抚摸着它头上那柔软光滑的毛发，柔柔地说道："那好吧，以后你就做我的坐骑好了，虽然我不知道你为何会选择我。"

它只是低头在我身上轻轻地磨蹭着。

夕阳下的缥缈崖是最美的，空中似飘着一层淡淡的血红色，映在女孩子的面上便真如擦了胭脂一般。我见着唐小宁和倦尘在一株树上打闹着，隐约可听见唐小宁含羞地说道："倦尘，今生今世我的手只想给你牵。"

倦尘笑嘻嘻地去牵她的手，却被她躲开，接着她那银铃般的笑声便回荡在林中。她边笑边喊道："倦尘，我的手只想给你牵，但是就怕你牵不到，哈哈——"

两人便在林中嬉笑穿梭着。

一种羡慕的感觉悄然爬上了我的心头，韩楚，我的韩楚，此刻的你在做些什么呢？我向着韩楚所在的地方飘去。

无忧河的水边，蒹葭苍苍，夕阳的余晖映着两条长长的影子，那是韩楚和蝎子。他们正坐在水边看着无忧河水，那水业已被夕阳映得如铺了一层血色的胭脂,闪着点点的粼光。

心剧烈地疼痛,我强忍着泪转身离去,独自一人立在崖边,眺望着远方。远方有一片艳丽的桃花林和一个舞剑的翩翩少年。可是,为何现在他们都已经模糊起来了呢?

直到月上中天之时,我方才回到房内。摇晃不定的烛光将我的影子长长地映在了窗棂上,它竟是如此纤细。正在暗自神伤之际,门开了,一个熟悉的身影进了来,是蝎子。她满面的泪痕,眼睛红红的,肿肿的。

我看着她,用很诧异的眼神。她哽咽了声说道:"都是你!都是因为你,我才会搞成今天这个样子!我恨你!"

"蝎子,究竟发生了什么事?"我如坠云雾之中。

她继续说道:"今天韩楚和我说了,说了很多你们以前的事,他还是忘不了你。他说他要让你回心转意,他要和你一起双宿双飞。都是你!你既然不喜欢他了,为什么还要出现?要不是你让他来峨眉山,他早已和我快乐地在大漠生活着!"

韩楚——

我木然而立,任蝎子独自在那儿哭诉着。良久,蝎子无力地坐在了地上。我终于冷静了下来,伸手将她扶了起来,劝道:"蝎子,你放心,我会给你个满意的答复。我会让韩楚对我死心,我会让他重新回到你的怀抱里,和你一起在大漠里快乐地生活。"

蝎子泪眼蒙眬地看着我,似信似疑。终于她转身,头也不回地跑开了。

我坐在床上,心中百般煎熬,却已无泪。想我残花败柳之身,如何能配上韩楚?既然不能,那不如退让,让他死心,也让自己死心。

"砰——"

风将窗户吹开,微弱的烛火立刻熄灭了。我叹息了一声,也不想去理会,只是轻轻摆了摆手,那窗户便自动关上了。我斜斜地躺在了床上,微闭双目,心中却是心潮澎湃。蝎子是个好女孩,单纯和善良,并且很爱韩楚,她完全能代替我照顾好韩楚。

嘴角浮现一丝的苦笑,我的心终于平静了下来。

"咚——"

一声很轻的敲门声传来,我立刻屈指轻弹,那烛火便亮了起来。我站起身,说道:"进来。"

进来的是韩楚,微弱的烛光下,他的脸更加的苍白,略显黯淡的眼眸透着些许的忧伤。我看着他,尚未开口,便已见他冲了过来,一把将我抱在怀里,抱得那般紧,我甚至能感觉到他那灼热的舌尖触着我的嘴唇。

"韩楚——不要——"

我轻轻地喊着,这声音是那般的无力。在我心中是多么地渴望着这一刻的到来,我多想就那样地依偎在韩楚的身边,听着他的心跳,感受着他的气息。可是,我却不能。我残缺的身体已经不配拥有他,我只能将他藏在我的心里,只能让他活在我的记忆中。

"长安——我爱你——长安——我真的不能没有你——长安——"他边亲吻着我边含糊不清地诉说着。

"不——真的不能这样——韩楚——不能——"

我喊着,狠狠心,将他推开。突然间,我与他都泪落纷飞。

"你出去——"我喊着,"我和上官就要成亲了,希望你不要再纠缠我,这样我会觉得对不起上官!也对不起蝎子!今生你我已经注定了有缘无分,你再强求亦于事无补!韩楚,你放过我吧,求你放过我!"

他又现出那让人心碎的眼神,一如那年的分别。良久,他转过了身,静静地走了。

我跌坐在地上,任泪水泛滥。

一条淡淡的人影进来,立在我身前,却是上官谨枫。上官谨枫道:"长安,方才的事我都看见了,你这么做,我也明白你的良苦用心。倘若你真想让他断了对你的痴心,安心地与蝎子归隐大漠,我愿意再帮你个忙。"

我抬头看他,泪眼望去,只觉得他的面上不着丝毫痕迹,以至于无法去捉摸。我问:"什么忙?如何才能断了他的痴心?"

上官谨枫一字一顿地说道:"和我立刻成亲!"

我怔住,我虽和韩楚那般说,但心中却从未想过与上官谨枫成亲,就算是假的,也不曾想过。此时,上官谨枫亲自提起,我就觉得脑海之中一片空白,不知如何回答他。

"长安,"他继续说着,"你知道我是喜欢你的,也知道你不可能真的嫁给我。因为你爱的是韩楚,不管你表面上装作如何无所谓,但你的心中,永远只有他一人。我不想你一个人这般的痛苦,所以我愿意与你假成亲。待韩楚与蝎子远走大漠之后,你与我依旧只是掌门与副掌门,而并不存在其他的任何关系。"

我看着他,再也忍不住,扑在他的怀里,放声痛哭起来。此时此刻,我觉得他是唯一懂我的人,也是唯一能给我依靠的人。

第十回

而今才道当时错

[十] 慕容长安

三日后。

整个缥缈崖张灯结彩，好不热闹。一是庆祝妖天下重回七界，二是我将在今日与上官谨枫成亲。叶芷风是千年花妖，她将整个缥缈崖装扮得如同仙界的百花园一般，而浴红衣和唐小宁则用红白双绫幻作七彩烟霞，轻烟般地飘在缥缈崖上，美如仙境。倦尘的彩凤引来百鸟，在林间歌唱，一时间清脆的鸟鸣与众人的笑声弥漫着整个缥缈崖。

如今的七界，已有的鬼界和魔界名存实亡，而佛界的天音寺被韩楚他们灭了后,很快由其同门天雷寺所替,七界实则只有五界而已。

其他四界今日都派人前来祝贺。

这是我第二次成亲,同样的大红嫁衣,同样的凤冠霞帔,同样的我的心境。

木然地拜了天地,我被红衣和叶芷风送入了洞房。我心酸酸的,却没有哭的欲望。这一次我或许真的让韩楚死心了,也让我自己彻底死了心。今后我该何去何从?我甚至不知道如何去面对未知的一切。还有上官谨枫,我以后该如何以一颗平常心去对他?

突然间,我觉得自己竟自私到如此地步。

不知何时外面乱哄哄的,我唤了红衣前去观看。红衣看后告诉我:"长安,是韩楚,他非要来闹洞房,说要和你喝酒,不醉不回。"

心猛地一沉,莫非他依旧不死心?

门被撞开,我一把扯下了盖头,就见韩楚醉醺醺地闯了进来,身后跟着蝎子,身着大红衣裳的上官谨枫,以及倦尘等人。韩楚看着我,虽是醉眼蒙眬,但却掩饰不住满眼的情谊。只是如今看时,已毫无意义。

他把手中的酒壶往前一递,笑道:"新娘子,呵呵,我要敬——敬你酒——呵呵,愿你和——和你喜欢的人——"

他说着，指了指上官谨枫，接着说道："也就是上官，愿你们白头到老——老——"说着，他一饮而尽。

他的双眼血红一片，脸上湿湿的，分不清是汗水还是泪水。

"好！我喝！"我说着，接过他手中的酒壶，一仰头，喝个精光。我的面上也是湿湿的，也分不清究竟是酒还是泪。

"哈哈——"

韩楚放声笑了起来，笑声中满是辛酸，满是泪。他泪眼汪汪地看着上官谨枫，拍拍他的肩："上官兄，你真的好福气，好福气呀，我——韩楚——我等这一天，等了几百年了，快——快一千年了——却让你小子——得到——了——"

他突然抓住上官谨枫的手："上官兄，你要答应我——以后——以后要好——好待她——不能负了——她，否则我——可——可不饶——你——"

蝎子拉住他劝道："韩楚，你醉了，快回去吧，别在这里丢人——"

她刚说了几句，便被韩楚喝住："这是我——我的事，我也——是为——为了长安——好，怕她以后——后——受人欺负——"

韩楚说着，一头栽倒在地上，沉沉地睡去。

倦尘等人立刻将其扶起，送回房中。蝎子打了盆凉水，留在他的房中照看他。看着蝎子细心地照顾他,我的心头泛起一丝妒意,原本坐在他身边照顾他的人该是我。

上官谨枫牵牵我的衣袖:"长安,我们也该回房了。"

我只得点点头,与众人告别,任由上官谨枫牵着我的手,回到了房中。上官谨枫看着我笑了笑,说道:"你今天是我见过的最漂亮的一天。平时看习惯了你素面朝天,不想着了胭脂水粉,竟又别有一番风韵。"

我轻轻地抬眼看着他,"你别拿我打趣了,今天委屈你了。你睡床上吧,我在小榻上将就一宿便可。"

"呵呵,"他突然傻笑了几声,"我怎么可能让你睡小榻呢?你还是乖乖地睡在床上好了,这小榻还是我睡吧。"他说着,将身上的大红衣裳脱了下来,然后往小软榻上一躺,说道,"唉,这里还真是很舒服哩。"

我苦笑着摇摇头,和衣躺在床上,微微地闭了眼睛,却毫无睡意。

翌日清晨,韩楚便与蝎子前来告别。他终于答应与蝎子一起回大漠,在那里双宿双飞,一起看大漠的落日,或许韩楚会在漫天的黄沙中吹上一曲悲凉的箫音。

韩楚在看我的时候,目光中带着些许的歉意。我知道他是在为昨夜的事而自责,然而我们谁也没有提。眼望着韩楚与蝎子渐渐远去,很快便没了踪影,我的心中竟有种如释重负的感觉。我该是替他高兴的,他终于有了自己的幸福,而我呢?何处才是我最终的归宿?

这般过了数日,我将妖天下的大小事物尽数交与上官谨枫。他本就是副掌门,处理起事物来亦得心应手,而我也很放心。这一日,我将众人唤来,说道:"今日我要宣布一件事,明天起我将去云游,以后门中之事将由上官全权处理,你们务必听命于他。"

众人虽是诧异,但仍然毫无疑义。

我乘着飞天蛟来到当年的那片桃花林中,这是我第一次也将是我最后一次漫步其中。这里的桃花开得真艳呀,一枝枝的妖娆绽放,把个春光都占尽了。我在一方石桌之上,幻出冷月琴。十指轻动,一曲《如梦令》凄凉而哀婉,飘至桃林深处。

曾宴桃源深洞

一曲轻歌舞凤

长记别伊时

和泪出门相送

如梦 如梦

残月落花烟重

唱罢，我泪湿粉面，唯有余音袅袅。一阵风起，卷起满地桃红。便也在此时，空中竟有雪花飘落了下来。这里本是无雪的，可是雪花越飘越大，不消片刻，便已落了厚厚的一层。雪白铺满桃红，红白相间分外妖娆。

这是一场绚烂的妖雪，我立在满天纷飞的雪花中，恍然入梦，过去种种——现在眼前。

我坐在飞天蛟上，飞在空中。低头望去，下面已是白茫茫的一片，那原本艳丽的桃花林已被白雪所掩埋。我淡然一笑，或许吧，所有美好的回忆，都已被这场雪所掩埋。

飞天蛟将我载到它出世时的那片森林之上，落入女娲娘娘熔石补天的那个七彩湖中。湖水异常清澈与冰凉，仅湖口处稍嫌狭窄，湖心处却是无比宽阔。到了湖底，隐约可见一座宫殿，由七彩石所建，霞光缭绕。

近前一看，却是女娲宫。飞天蛟在宫前停住，微微垂首，万分恭敬。我走在鲜艳的七彩石上，进了宫中，里面放着女娲娘娘当初补天的一些器皿。再往里，一尊彩色的雕像，立在宫中，如真人一般大小，虽是人首蛇身，但面目却是栩栩如生。

我细瞧之下觉得甚是眼熟，感觉中与我很是相似，便幻出一面铜镜。两相比较，我与这雕像却是一模一样。我猛然发现，原来自己竟是女娲的后世！此时，我方才明白，为何飞天蛟会在此时出世，且又甘愿做我的坐骑，原来它已经知晓我的身世。

原本以为我已无处可去，不想竟有这座女娲宫可以让我栖身，让我可以安静地将前尘种种慢慢遗忘。最后一次对自己，也是在心中对韩楚说道："我出生时，雪满长安，人称妖孽，便让我乘着今天这场绚烂的妖雪息心，然后将你遗忘在那个只属于你的角落里。或许，在很多年以后，当桃花再次艳冠天下的时候，我还会想起和你相处的那段时光。"

[番外] 一
人生若只如初见

[慕容长安]

五百年后。缥缈崖。

整座缥缈崖都张灯结彩，喜气洋洋，山林中百花齐放，万鸟齐鸣。正如那年，我与上官谨枫成亲时一样，甚至更美。

我乘着飞天蛟穿越空中片片绚烂的烟霞，一切都还是那么熟悉，却又那么陌生。

五百年了，转眼之间，我已经离开这里五百年了。

今日，乃是妖天下重回七界五百年大典，我虽已卸任掌门之位，但这里有我心心念念的兄弟姐妹，前尘旧梦如烟似雾，恍恍惚惚之间，又重上了我的心头。

"快看！是长安！长安回来了！"叶芷风第一个看见了我，她兴奋地喊着我的名字。

我从飞天蛟上纵身落下，落在了她的身边，微微一笑："叶子，谢谢你还记得我。"

五百年，弹指一挥间，我在女娲宫中修炼，完全忽略了世间的变化。

叶芷风伸手拉住了我的一只手："长安姐，这一次，我们再也不让你走了，你都走了五百年了，可知道，这五百年里，我们日夜期盼你回来，我们好想再听你的琴音，也好想再在你的面前，轻歌曼舞。"

我伸手在她的手背上轻轻地拍了拍，笑意浅浅："我这次回来，就是为了能跟你们多相聚些日子……"

"长安！"又是一声呼唤，我便住了口，朝着他们看去，便见着上官谨枫带着红衣、霜战、唐小宁以及倦尘朝着这边跑了过来。

唐小宁一过来就开心地抱住了我，叽叽喳喳地说个没完，我含笑倾听，待她说完，我才伸手在她的脑瓜上轻轻敲了一下："五百年没见，你的性子还是如此。"

"我就是这样，"唐小宁露出贝齿，"就算是五千年，我还是这样的。"

上官谨枫走到我的面前,面带轻笑:"长安,你回来了就好,这五百年里咱们妖天下可是蒸蒸日上,已经排到七界第二,仅次于仙界了。"

仙界,那是一个无法超越的存在。

我不由莞尔:"上官,妖天下能有今日之成就,全然是你领导有方。"

"你回来了,掌门之位我归还于你。"

"不,"我轻轻摇头,"我不会接手的,今日是妖天下重回七界五百年大礼,我才回来与你们相聚,过几日,我便会离开。"

"什么?"他吃了一惊,"长安,你说你还要走?"

我淡淡地点点头:"我有属于我自己的地方,不过,我可以经常来看看你们,而你们也可以去看看我。"

我的目光,轻轻穿越了他们,朝着四周看了看。

"韩楚也来了。"上官谨枫微笑着说,"他在思悔崖。"

韩楚?

我怔了怔,方才我不经意间轻轻地一张望,难道是在寻找他吗?似乎我并非如此吧?

还是说,在我的内心深处,其实,还是很想念他的?

我这一次来这里,到底有没有想要见见他的意念在里面?我不知道,也不想知道,似乎一切都是随遇而安的。

浴红衣笑着说:"你们两个人真的是太让人揪心了,他一来,也是如你这般,但我们一看就知道,他的心里面还是有你的,你还是去见见他吧,免得他多愁善感的性子憋坏了身子。"

我哑然一笑,都五百年了,他要是憋坏身子的话,怕是早就憋坏了,哪里还用等到现在呢?

见我不吭声,大家都笑了起来,现在的妖天下,早已经是欢声笑语,不像当年那般的凄风苦雨了,我看着众人脸上洋溢着的笑容,着实不想煞了风景。

"好,我去见见他便是了。"我的声音有些清冷,但我自己却是能感觉到它在颤抖。

心,莫名地紧张了起来,像是一把无情的大手,狠狠地抚弄了一下。

上官谨枫笑着说:"去吧,我想他一定也是在等着你,五百年了,你们已经五百年没有见,一定有很多的话要说。"

我点点头,虽说我与上官谨枫拜过天地,但是,我们之间却是清清白白,不曾有过任何的暧昧之情。

而那次,也完全是为了成全韩楚和蝎子,当时,我只恨自己被魔王羞辱,不配成为他的妻子,才不得不出此下策。

思悔崖。

我的身形轻飘飘地落在了山崖之上,这里是妖天下犯错的弟子前来面壁思过的地方。

远远的,我就看见了韩楚,他背向我而立,虽然五百年没有见,但他的身形依旧是如当年一般令人着迷。

我如飞花,轻落在他的身边,只是看着他,并未曾开口,而他却已经察觉,轻轻回眸间,我仿佛又看见了当年那个白衣的少年。

他看着我,目光中带着几分惊喜,嘴唇轻轻地抖动着,却并未说话。

我们彼此安静地看着对方,任凭着时光安静地流淌。

良久,他才平息了内心的慌乱,用几乎沙哑的嗓子对我说:"长安,你回来了。"

我点点头,站着未动,他轻轻走到了我的面前,伸手放在了我的肩上,目光已然平静了。

我微微垂首,不敢去看他的眼睛。

虽然时光流逝,但我们的容颜并未老去,一如当年的我们,他的脸也如当年般俊美,但多了一份沧桑与成熟,少了当年的明媚,多了一份忧愁。

"长安,"他伸手轻轻地挑起了我的下颌,"看着我的眼睛,不要挪开。"

"韩楚……"一对上他的眼睛,我的心就开始慌乱了起来,就像是突然闯入了一只小鹿，在心里蹦跶得厉害，"你还好吧？"

"我不好。"他的眼神很刚毅，伸手轻轻抚过了我的脸庞，"没有你的日子，我怎么可能会快乐，怎么可能会过得好？"

"你和蝎子……"我咬咬唇，终于还是问出了那句话，虽然没有说完，但我的意思，他是明白的，他的心中一定是清楚的。

"不要跟我说这个，"韩楚的目光轻轻闪动，"当年，你设局逼着我与她去了落日国，但是，我并没有成为她的驸马，我选择了浪迹天涯。后来，他们告诉我，你离开了妖天下，不知所终，上官兄也告诉我，你们成亲不过是做的局，我才醒悟了过来，于是，天涯海角，我都要找到你。"

"韩楚，对不起。"我的心，一阵剧烈的疼痛袭来……原本以为，五百年的清修，我已经能心如止水了，但未曾想到，我一见他就彻底地迷乱，彻底地失去了自我。

"长安，不要跟我说对不起，我想要什么，你心中该是明白的，既然你孤身一人，我也是，那我们何不在一起？"

"我……"我想起自己早已经不是完璧之身，我配不上他。

"长安，"韩楚轻轻地吻了一下我的额头，"不管你以前有什么经历，有过什么遭遇，我都不管，我只要你从今往后，与我在一起，我们一起便已经足够了。"

他的声音如此恳切，如此令人心荡神摇。

我几乎沦陷,我轻轻地挣脱了他的双手,摇摇头:"不,韩楚,我不能太自私了,你是这样完美的人,我不能给你抹上污点。"

"长安。"韩楚的眼中,渐渐涌现出了泪水,"为何到了现在,你还不肯相信我呢?我们已经分开五百年了,五百年风雨,足以让顽石点头。而你,我的长安,你怎么比顽石还要坚硬?"

我看着他,默默地看着他,眼泪却是一点点地滚落了下来。

"长安,你是愿意的,对不对?我们一起,不管是留在这缥缈崖,还是远走天涯,我都是愿意的,你也愿意对不对?"

我想拒绝,可我的唇一直抖动着,却说不出来一个字。

"长安,不要拒绝我,好不好?我找了你五百年,你难道就没有一丁点儿的感动吗?"

"韩楚……"我泪流满面,"我现在不能答应你,请你给我一点时间,好不好?"

这真的不是我所想到的结局,我以为我已经放下了,而韩楚,也一定会在落日国跟蝎子生活得很美满,他们一定举案齐眉儿女成群。

我和他也不过只是很好的朋友而已,就像是故人。

却是没有想到,五百年的风雨之后,我们之间还是回到了从前的样子。

"好，我同意，长安，请你不要走，我们在一起，我想你一定会回心转意，一定会放下你的心结，一定会做出不让自己遗憾的事情。"

我们正在说着，就见着思悔崖的对面，凭空出现了一道黑色的闪电。

那道闪电，将山崖附近的鲜花都炸得下了一场花雨。

我微微吃惊，祭出冷月琴，擒在了手中，对方来势汹汹想必是来者不善。

空中飘来了一个女人清冷幽怨的声音："韩楚，别来无恙否？"

这个声音非常陌生，我似乎从来没有听过，从她的语气中，我能感觉到，她跟韩楚很熟，他们之间一定有着一段不为人知的过往。

韩楚的脸色微微变了变："魅姬，你这是何苦？我早已经清楚地跟你说过，我韩楚这辈子只会爱上一个女人，那就是慕容长安。"

"你找到她了，对吗？你身边的那个女人，就是你口中的慕容长安，对吗？"

"是。"

韩楚只是淡淡地说着，我能从他的身上感觉到他是愤怒的，他的气息中充满了怒意。

魅姬听着他的话,长笑了一声:"韩楚,我不会罢休的,你永远都不会知道我有多么的爱你,为了你,我不惜坠入阿鼻地狱,让自己化身为魔。"

韩楚依旧面色清冷,声音亦是同样的清冷:"你自己执迷不悟,并非我韩楚始乱终弃,从你一开始向我表达爱意,我便严词拒绝了你。"

"所以,我成了现在这个样子,就跟你完全没有关系了吗?"魅姬十分激动。我实在是不明白,一个女人,在被男人严词拒绝后,为何还要让自己陷入万劫不复的深渊呢?

魅姬尖叫着,在空中现出原形,一个硕大的黑色骷髅,隐隐地透出邪恶之气。

她的声音也在一瞬间变得苍凉了起来:"慕容长安,我一直都在找你,我要找到你,我要跟你一决高下,我倒要看看,被韩楚喜欢的人,究竟有几斤几两!"

她的身子急剧地膨胀着,然后快如离弦箭一般射向了我,空中飘起了鹅毛般的大雪,一如当年的桃花雪一般。

我轻轻一挥衣袖,将韩楚推到了一边去,手指轻轻拂过冷月琴的琴弦,一道霞光迸射了出来。

黑色的箭如漫天的飞蝗一般,射在了我的霞光之镜上,箭虽猛,却无法穿透我的霞光。

漫天的飞雪在空中撕扯,将我紧紧地围拢住。

霞光突然暴射,如平静的海面,突然间波澜万丈一般,惊涛骇浪向着四周波射出去。

黑色的箭消失不见了,魅姬在空中渐渐幻出了身形,是一个妖媚的女子,她浮在了空中,身边萦绕着黑色的烈焰。

"不错,"她冷笑着,"慕容长安,你果然有些本事,我告诉你,我魅姬不会罢休的。"

她的双手缓缓从心前划出了一个圈,在她的掌心有一道金色的亮光闪动着。

"魅姬!不可!"韩楚一声惊呼,并拢双指,念动剑诀,祭出长剑,那柄长剑在空中急速地转动着,射出了无数柄小剑,每一柄小剑都围在了长剑的周遭,朝着魅姬飞速地射去。

剑光闪动,在她的哀号声中,我看见殷红的血,涨满了我的眼帘。

她原本艳丽的脸此刻死灰一片,黑色的血从她的唇角落下,洒在了白茫茫的雪地上,刺着我的眼睛,生生地疼。

魅姬用怨毒得如蛇般的眼神看着我,我知道她的心在流血,韩楚会为了我而伤了她。

韩楚立在一旁,没有说话,但是我却能感觉到他那暖暖的眼神，正在我身上游走着。

魅姬恨恨地说："你们逍遥不了多久的，我一定会让你们魂飞魄散！"

无风，空中的雪突然漫天地飞舞了起来，隔在了我们的中间，她的身影渐渐地模糊了起来。

空中传来了她的声音："今天，就让我们做个了断！"

我嘴角边带着淡淡的冷笑，纤指轻挥，卷起一道雪箭，射向她。

魅姬的身躯突然消失在茫茫雪雾中，空中传来她幽怨的声音："你虽然厉害，但却是伤不了我，韩楚，我得不到你，别人也休想！你爱谁，我就杀了谁！"

声音渐渐地远去，却又忽而从四面八方涌了来，一阵阵压抑的感觉弥漫了我的周身，我被这鬼哭狼嚎的声音弄得心神不宁。

韩楚似乎也是吃了一惊，他眉头紧皱地说："你居然练成了'鹤泣'这种邪功？"

他的手里现出一道霞光，流光溢彩，猛地一掌推出，那道霞光便冲破了层层的雪障，在空中停住，那闪烁的光芒，灼疼了我的眼睛。

霞光在空中飞舞着，宛如一个球，在不住地转动，宛如盛开的莲花一般的灯，在流光飞舞中，魅姬发出凄楚的嚎叫。

我看见她的身形被那五光十色的光芒罩住，任她如何挣扎，也无法逃出来。

"韩楚！你居然会用七彩莲灯这种宝物伤我！"

魅姬哭嚎着，她的身体化作黑色的烟尘，在霞光中挣扎。

韩楚冷冷地说："且不说，你已经坠入了魔道，单就你伤害长安这一条，我便不能饶你！"

"可那还不是因为我爱你吗？"

"我不可能因为你爱我，就原谅你想要伤害我心爱之人的想法，我们虽然相处时日不多，但你也该是明白，我韩楚说话做事，从不拖泥带水。"

他原本在军队里待了三年，行为做事，向来是杀伐果断，除了在我的身上，他一直纠结不决。

"好！很好！"魅姬尖叫着，"韩楚，算你狠，但是我魅姬也不是省油的灯！"

黑色的能量似乎爆发了出来，轰隆一声，那团霞光便已经碎了，魅姬的身形在空中突然间变大，她居然厉害到这个程度？

似乎也让韩楚感觉到了意外，魅姬居然能从他的七彩莲灯之下逃生。

"韩楚！你现在该明白，就算你有七彩莲灯，也不可能困得住我了吧？"

突然，我察觉到了一丝不对，魅姬并非是靠着本身的实力，毁掉了七彩莲灯，而是突然间她获得了无穷的力量！

她……正在盗取峨眉山的灵气！

果真不愧是坠入了阿鼻地狱的人，偷盗之术一流！

不过，她偷得很小心，未敢弄出太大的动静，而我若不是功力深厚，若不是与她离得近，怕也是难以察觉到的。

韩楚冷冷地说："魅姬，我给你最后一次机会，如若不然，后果自负！我怕你付不起！"

魅姬惨笑着说："你为了讨好巴结慕容长安，连我这样喜欢你的人，都可以视若无睹，韩楚，你的心真的是铁做的吗？"

"魅姬，"我忍不住冷冷地插了一句，"你若再敢偷盗我峨眉山的灵气，我就直接灭杀了你！"

"你……"魅姬显然是没有想到，她盗取峨眉山的灵气，居然被我识破，当下一时语塞。

韩楚听闻，不由怔了一怔："魅姬，你居然敢动峨眉山的灵气？"

"我有什么不敢？"魅姬忽然狂笑了起来，"韩楚，我为了能得到你，毫不犹豫地入了魔道，你以为，我还有什么不敢的？"

魅姬该是一个十分可怕的人，我不知道韩楚怎么就招惹上了她，好在，我也不是一个软弱的人，敢盗取我峨眉山的灵气，我这前掌门也绝对不会袖手旁观!

我一挥衣袖,飞雪中,我的身躯凌空而坐,冷月琴的琴身散发出七彩霞光,比韩楚的七彩莲灯更为绚烂夺目。

一曲《锦灰》从我的指尖之下,轻轻流淌了出来,天地之间仿佛已经寂静了,唯有这琴声如涓涓细流,令人心沉醉。

蓦然,魅姬的身躯在琴身中再次幻化成了骷髅,像是一阵烟雾,消失不见了。

"想走吗?"

韩楚冷冷地说着,手中的宝剑突然就飞了出去,带着万丈霞光,紧紧追着魅姬隐藏的身形。

"韩楚!你何必如此为难我呢?好歹,我也是爱你的人!"

"伤害长安的人,我岂会有怜悯的心?"

我不言语,依旧弹琴,琴声渺渺,荡气回肠。

"长安!发生了什么事情?"

上官谨枫等人也凌空飞掠而来,他们在空中御剑飞行,飘飘若仙。

魅姬见着众人均已来到,便突然朝着地下钻了去。

上官谨枫祭出长剑,那剑光芒万丈,紧随着韩楚的长剑一起,紧追魅姬。

只是,魅姬逃得太快,转眼间便已经钻入了山体之中。

"铮！"两柄长剑插在了巨石之上，却未能没入其中。

我起身，冷冷地说："看来魅姬潜伏于峨眉山已经不是一天两天了，她应该已经盗取了不少灵气，倘若让她寻到峨眉山的灵根所在，届时怕就我也难以抵挡住她。"

韩楚来到我的身边："当年，魅姬接近我，怕也是为了这峨眉山的灵气，如今，她藏于山体中，我们该如何是好？"

"她有灵气护体，若再得灵根，咱们没有任何的办法了。"

上官谨枫一脸惭愧："长安，都是我一时疏忽，未曾料到事情已经发展到如此的地步了！"

"这也不能怪你，她实在是太狡猾了，若非我离她太近，而她又受伤惨重不得不立刻吸收灵气自保，我亦是不会发现。"

我轻轻落在了他的身边："上官，我会帮你处理这件事。"

如今，以魅姬的实力，恐怕也只有我的冷月琴才能勉强抗衡了。

魅姬如今尚未寻到灵根，暂且不会对我有太大威胁，但灵根所在何处，我也不知，此事真是令人头疼不已。

上官谨枫点点头，一脸严肃，"长安，这件事务必请你出手。"

他说着，想了想："倘若我们先行获得灵根，是否胜券在握呢？"

我摇摇头:"灵根在何处,我并不知晓,想必,你亦不知,我们并无优势。"

连绵峨眉,想要寻找到灵根,除非是机缘相助,否则,难啦。

上官谨枫叹息了一声:"传令门下弟子到金顶等候。"

妖天下弟子众多,不逊于之前任何一个门派,即日起,所有弟子均需巡山,直到找到魅姬,铲除祸根!

我与众人一起下了思悔崖,回到了金顶之上的别宫。

"上官、红衣、叶子、倦尘、韩楚、唐小宁、馥菲、霜战你们每人带一队弟子,开始巡山!一定要找到魅姬藏身之处!"

"是!"众人应答。

我召唤出了飞天蛟,将它眉心处的一颗血红色的宝石取下,念动口诀,那一枚血宝石便飞升到了空中,瞬间万丈光华倾泻而下。

它便如同一颗璀璨的太阳,升在天空之上,光芒不逊于阳光。

我朗声说道:"魅姬盗取峨眉山灵气,此事非同小可,我们绝对不可以大意,否则,或许我们峨眉山将会元气耗尽!"

如果峨眉山的元气耗尽了,那最终将会使得我们整个妖天下根基破碎,若有大敌入侵则根本无法维持住现状。

我乘着飞天蛟,与韩楚一起朝着峨眉山最深处飞行了过去,此处应该是魅姬最有可能的藏身之处。

我坐在前面,韩楚坐在了后面,我轻轻地靠在了他的怀中,五百年了,我已经整整五百年没有如此地跟他亲近过。

我微微回首,对上了他深沉的目光,那目光带着几分的迷离,几分的不舍,几分的柔情。

我知道,他是爱我的,从他的眼神中,我就能感觉到,他对我的爱,不会随着时间的改变而改变,他对我的爱就如同天上的星辰,永远不会褪色。

"韩楚,"我幽幽地开口,"你还会离开缥缈崖吗?"

"不会,"韩楚淡淡地说,"如果,你留下的话,我就一定会留下,如果你离开,我也会留下,与其满世界地找你,不如就在这里等你好了。"

我的心头,涌现出了淡淡的忧伤,他是如此的多情完美,而我……

又怎么能配得上他?

即便他说过,他不会介意我的过往,但是我自己介意啊,我觉得我对不起他,我只能将心中那狂热的爱意深深地藏起来,再也不要表现出来。

可是,我内心的煎熬,却令我无所适从。

明明就是非常渴望,为何却一再违心地去拒绝呢?

韩楚说:"长安,给我们彼此一点时间,我相信你一定会想通的,前尘旧梦,已经是五百年前的事情了,你真的不必为那么久远的事情而感到介怀。"

我没有吭声,他说的话,我听在了耳中,却是说不出来话。

天上,御剑飞行的人,渐渐地多了起来,所有的弟子都几乎已经倾巢出动了。

众人都在空中搜寻,飞天蛟的血珠还在空中,它正在吸收着太阳的精华。

不知道搜寻了多久,太阳已然下山,天色渐渐暗了下来。

血珠却是在这时,在空中放出妖冶的红光,那一抹红光照得天地之间都仿佛被镀上了一层红色,炫目的红。

它在空中,并非不动的,而是一直在闪烁着,它也是在帮着我们寻找。

"长安,这血珠似乎通灵?"

"是。"我轻轻地回他,"它其实就是飞天蛟的灵丹,也不知道有了几千几万年了,并非凡物。"

突然,那颗血珠在一座山峰上方停止了,瞬间就光华万丈了起来。

我朗声说道:"就在前面,我们一起过去!"

看来,魅姒真的是太厉害了,她居然如此迅速地就逃到了这里来了。

众弟子朝着这边围拢了过来,他们立在长剑之上,衣袂飘飘,宛如仙人。

唐小宁喊了一声："长安，她藏在此处吗？"

"没错，血珠是天生的追踪神器，它既然停在了此处，魅姬便一定藏匿在此处。"

"很好，这一次咱们一定要将她寻到，居然胆敢偷咱们峨眉山的灵气！话说，咱们都还没来得及偷，哪里能轮到她！"

我看了她一眼，这孩子，一直都是这样的心性。

心直口快。

倦尘看了她一眼，目光中带着淡淡的宠溺，他是喜欢她的，至于他们有没有在一起，就不得而知了。

他的身下还是那只彩凤，一声凤啼，震慑山谷。

"长安，"他说，"我的彩凤也似乎发现了不妥，怕她就真的藏在了这里。"

我点点头，这里乃是峨眉山的最深处，这里蕴藏着天地的灵气，魅姬既然要偷食灵气，这里便是最佳的选择。

"上官，这五百年来，你有没有练就大阵？"

"有。"上官谨枫点点头，他喊道，"困剑阵！"

那些弟子，在空中一阵翻飞，他们足下踏着的宝剑突然就飞了无数的小剑朝着那座山峦射了过去。

一圈金光闪闪的长剑，没入了山体之中。

"大家小心了,当心那妖妇临死反噬!"上官谨枫立在高处,张开了双臂,所有的长剑都是在听从他的指挥。

这时,就见着第二批的飞剑已然来到,再一次地没入到了山体中去。

一连,射过去了六批。

他闭上了双目,口中淡淡地念着大阵的咒语,就见着山峦之上,平地里起了一张符咒,这一张符咒闪动着金色的光芒,仿佛是夜色中最美丽的风景。

这一道符咒缓缓地落下,盖在了山峦上,渐渐地消失不见了,似乎也是没入到了山体中去了。

上官谨枫睁开了双眼,也停止了作法,对我说:"现在魅姬已经被困在了这里,她是不可能跑出去的,因此,我们只需在此地守候她出来便可。"

"好。"我将冷月琴抱在了怀中,目光却是注视着那一片山峦。

韩楚立在了我的身边,夜风不大,卷起了他的白裳猎猎地响。

"长安,魅姬已经是魔道之人,我们不可以掉以轻心,虽然五百年前,我们已经杀死了魔王,但近一百年来,魔道却以不可想象之力,迅速崛起,我怀疑,魔王重生了。"

魔王重生?

慕容飘又活了？我的心不由颤抖了起来，那个毁了我一切的男人……

我的手微微地握成了拳头，如果让我再一次地遇见他，我一定会让他彻底地消失！

永远地从七界之中消失掉！

韩楚的声音又在我的耳边传来："当然，这也只是我的猜测，魔王不一定会重生的。"

我勉强笑了笑，尽量让自己平静了下来："没关系，前尘往事，我会好好了断的。"

前面的山崖中，突然传来一声厉啸，似乎有无数的黑影从群山之中蜂拥而出。

呵呵，看来，潜伏在此处的，并非只有魅姬一人。

而魅姬不过是一个引子而已。

上官谨枫大叫一声："不好，我们坠入了天绝阵了！"

天绝阵？还真的是魔教的人来了吗？

他们居然趁着我们妖天下重回七界五百年的日子，向妖天下发起进攻，企图重新毁掉妖天下。

但今日的妖天下，岂是他们所能掌控得了的？且不说众人功力均比五百年前有所提升，单是我个人，在女娲宫中的五百年修炼，功力又精益了何止十倍？

如此想来，我该是不惧怕他的。

天绝阵就像是一个人张开的手掌，从地下升起，火光涌动，将我们全部困在了他的大手之中。

我缓缓地飘在了空中，冷月琴声响起，飘在空中，一道千年玄水，被琴声引得从天而降，落在了天绝阵中。

天绝阵中燃烧的火焰，被玄水熄灭。

"可恶！该死！"我隐约听见在另外一个时空中，有人在咒骂不已。

天绝阵自然不会只有烈火，我引出的千年玄水虽然能将烈火熄灭，却未能破阵。

众人依旧是被困在阵中。

韩楚说："长安，试试《锦灰》曲。"

"好。"我冷声答着，手指轻轻拂过了琴弦，曲调一变，《锦灰》曲响起，在空中轻轻地响起，我并未使用十成的功力，但是从琴声中迸发出来的能量，却已经远远地超乎了对方的想象。

原本缓缓上升的手掌，被我的琴声逼得渐渐朝着地下退去。

突然，那即将要退到地下去的手掌，再一次缓缓升起，我能明显地感觉到，有一股很神秘很邪恶的力量在支撑着它。

我加大了两成的功力，再一次将那巨大的手掌压了下去。

在妖天下的峨眉山，居然有一股如此强大而邪恶的力量，这让我非常吃惊。

一股柔和的力量缓缓进入我的身体中,韩楚出现在了我的身边,他的手掌贴在了我的背上,将他的功力给了我。

我的手指在琴身之上飞快地划过,曲调巨变,从柔和的白月光变成了波涛汹涌的海浪,那巨大的手掌,便在我的琴音之下,退得干干净净。

"我们成功地破除了天绝阵。"

"他们应该不是只有天绝阵,我想,他们应该有更厉害的杀招。"

如果,他们没有十足的把握,是不可能在今天突然现身的,唯有已经确定了胜算,他们才会发起攻击。

一缕黑色的烟霞,从地下缓缓升起,在空中变幻出一个黑色的骷髅:"今日,我必定会让你们死在这里!"

我淡淡地说:"凭你也配?!"

手指从琴弦拂过,一道犀利的光芒从我的指尖飞射了出去,朝着魅姬射了过去。

黑色的烟霞立刻消失,我双手急挥,不断地有无数犀利的光芒朝着前面射去。

"啊……"

惨嚎的声音不断地传来,在暗处,隐藏在空间的黑影,纷纷被我的琴音击毙。

很快,那些藏在暗中的黑影,便现出了身形,他们刚刚现身,血珠的光芒立刻照在了他们的身上,妖天下的众位弟子,立刻御剑前行,与他们厮杀在一处。

原本,他们是隐藏身形的,但是如今在血珠的光芒之下,他们居然无法再隐遁身形。

"吼……"

一声剧烈的嘶吼声从空中传来,就见着一只长相异常奇特的怪兽,在空中飞来。

那东西长得像是一只远古神兽,背上有着两只巨大的翅膀,扇动起来,风起云涌。

原本在空中御剑飞行的弟子,被这只奇怪的巨兽给扫得纷纷坠落了下来。

好在有叶芷风幻化出了无数朵飞花,这些飞花将坠落下去的弟子都接住,托着他们平安到了地上。

飞天蛟发出了一声低沉的嘶吼,朝着前面巨兽冲了过去,两只上古神兽恶斗了起来。

琴声起,那巨兽显然是被琴声所压迫,而飞天蛟则是能从琴音中吸取到力量。

如此一来,原本已经略占上风的巨兽,立刻就萎靡了下来,被飞天蛟缠住了身子，一勒，两兽便从空中滚落了下去，在山林中厮杀。

我加大了琴音的力量，不仅仅是为了给飞天蛟以力量，更是为了能不让那藏在暗中的邪恶力量突然间爆发出来。

在我的琴音攻击之下，妖天下的弟子，将那些魔道的弟子诛杀殆尽。

这时，魅姬现出了身形，她的声音带着深深的怨念："你以为你们已经稳操胜券了吗？很遗憾地告诉你们，我们已经找到了峨眉山的灵根！"

"你们……"我的手指微微停顿了一下，"你们已经找到了灵根？"

"没错，接下来，就是你们的死期了！"

她说着，发出疯狂的笑声，但我却是从她的笑声中感觉到了她的实力，并未增强。

也便是说，她口中所谓的寻到了灵根，并非是她本人吸食了。

如此一来，魔王定然是在暗中。

我的心，微微地抽了一下，魔王啊魔王，五百年了，你终于又出现了，这一次的我，再也不是五百年前的我了，我一定会一雪前耻！

韩楚的长剑飞了出去，瞬间变幻出无数的小剑，将魅姬困在当中。

我催动了血珠，让血珠的光芒，落在了她的身上，阻止她隐藏身形。

魅姬扬了扬手，无数黑色的小剑飞出，企图阻止韩楚的攻击，却未曾想，韩楚的功力远在她之上，而她在韩楚的手底下，根本翻不了天。

"啊……"

魅姬又是一声惨叫，她原本就已受伤，现在又被韩楚全力攻击，根本毫无招架之力。

趁着魅姬受伤，我射出一道琴音，重重地击打在了魅姬的身上。

魅姬痛苦地哀号着，渐渐消失不见了。

上官谨枫说："长安，魔界的人已经全部被消灭了。"

言辞之间，他的表情是极其愉悦的，在他看来，今天的战斗完成得很是轻松。

但是我知道，这件事并未结束，而是才刚刚开始。

我挥了挥手，神情严肃地说："上官，你错了，真正幕后的黑手，我们还没有找到。"

"幕后的黑手？"

"真正的魔王已经复活了，就在这里，并且已经寻到了灵根。"

"怎么可能？"上官谨枫不由惊诧莫名，"魔王居然会复活？"

魔王就是慕容飘，他与上官谨枫之间，还曾经是旧相识。

两人之前好得同穿一条裤子，如今，再次以这种方式相见，不知上官谨枫的心中，会是什么感觉。

"上官，"我淡淡地扫了他一眼，"原本以为，我能以一人之力，力挽狂澜，但他若是寻到了峨眉山的灵根，那我怕是……"

若是拼死一战，后果仍然是未知的，生或死，都只能由天命了。

韩楚和我一样，面色沉重，我们在用意念搜索着这座山的深处，在我的意念中，似乎能感应到在大山的深处，有某种力量在涌动着，它在向我发出召唤。

如果，它真的是慕容飘发出的，那倒极有可能。

我与慕容飘之间的那段往事，他对我发出召唤，而我也一定是能感受到的。

韩楚伸手牵住了我的手，我们一起朝着那个信息传来的方向飞驰而去。

它就在我们的脚下，但是，我却没有找到入口。

血珠在我的头上飞旋，落入了我的掌心，幻化成一面血镜，我朝着里面输入了一些内力，顿时，血色的光芒直冲向天际。

真没想到，这血珠居然有如此的灵力，想必是女娲亲自种在飞天蛟的身上，又在它的身上修炼了这么多年，才拥有此灵力吧？

血镜在我的手中，在吸收了我的内力之后，它就变得不听我的使唤了，隐约中，我有种被它带着飞行的感觉。

莫非，它要带着我去找灵根的入口？

很快，我们就到了一处山崖前，在山崖之上，血镜照在了对面山崖的洞穴之上。

那里确实有一个洞穴，一个很小的洞穴，我们可以钻进去。

既然是血镜指引，那证明慕容飘一定就在那边了。

我与韩楚从入口钻了进去，洞口立刻就闭合了。

韩楚吃了一惊："长安，我们被困在这里了。"

"你怕吗？"我淡淡地看着他，并没有因为危险就在眼前，而被恐惧所吓倒。

"长安，只要有你在，我就不怕，若真的是要死在这里，我也不担心，因为有你，我便是死也是心甘情愿的。"

他找了我五百年，没想到，刚一见面，就立刻要面临着生死之战。

既然他这样说着，我的心中也瞬间坦然了。

"我也不怕，"我唇角微微扬起，轻轻勾了一抹笑意，"有你在，我怕什么？"

这个洞穴十分宽广，血珠的光芒在洞穴之中发出妖冶的红光，使得这原本荒凉得有些恐怖的洞穴，变得有些浪漫了起来。

韩楚侧目看我，我们相视一笑，继续用自己的意念追寻着那正在吸食灵气的异常所在。

这个洞穴越来越深，而且是朝着四面八方延伸的，深不见底，也不知道它究竟通往了何处。

算算我在此处也已经有上千年，居然没有发现？

也可能是近几百年来，慕容飘见我不在妖天下，便暗中偷偷潜入到了峨眉山，用了几百年的时间，将这里弄成了这般。

我轻轻叹息了一声，所幸这五百年的时光，我并未虚度，在女娲宫中修炼，我也算是有了小成，只求能在今日消灭了慕容飘。

前面传来了厉啸，我与韩楚停下了身形，这一阵风驰电逝的飞行，我与他也不知在这山中行了多久，这里，究竟是哪里我们并不知道。

前面的情景，令我们感觉到震惊，我们并未出这山底，此刻我们依旧是在地下，但眼前却是突然出现了另外一个天地。

一轮太阳突然升上了天空，这里便成了另外一个世界，有山川，有河流。

一个黑色的身影从空中缓缓落下，那是一个俊美的男子，我做梦都会梦见他的样子。

魔王慕容飘。

他真的活了过来,并且看上去活得还挺滋润的。

韩楚冷冷地说:"慕容飘,你真的没死?还是你复活了?"

慕容飘冷笑了一声:"当年,我确实死了,但是,我还有一缕残魂未灭,被魔界的一个长老所救,他将我带到这里,我便靠着峨眉山的灵气存活至今。"

我终于明白了,他是比我们先到的峨眉山,等我们到的时候,他已经在吸取灵气了,而那时候,我们初来乍到,前世的记忆虽然已经恢复,但终究隔世,等我们适应了下来,我便传位给了上官谨枫,离开了妖天下。

因此,慕容飘便成功地躲过了我的耳目,在这里待了五百年。

五百年,足以令他重生。

而他经过了五百年的时光也终于寻到了灵根,他利用灵根的力量重新建造了一个天地,他自己便是这个天地的主宰,是这里的神。

"长安。"慕容飘的目光落在了我的身上,"我等了你五百年了。"

我咬了咬牙,这个男人,就是他毁了我的一切,如果不是他,我又怎会跟韩楚分开?

"慕容飘，你还是去死吧！我不想看见你，虽然，我真的很想杀了你！"

"哈哈哈……"慕容飘笑了起来，"长安，要知道，你可是魔后哦，我们成过亲的！你想要抵赖那可是赖不掉的。"

韩楚听着他的话，突然问我："长安，你不愿意答应我，就是因为这件事吗？"

我有些茫然，但事实上，的的确确是这样的，只是我不敢说而已。

但现在，既然都已经开了头，这层窗户纸，已经被生生地捅破了，我还是坦然相对了吧。

"没错，"我点点头，脸上露出了淡淡的忧伤，"我确实是因为这件事，才一直不答应你的。"

韩楚却是笑了："那我明白了，长安，你以为我会在意吗？我那么爱你，爱到了骨子里，我怎么会介意，你曾经是魔后呢？"

我的心中不由微微地动了动，正欲说话，就听见了慕容飘冷笑着说："长安，你是我的女人，我没有休了你，你始终都是我的女人。"

"那我就杀了你，你死了，她就解脱了。"

"你能杀得了我吗？"慕容飘看了一眼韩楚，眼神中充满了不屑，"要知道我已经不再是五百年前的那个我了，并且我已经寻到了峨眉山的灵根,现在的我,岂是你们所能敌的?!"

"韩楚,"我不想再听慕容飘说话,冷笑了一声,"不管怎样,我都会选择跟你在一起,不管我们能不能成为夫妻,我都要跟你在一起。"

慕容飘自然是气愤异常,他的脸瞬间就冷了下来:"长安,你就这么喜欢他吗?他能给你什么?我可是魔王,并且我会统治整个七界!到时候,你就是一人之下万人之上。"

"抱歉,"我冷冷地说,"这个千秋大梦,还是你自己做比较好,我不稀罕。"

他突然笑了起来,那笑着的样子,真的是比哭起来还要难看,声音也要更难听。

"长安啊长安,枉我这五百年都在想着你,都还是那么地爱着你,恨不能将你当成我的生命,当成我生命中最重要的人,你真是辜负了我的心!"

慕容飘的声音变得异常的冰冷,我能感觉到他内心深处的悲伤。

他的眼神透着愤恨,透着不甘心,他恨不能杀了我。

但是我没有退缩,也没有惧怕,我还是迎了上去,冷冷地说:"慕容飘,当年你强加在我身上的痛苦,我是这辈子都不会原谅你的,你不是当年的你,难道我就一定要是当年的我吗?"

我的话，也令他微微怔了一下："不过五百年，你们凭着自身的修炼，能强到哪里去？我要杀了韩楚，再将你囚禁起来，至于外面的那些人，我一个都不会放过！"

慕容飘的脸上，露出了狰狞之色，那是他内心的火，在熊熊燃烧着。

韩楚淡淡地说："你要杀我，就尽管来，我不怕你！"

他说着，一挥手，在他的手中长剑射出，那长剑在空中划出了一道彩虹，直接射向了慕容飘。

他轻轻地挥手，那长剑在空中爆开，成为了无数柄小剑，闪动着剧烈的光芒，璀璨如流星。

"呵呵。"慕容飘冷笑了一声，他猛然地伸出了手，从他的手中飘出了一团血红色的烟雾。

这团烟雾，在空中凝结，幻化成了一株曼珠沙华，这一株曼珠沙华摇曳生姿，光华夺目。

曼珠沙华上的光芒朝着韩楚的宝剑射了过去，那光芒在空中幻化成了无数朵小的曼珠沙华，紧紧地缠住了那些小剑，双方厮杀在了一起。

我在一边看着，暗暗地猜测慕容飘的实力，他的实力确实要比五百年前强，我和韩楚若没有长进，那就只能被他灭杀了。

我的手指立刻从琴弦上拂过，一道强劲的琴音朝着慕容飘的身上射了过去。

慕容飘的另外一只手,朝着我的琴音拂去,就见着一道排山而来的掌影,将我的琴音震得散去,顿时就力道全无了。

我不由微微诧异,看来,还是不能低估了慕容飘,他的实力实在是太过于强大了。

看来,峨眉山的灵根也已经被他炼化吸食了。

这里无穷无尽的灵气,全是靠着灵根才拥有的,灵根没了,灵气想必也很快就会消失了。

"长安,你还是顺从了我吧,我会跟之前一样,把你当成我最心爱的女人!"

"休想!"

我冷冷地说了一声,手指在琴弦上拂过,这一次的速度非常迅猛,每一下都有一道琴音的杀戮之声。

在我的琴音击杀之下,那些原本在空中妖娆绽放的曼珠沙华,渐渐枯萎了,韩楚的小剑瞬间得了力,快速前进。

慕容飘的双袖一挥,在他的身后,一大片黑云翻滚,那黑云遮天蔽日,在这新的世界中,仿佛有着无穷无尽的力量。

我原本浮在空中的血珠,几乎被黑云掩盖了光芒。

但血珠毕竟是女娲之物,是仙界都难以见到的珍宝,我召唤回了血珠,将功力灌入到了它的体内,急速地打到了慕容飘的身上。

"啊……"慕容飘惨叫了一声，血珠控制住了他的心神，他每多吸食一分这里的灵气，就等于给血珠多了一分的喂养。

而血珠与我心意相通，它的灵力随我的心意，如此一来，慕容飘等于在给我增加功力。

渐渐地，他也察觉到了，因此不再吸取灵气，但他之前炼化的灵根却是已经被我所吸收了。

这一来反而将慕容飘给生生惹怒了，他的身子腾空升起，身形突然间便幻化变大成了无数倍。

"别以为你这样做，就能打败我，这里是我营造的天地，我才是这里的主宰，你们都必须要听从我的话！"

我冷笑了一声："谁给你的权力？这里是峨眉山，是妖天下的地盘，是我们妖天下人说了算的地方！"

冷月琴声起，韩楚的长剑飞出，我们两人配合在一起，完全没将慕容飘放在眼中，天地之间仿佛就只剩下了我们两个。

"啊……"

慕容飘在我们的合力绞杀之下，发出了一声无比凄厉的惨叫声，他的脸色变了又变，终于幻化成了一朵黑色的曼珠沙华，在风中飘落了。

"长安，我们消灭了他！"

"这一次真是万幸，倘若我们没有血珠，倘若我们没有心意相通，倘若他羽翼丰满，我们怕真是难以击败他。"

韩楚笑了笑："但是，不管怎么说，咱们总归是赢了。"

他的目光淡如朗月，眉眼间带着淡淡的忧伤，令我见了无比心疼。

他收敛了笑容："长安，如今，你也已经解开了心结，我们是不是可以重新和好了呢？"

我没有回答，而是展开了自己的身形，朝着外面飞掠了过去。

"长安……"

韩楚紧紧地跟在了我的身后，我们一起朝着外面飞掠了去。

我轻轻回眸，淡淡一笑："好，我答应了你。"

我原本不就是一直担心自己配不上他吗？不就是一直不敢跟他说，怕他知道后伤心吗？

但是，现在他已经知道了，我所有的顾虑，仿佛都已经是多余的，我再也不用像之前那样战战兢兢地，生怕他知道了，我只要坦然去面对便好。

韩楚听我这么说，也不由开心了起来，眉宇间的那抹忧愁，渐渐消失了。

我们出了洞穴，外面的众人依旧在等待着，见着我们出来，他们才算是松了一口气。

韩楚开心地跟大家宣布了这个好消息："各位兄弟姐妹，我要郑重地向大家宣布一件事,我和长安要成亲了。"

我听着他的话,不由含羞地垂下了头,这件事,对我而言,真的是……

我似乎已经是第三次成亲了,但仅有这次是我心甘情愿的,只有这一次我才算是嫁给了我自己喜欢的人,只有这一次我才觉得自己没有辜负韶华。

霜战看着我们眼神中带着几分的忧伤,他走到了我们的面前,微微一笑:"长安,韩楚,恭喜你们,终于能在一起了。"

我看出了他内心的忧伤,不由问:"你和芥蓝,没能在一起吗?"

他摇摇头,目光望向了遥远的苍穹:"我和她,永远都不可能了。"

后来,我才知道他在三百年前就已经去找过芥蓝了,但因为某些原因,他们没能在一起,着实令人惋惜。

浴红衣笑着说:"今天是我们妖天下重回七界五百年的好日子,我们又在今天铲除了魔王,不如,就让韩楚和长安今晚成亲了吧!"

"好啊,好啊!"

众人都不由欢呼了起来,我和韩楚对视了一眼,他似乎非常赞同。

红烛高燃，倩影成双。

韩楚轻轻地挑开了我的盖头，我面色含春，心头万分羞涩。

韩楚坐在了我的身边，将我抱在了怀中……

之后，我们便留在了峨眉山，偶尔回回女娲宫，这样的日子实在是太过于逍遥快乐了，但我真的好喜欢。

韩楚，我愿意跟你在一起，一辈子都不要分开，不管将来的路有多艰难，我都会陪在你的身边，相信我，我或许不是一个好掌门，但我一定会努力成为一个好妻子。

韩楚，我想要紧紧地靠在你的怀中，凝听着你的心跳声；

韩楚，今生今世，我都会陪在你的身边，与你日出而作，日入而息；

韩楚，我爱你。

[番外] 二
天长地久有时尽

[芥蓝]

  我喜欢坐在溪边的那块青石上,用细嫩的小脚拍打着清澈见底的溪水,看那银珠般的水滴四下飞溅着,然后空中便有一串铃样的笑声,清脆而明朗,如雨后的天空。

  这真是个好年纪,没有忧伤没有心事,就像这溪水般的清澈明净。

  霜战总是喜欢在我笑得最开心的时候出现在我的身后,轻轻地捂住我的眼睛,然后用一种故作苍老的声音问我:"小丫头,你猜猜我是谁呀?"

尔后故意咳嗽几声。

他是聪明的，连咳嗽都能模仿得惟妙惟肖。

我每次都假装不知道，扯出一堆人的名字，唯独不说他，然后他很开心地松开他的手。我故意去埋怨一番，不忍心碰碎他的笑容。

他非常疼爱我，不管我想要什么，他都会不顾一切地弄来给我，在我心里，他是最好的哥哥。

有一次我看见了悬崖上的一株山茶，于是日夜渴望，几天后，他将那株山花种在了我家的院子里，而他自己却伤痕累累。

我喜欢他看我的眼神，明净、爱怜，尤其在我笑的时候，他的眼神是痴痴的，仿佛这一生都看不够。

不知道从什么时候开始，我就觉得我的微笑只属于他，今生今世都将只为他一人而笑。

母亲似乎很不喜欢霜战，在他牵着我的手，被母亲无意中看见了之后。

我不知道母亲为什么会不喜欢他，我一直以为母亲会像疼爱我一样疼爱他，我也一直认为母亲会希望我将来能和霜战在一起，会希望霜战心里永远都只有我一个人，可是我终究错了。

今天的天很阴沉，没有风，有一种窒息的感觉。

山里来了大批的侍卫，将一顶小轿放在了我家的门前。

我的心早已碎成了千万片，在父亲为我安排进宫的那一刻起。

母亲轻轻地握住我的手，只说了一句："芥蓝，这是你的命，你要时刻记住你的使命。"

母亲的脸上没有任何表情，喜悦、忧伤、不舍，都不曾有，她的声音很轻很淡却很坚定，不容置疑。

父亲没有说什么，他只是很轻地拍拍我的肩，然后叹了口气："芥蓝呀，以后就靠你自己了，你娘交给你的使命，你一定要完成。"

我什么都没说，默默跪下，木然叩首，一个又一个，转身走出门，泪再也禁不住落了一地。

在上轿前，我蓦然回首心似被撕裂了一般，这一别也许今生再也不会相见。

看一眼霜战住的地方，泪再次涌出，心如刀割。

进了轿子，刚走不远，依稀可闻有人在撕心裂肺地呼喊，是霜战，是我的霜战，我伸手撩起轿帘，朝外面看去，却只是模糊的一片。

霜战，芥蓝今生与你也许再也见不到了。

宫中的岁月是如此的漫长和无聊。

那天，我正坐在院子里一株开满繁花的树下，想着我的爹娘，想着我的霜战，想着那些无忧无虑的日子，心里禁不住伤感起来，晶莹的泪水将那青色的石板点缀得斑斑迹迹。

他轻轻地来了,轻得让我不曾察觉。

"为什么要哭呢?想家了吗?"声音很轻,也很温和。说着,他轻轻地托起我的脸,眼里含着淡淡的笑意,如雨后天空般的明朗。

羞落一地的繁花,我急忙推开他,惊慌失措地跑开了,心里暗暗思量着,这是谁家的男子,怎如此的轻薄?

快入夜的时候,一个公公来吩咐,今夜我将进宫去侍寝。

侍寝?我怔了怔,心里顿时迷惘了起来,今夜之后我将再不能对霜战有任何的想念,我只能将霜战忘记在那个偏僻的山村里,在这琼楼玉殿里是如何也容不下他的。

心里有些紧张起来,终于可以接近他了,接近了他,就有希望完成娘的使命了。

我泡在芬芳的香汤里,让那芬芳的气息弥漫着我的全身,渗入我每一寸的肌肤内。

再为霜战流最后一次泪,以后,再也没有以后了,我的以后只属于娘交给我的使命。

宫娥轻轻地为我拭干我身上的水珠,为我披上青色的薄纱,从他们惊艳的目光中,我冷若冰霜地走了出去。

我已无心,我的心早在霜战那撕心裂肺的喊声中,碎成了一片片,然后轻轻地凋落了。

竟然是他！就是那个日间轻薄我的男子，我此时方才知道他是这蓝灵国的天子宫启玉。

他还是那般的微笑，明朗得如同阳光下波光粼粼的水面。

他似乎很喜欢笑，连他的眸子里都渗透着笑意，可是我只是冷冷地看着他，我的笑容只属于霜战，现在我的笑已经随着我的心一起死了，我只是一具等待着完成任务的行尸走肉。

他走了过来，伸手轻轻地褪去我身上的那层薄薄的轻纱，当我的身体呈现在他的面前时，我清楚地看到了他眼里的震惊。

微微的火光下，我像晶莹剔透的美玉，泛着淡淡的红，他的手轻轻地抚摸着我的脸，然后猛地抱住我，急不可待地放在那张铺满毛皮的床上。

我缓缓地闭上了眼睛，不敢看他的身体，因为我清楚地知道他接下来要做什么。在离开山村的前一天晚上，我就已经把自己给了霜战了。

我轻轻地依偎在他的怀里，他紧紧地抱着我，在我的耳边呢喃着："爱妃，你的腰就像一条蛇，柔软而光滑。"

我淡淡地说着："难道王上只喜欢一条蛇吗？"

他的目光流动着，用很顽皮的声音说："王不喜欢蛇，王只喜欢蛇一样的爱妃。"

轻轻地拥抱着他，思绪却忍不住回到那个晚上，那个和霜战共同拥有的晚上，也是这般的拥抱着，贴得那么紧，我至今仍记得他眼里的泪光，那一刻我真的好想和他一起走，走得远远的，再不问这尘世之间的事。

可是，我终究未能放下母亲的使命，终究未能！

抬眼看了看身边的男子，心莫名地痛了起来，他正注视着我，眼里有着狡黠的笑意，手在我的身上轻轻地抚摩着，如轻拭着一件珍宝。

突然眼里凉凉的，泪就那么不争气地落了下来，他收起笑容，赶紧问我，我只是摇头再摇头。

我住进了他的琼楼玉阁，他为我的宫取名为暖香殿，他赐我的珍宝我一一赏给下人，这些身外之物我要它何用？

他并不怪我，只是之后的三天都不曾见到他。

一个人的夜是寂寞的，我望着天边朦胧的钩月，不由得神伤起来。

难道他对我已经厌倦了？微凉的晚风中带着淡淡的香味，闻着却是如此的苦涩，黯然神伤之后，不禁思量，我怎地对他如此在意起来了？幽幽的一声叹息，凋落繁花无数。

第四天的时候他来了，有些疲倦的脸上，带着孩子般纯真的微笑。

我看着他，用淡淡的眼神，他还在微笑，然后走到我身边，将手里拿的一把骨簪轻轻地插在我黑缎子般的秀发上。

轻轻地拥我在怀里，呢喃着："爱妃，王给你做了根簪子，知道你视那些俗物如粪土，这根簪子是王亲自制成的，三天了，终于制成了。"

我看着他布满了红丝的眼睛，蓦然间从心里泛出了一丝酸意，他的手轻轻地抚过我的脸，我看见那原本细嫩的手竟伤痕累累，泪珠儿便再也忍不住滴落下来。

这时，我清楚地看见了门外一张已经变色的脸，那张脸亦是如我般年轻，如我般美丽，那是王后的脸。我避开她幽怨的目光，任泪落满他的衣衫，落满他一身的青涩。

* * *

我看见王后的时候，她的眼睛像条蛇，眼神如蛇口中的长长的信。

我冷冷地看着她，目光淡然。看着我头上的骨簪，她的眼里已经在喷火。

上前来，欲夺我的簪子，我轻轻闪开，将簪子取下，紧紧地攥在手中。

她开始疯也似的打我，我并不还手，只是紧紧地攥着我的簪子,隐约中,我看见了他。

我用簪子划过我的手掌,生生地疼,殷红的血灿若繁花般地绽放于我的掌心。

他抱着我,用无比关切的眼神看我:"爱妃,你受伤了……"

泪光盈盈,我颤抖着:"王后她用簪子……"

话未完,我便已装着晕倒在他的怀里,心里却是暗暗地笑,因为他已愤怒地斥骂着王后。

* * *

燕子年年不忘记这微风细雨的春天,帘外的东风,岁岁依旧,吹起心事几多重。

长卿已经四岁了,这是我和他唯一的一个孩子,那眉眼与他便是一般模样。

四年了,我依旧没有完成母亲的使命,我已经习惯了有他的拥抱,我已不能没有他,我不能像母亲那般,为了这个家族的使命而牺牲了我,我不能让我的长卿失去他的父亲。

这年的花开得特别艳,那风儿轻轻过去,便飘落了一地繁花,如我心头萦绕的愁。

他轻轻地唤我:"爱妃,自你入宫来,便未曾见你笑过,明日王带你前去摘星台,那里可以一览群山,就像王的心胸一般广阔,爱妃一定会喜欢那种感觉。"

摘星台。

整个蓝灵国都能尽收眼里,我望着巍巍的群山,青翠的丛林,不由想起了我的爹娘,数年不见,不知他们是否依旧。

思绪悠悠,心情反而沉重起来,茫然而伤感。

他看看我,轻轻拥我入怀,问我:"爱妃,你不喜欢?"

我偎在他的怀里,只是默默地摇头,再摇头,我是绝对不能将藏在心里这么多年的使命说给他听的,一如我的心碎,只能永远在心里。

因这次我去了只有他和王后才有资格去的摘星台,王后十分恼怒,加之之前与我的宿怨,便更是肆意地侮辱我,说我是个为祸蓝灵国的妖精。

我并不与她理会,我相信他,他会处理好的。他的眼里只有我,哪曾有过她?

但王后此番并不罢休,她的心肠竟是如此歹毒,见奈何不了我,便悄悄地派人去我家乡,我并不知道其实这些年,她一直在四处打听我父母的下落。

那天风很轻,云很淡,她召我进她的宫殿,我去的时候,看见了一个人，一个素衣的少女，鬓发凌乱，衣衫不整，竟是我最小的表妹春！

春见了我，立刻哭着叫我。

心仿佛被生生地撕裂了一般，紧紧地抱着她，泪落满衣衫，颤抖地问她："春，我爹娘可好？"

"死了，他们都死了，他们全部都给她害死了！"春叫着，伸手指着王后，王后正冷冷地笑着，以一个高傲的胜利者的样子鄙视地看着我。

真是一声霹雳，我无力地栽倒在地上，泪却突然干涸了。

春也给他们生生地拉开了，脑海里一片朦胧，模糊地听见王后用她那高傲的语气吩咐着："来人，将这个偷窃贼赐死！"

赐死？她连春都不放过！我扑上去紧紧地抱着春，口中叫着："不要！不要杀死她，她还只是个孩子！"

王后和她的奴才们死死地抓住我，长长的白色弥漫着我的眼帘，春在那片白色里拼命地挣扎着。眼里已没有了泪，只有殷红的血，流过我白净的面庞，似那雪上洒落的胭脂。

我望着半空中已不再挣扎的面目狰狞的春，心似一片飞絮，软软地不着边际。爹死了，娘死了，春也死了，我的亲人都死了，那片宁静美丽的山村，还有什么能让我牵挂？

他来了，满目震惊，搂着我，厉声怒叱王后。

王后冷笑着，冷冷地说："难道身为王后，连处决个窃贼都不可以吗？"

他抱起我，焦急地回到暖香阁，细心地照顾我，今生有他，便已足够。

* * *

我微垂着头，缓缓地进了王后的宫殿，素净的面上，不着痕迹。

见我来，王后似是一怔，随即冷笑说："你来本后宫中何事？"

她故意将本后两字的声音提高，我依旧微微地垂首，用淡淡的口吻说："王后我们之间其实并没有多大的怨恨，妹妹今日前来特向王后姐姐谢罪。"

说着，我盈盈跪下，伏地叩首。

王后似是一怔，随即长笑起来，笑声中满是骄横与得意，一种满足的愉悦。

她的声音亦是欢愉的："你既已知错，本后也不多做追究，你以后好自为之。不要以为王宠着你，你便可以为所欲为，眼里便没了天地！"

我轻声地说："妹妹知错了，谢谢姐姐饶恕妹妹。"

她的声音抑扬顿挫,每一个字都像一根钉子钉在我的心上,可是我只能忍,一而再再而三地在心里告诉自己忍。

我缓缓起身,故作阿谀地一笑:"姐姐,听说国丈大人从烟族为姐姐捎来了上好的胭脂果,不知姐姐能否赏赐妹妹几颗?"

"哈哈,"她长长一笑,"本来这胭脂果珍贵无比,不是一般的妃子所能吃到的,不过既然妹妹开口了,且昨儿个送进宫的时候,有几个皮子碰烂了,那就把那几颗送妹妹罢了。"

我拿着那几颗有些磨烂的胭脂果,在王后狂妄肆意的笑声中,冷笑着回到暖香殿。

* * *

"大王,长卿他……"我跪在地上,抱着他的腿,痛不欲生。他紧紧地抱起我,震惊地问我长卿他怎么样?

里面已经乱作了一团,长卿正躺在床榻上,面色乌紫,捂着肚子翻滚着,号啕大哭。

床前御医们已如锅内蚂蚁,慌张救治。

他在一边怒吼着:"救不好王子,你们统统活不了!"

我依偎在他怀里,不忍心去看床上痛苦的长卿,泪便如雨般地落了他一身。

我在心里喊了千万次,长卿,娘不得已,你不能怪娘,娘要报仇,长卿……

长卿没有死,经过御医们的竭力救治,终于活了过来,我搂着他,肝肠寸断。

王上怒叱御医,追问缘由。

一个御医战战兢兢地回他:"王子是中毒。"

他大为震怒,继续追根问由,那御医答着王子吃了有毒的食物。

他转身问我长卿吃过什么食物,我含泪答他:"今天王后赐了妾身几枚胭脂果,长卿贪嘴,就吃了两枚。"

取来了胭脂果,看着那有些磨烂的果子,他微蹙眉头,唤一宫女,让她吃下,那宫女吃下后不到片刻,便出现了与王子相同的症状。

他勃然大怒,立刻下令废了王后,将她打入了冷宫,同时废了她的儿子的太子之位。我和我的长卿取代了他们母子,在这琼楼玉殿内,再无人敢伤害我们母子。

看着可爱的儿子,想着疼爱我的他,心里那个隐藏了很久的,伴随娘一生的使命,渐渐地模糊了,我已经放弃了娘交给我的使命,我需要的是一个爱我的丈夫和一个乖巧的儿子。

* * *

我做梦也没想到,我已经淡忘的霜战突然出现在我的面前。

那天天很阴沉,如我进宫的那天。霜战率领着部队围攻京城,王宫沦陷,一时间刀光剑影血肉横飞,触目皆是殷红的血。

霜战在剑影中出现,我几乎已经认不出他来,他已经长成了一个英气勃发的男人,魁梧健壮。

他看着我的时候,我又见到了他眼里的泪光:"芥蓝……我终于见到你了,芥蓝,这么多年了,我终于见到你了……"

泪花在霜战缠绵悱恻声中凋落,白茫茫地落了一地。霜战奔了过来,紧紧地抱着我,我挣扎着。

却在这时,他冲了出来,手中一把剑刺向霜战,霜战反手一剑,剑光闪过,似下了一片血雨,殷红的血布满我的眼帘。

他痛苦地倒下,我疯了似的扑了上去,抱着他,口中唤着他的名字,他的面上带着深深地歉意:"爱妃,王保护不了你了……"

紧紧地搂住他,如雨中含泪的繁花,我转过头,看着霜战,目中带着的是深深的恨。

霜战被我的目光所怔住:"芥蓝,难道你……你已经不再爱我?你知道吗?自你进宫后我日日折磨自己,后来去了云荒岛,我发誓不惜一切,也要把你从宫里救出去,和你长相厮守,可是,你居然变了！你居然会爱上他！"

站起身，望着霜战，脸上现出一丝疲倦的微笑："霜战，你知道吗？我是爹娘送进宫的，因为娘交给我一个使命。在我入宫之前的一个夜里，娘拉住我的手，从未哭过的她，泪流满面地告诉我，我是云倡国的后裔，我们的子孙都要为颠覆蓝灵国而毕生努力着，为了颠覆蓝灵我们必须牺牲一切。"

他的目光呆呆地看着我，我继续说道："霜战，曾经芥蓝是何等深爱着你，可是人是有感情的，人会变的，王上是真心地爱我，天地可鉴，日月可证。霜战，我变了，我已经将他当作了自己的丈夫，这个世上他是最疼芥蓝的男人，我不能没有他，为了他，我已经放弃了娘的使命，只想相夫教子，我不想什么母仪天下，我只想做个普通的女人。可是霜战，你杀了他，你碎了我的梦！"

我回到他的尸身旁，坐在地上，紧紧地抱着他，伸手取下他亲手为我做的骨头簪，刺进了我的心窝，一缕细细的血丝，从我的嘴角流出，落到他的脸上，像盛开的莲，妖娆而绚烂。

"王，芥蓝生生世世都是你的人，芥蓝要生生世世都陪着你。"

"不！"霜战狂吼一声，一口鲜血从他的口中迸出，在血雨中，我缓缓地闭上了我的眼睛，长长的睫毛似那疲倦的蝶的羽翼，划着一道深深的黑影，似那永远撕扯不开的夜色。

附：与本文有关的原创歌词：

妖天下

掠影逐浮光　白雾茫茫　　　　古夜悲歌　人倚阑珊
冷月琴声扬　剑啸四方　　　　英雄翠衫　风卷仓皇
妖天下　与世无争的地方　　　冷风吹肝胆　连绵昆仑长

玄水万年长　蒹葭苍苍　　　　半生浮华　飞短流长
轻抚逍遥扇　谁敢张狂　　　　一曲锦灰　恩尽怨散
妖天下　侠义豪情共天长　　　头上有日月　我心坦荡荡

桃花雪

［女声口白］：今年桃花艳冠人间的时候，我会乘一场绚烂的妖雪息心。然后，将你遗忘在那个只属于你的角落里。

是不是漫天飞舞的桃红
遮住多情的双眼
让我只看见
你冷若冰山的容颜

在我眼前桃红满天
一回首 沧海桑田

在人间 人间
星移斗转似水流年

是不是古老遥远的晨风
吹散前世的尘烟
让我不及说
那布满尘埃的诺言

在你身边假装不见
一转眼 又是千年

刀光藏柔情 情过发如雪
生离死别一念间

问苍天 问苍天
前世今生轮回转变

自古情之毒 便是无人解
爱恨情仇一线牵

遗忘

是不是那场雪

惊醒你沉睡的容颜

你清冷的脸

凄美了多少无辜的誓言

穿越无尽的思念

守着孤独的千年

在我面前你是散不尽的黑夜

湮灭了我忧伤的预言

是不是那云烟

遮住我迷离的眼帘

我忧郁的脸

痴迷了多少绝世的冷艳

回眸深深的一瞥

封锁欲望的蔓延

遗忘一切有你的时间

寂寞在心里不停涌现

在你面前我化作寂寞的飞天

带上对你颓废的语言

想着没有你的夜

我埋葬缱绻缠绵